ARNO STROBEL

STALKER

ER WILL DEIN LEBEN.

PSYCHOTHRI

FISCHER

Bei Erfahrungen mit Gewalt können manche Passagen in diesem Buch triggernd wirken. Wenn es Ihnen damit nicht gut geht, finden Sie hier Hilfe: www.hilfetelefon.de oder www.weisser-ring.de.

MIX
Papier | Fördert gute Waldnutzung
FSC® C083411
FSC www.fsc.org

Originalausgabe
Erschienen bei FISCHER Taschenbuch

Dieses Werk wurde vermittelt durch die
Literarische Agentur Thomas Schlück GmbH, 30161 Hannover.
Redaktion: Ilse Wagner
Satz: Dörlemann Satz, Lemförde
Druck und Bindung: CPI books GmbH, Leck
ISBN 978-3-596-70923-6

FÜR NINA

Nichts ist so wechselhaft wie Identität.
Stefan Hölscher, Managementcoach, Autor und Lyriker

1

Das Feuer ist überall.

Als er einsehen musste, dass alle Wege aus dem Haus hinaus durch die Flammen versperrt sind, als er seine Kehle wund gebrüllt hat mit den Rufen nach seiner Mutter und seinem Vater, hat er sich in einer Ecke des Zimmers auf dem Boden zusammengekauert, die Arme um die angezogenen Beine geschlungen und das Gesicht gegen seine zitternden Knie gepresst.

Immer wieder wird er von krampfhaftem Husten geschüttelt, ausgelöst durch den dichten Rauch, der ihm die Luft zum Atmen nimmt. Jedes Mal fährt er erschrocken zusammen, wenn irgendwo etwas polternd herunterfällt oder umstürzt.

Er weint, weil er trotz seines jungen Alters glasklar realisiert hat, dass er gleich sterben wird. Sein ganzes Denken ist nur noch von dieser Angst vor dem Tod beherrscht.

Er bittet Gott, ihn zu verschonen, auch wenn er bisher noch nie gebetet hat. Er fleht mit bebenden Lippen und heiserer Stimme seinen Vater an, ihn aus dieser Feuerhölle herauszuholen, und versteht nicht, dass das nicht schon längst geschehen ist. Sein Vater würde ohne Rücksicht auf sein eigenes Leben alles tun, um ihn zu retten, das weiß er. Dass er trotzdem noch nicht da ist, kann nur eines bedeuten: dass er ihn nicht mehr retten kann, weil er nicht mehr lebt.

Die Verzweiflung greift mit derart brutaler Wucht nach ihm, dass er fast das Bewusstsein verliert. Er kämpft dagegen an, weil etwas ihm sagt, dass er nicht mehr aufwachen wird, wenn er jetzt ohnmächtig wird.

Er hebt den Kopf, um nachzusehen, wie nah das Feuer schon gekommen ist, und reißt die Augen auf, als er registriert, dass die ersten Flammen bereits gierig nach ihm greifen.

Aber da ist noch etwas anderes, das ihm in diesem Moment bewusst wird und das seltsam ist: Es müsste unerträglich heiß sein. So heiß, dass seine Haut Blasen werfen und seine Haare schmelzen würden.

Aber er spürt nichts. Und fragt sich trotz seiner Panik, wie das möglich ist.

Ein Geräusch lässt ihn erschrocken nach oben blicken. Etwas löst sich von der Decke, ein großer Schatten, der plötzlich zwischen den Flammen auftaucht und auf ihn zurast …

Eric fuhr mit einem Stöhnen auf und sah sich schwer atmend um. Kein Feuer. Im Gegenteil, Dunkelheit. Schemenhaft als schwarze Fläche erkennbar ein Schrank. *Sein* Schrank. *Sein* Schlafzimmer.

»Hast du wieder geträumt?«, fragte Paula neben ihm mit verschlafener Stimme. Eric blickte zu ihr hinüber, ahnte ihr Gesicht jedoch mehr, als dass er es sehen konnte.

»Ja.«

Seine Erleichterung darüber, dass die Feuerhölle nur ein Albtraum gewesen war, wurde getrübt von dem Bewusstsein, dass dieser Traum wiederkommen würde, so wie schon sein ganzes Erwachsenenleben. Nicht dass der Traum ihn Nacht für Nacht plagte, aber er tauchte regelmäßig im Abstand von drei, vier Wochen auf, und er war immer gleich. Meistens kündigte er sich dadurch an, dass Eric nicht einschlafen konnte und sich Stunde um Stunde im Bett hin und her wälzte, bis ihm schließlich doch die Augen zufielen und er sich kurz darauf in dem brennenden Haus wiederfand.

Wenn der Traum ihn quälte, schwappte die Angst, die er dabei empfand, stets in den folgenden Tag hinein, so dass er sogar alltägliche Dinge wie betäubt erlebte.

Er tippte auf das Display seines Smartphones, das auf dem Nachttisch lag, und warf einen Blick auf die Uhr. Fünf Uhr dreiundfünfzig. Nach kurzem Nachdenken fiel ihm ein, dass es Sonntagmorgen war. Es stand nichts an. Bis zum Abend. Zu *dem* Abend, der ein Meilenstein in seiner Karriere werden konnte.

Allein der Gedanke daran beschleunigte seinen Puls und ließ ihn die schlimme Nacht vergessen. Heute würde es anders sein.

Seit drei Jahren war Eric festes Ensemblemitglied des Münchner Residenztheaters. Hauptrollen hatte er dort noch keine gespielt, aber er hatte es immerhin geschafft, sich aus der dritten Reihe des Ensembles zumindest in die zweite vorzuarbeiten. Was aber noch immer nicht bedeutete, dass er sich als erfolgreich hätte bezeichnen können.

Dann war plötzlich diese Anfrage gekommen. Man wollte eine der Hauptrollen des neuen *Tatorts* aus München ausgerechnet mit ihm besetzen. Nicht mit einem der Hauptdarsteller des Theaters, sondern mit ihm, Eric Sanders.

Es war eine schwierige Figur, die er spielen sollte, das hatte er gleich erkannt, als er das Drehbuch in Händen hielt. Ein einsamer, depressiver Familienvater, dem das Leben durch die Finger geglitten war. Schon vor Jahren verlassen von seiner Frau, von den eigenen Kindern verachtet, im Job nur ein blasser Mitläufer, war er der Hauptverdächtige, als seine Ex-Frau ermordet wurde. Es gab einige Indizien, die auf ihn hindeuteten, und er hatte kaum die Kraft, sich gegen die Anschuldigungen zur Wehr zu setzen, was ihn noch verdächtiger machte.

Eric hatte sich bei den Dreharbeiten die Seele aus dem Leib gespielt. Dabei konnte ihm die schwere Krise, die er mit Paula gehabt hatte, sogar helfen. Er hatte sich daran erinnert, wie sich diese taube Leere anfühlte bei der Erkenntnis, dass die eigene Ehe den Bach runterging und jede Anstrengung, sie zu retten, ins Gegenteil verkehrt wurde. So lange, bis man resigniert aufgab.

Letztendlich war es die Liebe zu seinem Sohn gewesen, die dazu geführt hatte, dass er auf alles eingegangen war, was Paula verlangt und als Kompromiss bezeichnet hatte. Hätten sie sich getrennt, wäre Paula mit Leon in ihr Heimatdorf in der Nähe von Calw im Schwarzwald gezogen, zu weit für Eric, um seinen Sohn regelmäßig zu sehen.

Paula hatte Eric in einem Streitgespräch klargemacht, dass dem jeder Richter zustimmen würde, weil er durch seinen Job am Theater nicht die Zeit hatte, sich allein um Leon zu kümmern. Und er wusste, dass sie damit wahrscheinlich recht hatte.

Eric schüttelte den Gedanken an diese schlimme Zeit ab. Paula und er hatten sich wieder zusammengerauft und einen Konsens für ihre Beziehung gefunden, mit dem sie beide zurechtkamen. Gut, es gab keine Schmetterlinge mehr im Bauch, wenn sie sich ansahen, kein Kribbeln mehr beim Gedanken an den nächsten Kuss. Schon lange nicht mehr. Eher Pragmatismus. Wer brachte Leon zum Fußball? Wer geht einkaufen? Sie kamen klar. Und hin und wieder loderte sogar für kurze Momente die alte Leidenschaft erneut auf.

Eric blickte zur Seite und lauschte. Gleichmäßige Atemgeräusche deuteten darauf hin, dass seine Frau wieder eingeschlafen war.

Er hob die Decke an und schob die Beine aus dem Bett. Heute war ein wichtiger Tag. Der wichtigste seiner bisherigen Schauspielerkarriere. Er konnte nicht mehr im Bett liegen bleiben, an Schlaf war sowieso nicht mehr zu denken.

Im Dunkeln tastete er sich aus dem Raum und schaltete das Licht im Flur erst an, nachdem er die Tür hinter sich leise geschlossen hatte. Vor dem Kinderzimmer blieb er kurz stehen und lauschte erneut, konnte aber nichts hören. Leon schlief noch. Als Elfjähriger würde er an einem Sonntag sicher nicht vor zehn Uhr aufwachen. Vielleicht sogar noch später.

Nachdem Eric sich im Bad seinen Morgenmantel angezogen hatte, stellte er sich vor den Spiegel und betrachtete sein Abbild.

Vierundvierzig war er, und unter normalen Umständen sah er auch so aus, aber nach diesen Träumen schien er jedes Mal um Jahre gealtert. Die Augen waren gerötet, die Gesichtshaut fahl, fast grau. Selbst seine vollen schwarzen Haare, in die sich bisher zum Glück noch keine grauen Fäden eingeschlichen hatten, wirkten stumpf und kraftlos.

Mit einem Seufzer wandte er sich ab, verließ das Badezimmer und ging hinunter ins Erdgeschoss und dort in die

Küche, schloss die Tür hinter sich und schaltete den Kaffeevollautomaten ein.

Während die Maschine aufheizte, steckte er zwei Scheiben Toast in den Toaster und holte Butter, Wurst und Käse aus dem Kühlschrank. Minuten später saß er kauend am Tisch und las auf seinem Smartphone zum wahrscheinlich fünfzigsten Mal die Vorankündigung des *Tatorts* durch.

Dieser Abend konnte alles ändern. Wenn die richtigen Leute seine Interpretation des hoffnungslosen Mannes sahen – und gut fanden –, dann konnte ihm das Türen aufstoßen, die seinem Leben eine neue Wendung geben würden.

Er sah vom Display seines Smartphones auf und dachte an Martina und Jürgen, die am Abend zu ihnen kommen wollten, um diese *Tatort*-Folge mit ihnen gemeinsam anzuschauen. Dr. Jürgen Gernot war Zahnarzt, seine Frau Martina Inhaberin einer gutgehenden Parfümerie im Tal, einer belebten Straße in der Münchner Innenstadt.

In den zweieinhalb Jahren, die sie sich nun kannten, war der zweiundvierzigjährige Zahnarzt zu Erics engstem Freund geworden. Ein paarmal in dieser Zeit war Eric an einem Punkt gewesen, an dem er hinschmeißen und sich einen *anständigen* Job suchen wollte, doch immer wieder hatte Jürgen ihm Mut gemacht und ihm erklärt, was er natürlich selbst wusste, was aber dennoch eine andere Wirkung hatte, wenn man es von jemand anderem hörte: Dass in der Schauspielerei wie in vielen kreativen Berufen das Talent zwar Grundvoraussetzung, aber noch lange keine Garantie für den Erfolg war. Wichtig war, im richtigen Moment das Quäntchen Glück zu haben, das die Wende brachte. Und dass es diesen Moment nur geben konnte, wenn man am Ball blieb.

Vielleicht war an diesem Abend sein richtiger Moment.

»Wow!«, sagte Martina, als der Abspann lief, und sah zu Eric hinüber, während sie sich eine Strähne ihrer langen braunen Haare hinters Ohr strich. »Das war … ich weiß gar nicht, was ich sagen soll … einfach phantastisch. Ich habe dich ja schon ein paarmal im Theater gesehen, und das hat mir auch immer gut gefallen, aber das da gerade … Respekt. Ich habe mit dir gelitten und dir die Verzweiflung voll abgenommen.«

»Du hast geweint«, sagte Jürgen grinsend. »Ich hab's gesehen.« Und an Eric gewandt: »Mein Freund, ich lehne mich mal aus dem Fenster und sage: Das ist dein Durchbruch. Wenn man dir nach dieser Leistung nicht die Türen einrennt mit Angeboten, dann weiß ich's auch nicht.«

»Danke.« Tränen füllten Erics Augen und schwappten über. Er ließ es geschehen und wischte sie nicht weg, denn er schämte sich nicht deswegen. Er war unendlich erleichtert. Und glücklich.

»Ich gratuliere dir«, sagte Paula lächelnd, beugte sich zu Eric und gab ihm einen Kuss auf die Wange. »Ich habe es ja schon vorab sehen dürfen, aber ich finde auch beim zweiten Mal, dass das ganz hervorragend war.«

»Danke«, wiederholte Eric und trank einen großen Schluck Wein.

Es war bereits nach Mitternacht, als Martina und Jürgen sich verabschiedeten.

Eric und Paula räumten noch gemeinsam auf, dann gingen sie zu Bett.

»Denkst du auch, dass das mein Durchbruch gewesen sein könnte?«, fragte Eric, als sie im Dunkeln nebeneinander lagen.

»Ich würde es dir wünschen, aber wir beide wissen, wie schwierig es in dieser Branche ist und dass Begabung allein einfach nicht ausreicht.«

»Ja, ich weiß«, entgegnete Eric, und er hörte die Enttäuschung, die in seiner Stimme mitschwang. »Ich hätte es trotzdem schön gefunden, wenn du mir ein bisschen Mut gemacht hättest.«

Das Rascheln der Bettdecke neben ihm ließ ihn ahnen, dass Paula sich zu ihm gedreht hatte. Er blieb auf dem Rücken liegen.

»Möchtest du wirklich, dass ich irgendetwas behaupte, an das ich nicht glaube? Ich dachte, wir sagen uns die Wahrheit?«

»Das meinte ich damit, Paula. Ich habe gehofft, du würdest es vielleicht wirklich für möglich halten, dass dieser Film meine Karriere voranbringen kann. So wie unsere Freunde.«

»Unsere Freunde werden dir nichts sagen, was dich enttäuscht, und das kann man ihnen auch nicht verübeln. Aber ich bin deine Frau. Ich fände es nicht in Ordnung, wenn ich nur deshalb etwas Bestimmtes sagen würde, weil ich weiß, dass du es gern hörst, obwohl ich anders darüber denke.«

»Also glaubst du nicht, dass dieser *Tatort* eine positive Auswirkung auf meine Arbeit haben wird?«

Es verging eine Weile, bis Paula sagte: »Noch einmal:

Ich würde es dir wünschen, aber du solltest nicht damit rechnen. Dann wirst du auch nicht enttäuscht werden.«

»Danke für deine Ehrlichkeit«, antwortete Eric. »Schlaf gut.«

Er drehte sich zur Seite und wandte Paula den Rücken zu. In diesem Moment fühlte er sich ein kleines bisschen wie Peter Borchert. Die Figur, die er im *Tatort* dargestellt hatte.

In der Nacht wurde Eric plötzlich wach und öffnete die Augen. Ein Gedanke brannte in seinem Kopf, und er fragte sich, ob der ihn aus dem Schlaf gerissen hatte. Vorsichtig tastete er nach seinem Smartphone, damit er Paula nicht weckte.

Während er das Gerät entsperrte, wunderte er sich darüber, nicht schon früher im Internet nachgesehen zu haben, was die Zuschauer über den *Tatort* dachten. Normalerweise gab es die ersten Posts dazu bereits während der Sendung. Vielleicht würde er auch Meinungen zu seiner Darstellung des Peter Borchert finden.

Er fand sie. Und während er sich durch die Vielzahl von Kommentaren auf den verschiedensten Social-Media-Plattformen arbeitete, besserte sich seine Laune von Minute zu Minute. Wo immer seine schauspielerischen Fähigkeiten erwähnt wurden, waren fast alle Verfasser voll des Lobes. Hier und da bescheinigte man ihm lediglich ein durchschnittliches schauspielerisches Talent, aber das waren die Ausnahmen. Die allermeisten Kritiken überschlugen sich förmlich vor Anerkennung für seine Leistung.

Als Eric seine eigenen Instagram- und Facebook-Accounts

anklickte, wollte er seinen Augen nicht trauen. Hatte er am Vortag bei Instagram noch bei rund viertausendzweihundert Followern gelegen und bei Facebook bei knapp über siebentausend, waren es nun bei Instagram schon elftausend und bei Facebook fast fünfzehntausend.

Eric musste sich zusammenreißen, um nicht vor Freude laut aufzulachen.

Wenig später legte er das Smartphone schweren Herzens zur Seite, weil ihm die Augen fast zufielen. Am liebsten hätte er noch für den Rest der Nacht immer wieder die Kritiken gelesen.

Anders als noch kurz zuvor fühlte er sich wie ein Gewinner.

2

Im Laufe des nächsten Vormittags verdoppelten sich Erics Follower-Zahlen fast noch einmal, und das sowohl bei Facebook als auch bei Instagram. Er bekam minütlich Mails und Nachrichten über alle Plattformen.

Fast in jeder wurde seine schauspielerische Leistung gelobt, in vielen wurde ihm versichert, seit der Ausstrahlung des *Tatorts* einen neuen, *riesengroßen* Fan zu haben, und auch Autogrammanfragen erreichten ihn.

»Das nimmt überhaupt kein Ende«, erklärte er Paula, als sie gegen dreizehn Uhr zusammen mit Leon zu Mittag aßen. Montags war der einzige Tag, an dem sie gemeinsam essen konnten, weil das Paulas freier Tag in der Apotheke war und ihr Sohn schon um halb eins nach Hause kam. Die restlichen Wochentage war Leon in der Nachmittagsbetreuung des Gymnasiums bis sechzehn Uhr zwanzig und inklusive Busfahrt erst gegen siebzehn Uhr zu Hause.

»Bist du jetzt berühmt?«, wollte der Elfjährige wissen, bevor er sich ein Fischstäbchen in den Mund steckte.

Eric lachte. »Na ja, so weit würde ich nicht gehen, aber eine ganze Menge Leute haben gestern Abend den Krimi gesehen, in dem ich mitgespielt habe, und fanden ihn wohl gut.«

»Und ich durfte ihn nicht schauen, das ist gemein. Sogar der Kalle aus meiner Klasse hat ihn gucken dürfen. Und sein Vater hat nicht da mitgemacht.«

»Wir hätten dich auch gern mitschauen lassen, Leon, aber diese Folge war einfach nicht für dein Alter geeignet. Sie war freigegeben ab sechzehn Jahren, und das hatte auch seinen Grund. Wenn Kalles Eltern das anders sehen, ist das ihre Sache. Ich verspreche dir, in ein paar Jahren kannst du sie auch anschauen. Und wer weiß, vielleicht spiele ich ja bis dahin noch in anderen Filmen mit, die auch für *dein* Alter geeignet sind.«

Damit gab sein Sohn sich zufrieden.

Als Leon nach dem Essen in seinem Zimmer verschwunden war und Eric und Paula den Tisch abräumten, sagte er: »Ich denke, ich muss jetzt mal etwas auf meinen Social-Media-Kanälen posten. Das erwarten die Leute.«

Eric wusste nicht, ob er Paulas Lächeln als nachsichtig oder mitleidig einstufen sollte, als sie erwiderte: »Du wirst mir das wahrscheinlich wieder übelnehmen …« Sie wandte sich ihm, eine Schüssel in der Hand, zu. »Ich gönne dir wirklich, dass du so viel Zuspruch bekommst, aber du bist jetzt nicht plötzlich der große Star, von dem die Leute erwarten, dass er zu ihnen spricht.«

Es verstrichen einige Sekunden, die Eric dazu nutzte, Paulas Kommentar innerlich wegzustecken, dann sagte er: »Ich gebe dir absolut recht, dass ich kein Star bin, doch auch ein kleiner Schauspieler wie ich hat Menschen, die das, was er tut, gut finden. Die Anzahl dieser Leute hat sich über Nacht vervielfacht, und das macht mich stolz. Und eigentlich wollte ich dich fragen, ob du vielleicht eine Idee hast, was ich schreiben könnte. Aber das hat sich wohl gerade erledigt.«

Erneut lächelte Paula. »Ich wollte deinen Ruhm nicht schmälern. Ich helfe dir natürlich gern.«

Auch wenn sie Eric in diesem Moment vorkam wie eine Erwachsene, die einem kleinen Kind sagte, dass sein Gekritzel auf einem Blatt Papier *natürlich* ein tolles Bild war, lächelte er zurück. »Schön.«

»Ich denke, du solltest dich bei den vielen neuen Followern bedanken für die Nachrichten, in denen du für deine Rolle gelobt wurdest.«

Auch wenn das selbstverständlich genau das war, was Eric sowieso hatte schreiben wollen, nickte er. »Das ist eine gute Idee.«

»Und du könntest noch ein bisschen von den Dreharbeiten erzählen. Die Leute lieben Anekdoten. Keine Ahnung, vielleicht sind ja am Set irgendwelche lustigen Dinge passiert?«

Dass du keine Ahnung hast, könnte daran liegen, dass du nie danach gefragt hast, dachte Eric, sagte aber: »Ja, stimmt, ich muss mal nachdenken, was ich darüber schreiben kann.«

Eine halbe Stunde später saß Eric am PC und verfasste den ersten Beitrag für seine mittlerweile insgesamt rund fünfzigtausend Follower.

Hallo zusammen!
Ich bin noch völlig geplättet von den unfassbar vielen Nachrichten, die mich auf allen Kanälen seit gestern Abend erreicht haben, und, ja … ich möchte euch dafür danken. Ihr ahnt nicht,

wie sehr ich mich über das Lob gefreut habe. Das zeigt mir, dass es sich irgendwann doch auszahlt, wenn man alles gibt, um seinen Job so gut zu machen, wie es irgendwie möglich ist.
Die Dreharbeiten haben mir sehr viel Spaß gemacht, und es war mir eine Ehre, mit so vielen großartigen und erfahrenen Kollegen zusammenarbeiten zu dürfen. Alle haben mich sehr unterstützt und mir immer wieder wertvolle Tipps gegeben, um diese wirklich schwierige Rolle möglichst authentisch interpretieren zu können.
Wie auch immer – was gerade geschieht, ist einfach unbeschreiblich, und ich würde mich sehr freuen, wenn ihr mir einen kleinen Kommentar unter diesem Post hinterlasst.
Euer Eric

Sein Post war noch keine Minute auf Instagram und Facebook zu sehen, da gab es schon die ersten Kommentare. Nach einer halben Stunde waren es auf beiden Kanälen bereits über hundert, und fast alle waren positiv.

Eric schaltete den Computer aus und verließ das Büro. Er brauchte einen kleinen Spaziergang an der frischen Luft. Wenn er zurückkam, würde er seinen Agenten anrufen. Vielleicht hatte der ja Neuigkeiten für ihn.

Kurz darauf überquerte Eric die Straße, in der ihr gemietetes Haus lag, und spazierte in Richtung des kleinen Parks, der keine fünfhundert Meter entfernt war. Er hatte den Eingang gerade erreicht, als Jürgen anrief.

»Sag mal«, begann sein Freund mit der für ihn typischen Floskel, »ich habe gerade ein bisschen auf deinen Social-Media-Kanälen herumgelesen. Ist ja irre, was da abgeht.«

»Solltest du dich nicht um die Zähne deiner Patienten kümmern?«, scherzte Eric gutgelaunt.

»Ich habe noch eine halbe Stunde, bevor es mit den Nachmittagsterminen losgeht, und dachte, ich frage mal, ob du gesehen hast, dass jemand bei Facebook in deinem Namen die Kommentare deiner Fans beantwortet. Ich hoffe zumindest, dass das nicht du warst.«

»Wie, in meinem Namen?« Eric blieb stehen.

»Du hast es also noch nicht gesehen. Vielleicht schaust du es dir besser mal an. Es gibt sicher Leute, die nicht merken, dass das nicht von dir kommen kann. Wirft kein gutes Licht auf dich.«

»Ja, gut … ich schaue sofort rein. Danke.«

»Keine Ursache. Am besten blockierst du den Clown direkt. Melden brauchst du den nicht, die Arbeit kannst du dir sparen. Die tun bei Facebook und Instagram sowieso nichts gegen diese Idioten.«

»Okay, danke.«

»Und mach dir nichts daraus. Das ist der Preis des Ruhms.«

Eric beendete das Gespräch und öffnete gleich darauf Facebook. Mittlerweile war die Anzahl der Kommentare auf über zweihundert angewachsen, und gleich der erste, der ihm angezeigt wurde, hatte eine Antwort von *Eric Sanders – Actor*. So lautete Erics Accountname.

Danke für deinen netten Kommentar, liebe Sabine_1983. Ich habe mir dein Profil angeschaut und finde dich sehr interessant. Vielleicht können wir uns ja mal im wahren Leben treffen. Würde mich freuen.

Sabine_1983 hatte diesen Kommentar wiederum kommentiert.

Ähm … nein, können wir ganz sicher nicht! Und ich finde es befremdlich, von dir als Person, die in der Öffentlichkeit steht, hier so plump angebaggert zu werden. Sehr enttäuschend!

»Scheiße!«, stieß Eric aus, scrollte tiefer und musste feststellen, dass etliche Kommentare von diesem Fake-Account beantwortet worden waren, und alle diese Antworten waren mehr als ärgerlich.

Danke für deinen Kommentar, aber ich finde dich uninteressant, als Frau, als Mensch, überhaupt, stand zum Beispiel da, oder weiter unten: *Hey, Chrissy, du bist ja ein echter Hingucker. Sehr schön. Schreib mir gern mal eine private Nachricht.*

»So ein Arschloch!«, zischte Eric, scrollte wieder nach oben und erzeugte mit fliegenden Fingern einen neuen Post.

Es tut mir leid, aber jemand antwortet auf eure Kommentare mit einem Fake-Account unter meinem Namen. Diese Antworten stammen NICHT von mir. Ich würde so etwas nie schreiben. Ich werde ihn gleich blockieren, dann ist hoffentlich Ruhe.

Nachdem er den Post veröffentlicht hatte, navigierte er zu den Einstellungen und blockierte den Fake-Account, woraufhin dessen Kommentare nicht mehr zu sehen waren.

Eine Weile blieb er noch stehen und aktualisierte die Ansicht, doch es gab keine neuen Fake-Kommentare.

Schließlich steckte er das Smartphone ein und ging weiter.

Das ist der Preis des Ruhms, hatte Jürgen gesagt. Bei allem Ärger über den Autor der gefakten Kommentare lächelte Eric. Wenn das der einzige negative Preis für seinen Erfolg war, konnte er damit leben.

Wie hätte er auch ahnen sollen, dass das erst der Anfang gewesen war?

3

»Wo sind Sie jetzt?«

Die Stimme klang sanft und einfühlsam.

»In einem Haus.«

»Kennen Sie das Haus?«

»Ich glaube, ich wohne hier.«

»Sie *glauben*? Warum glauben Sie das nur? Man weiß doch, wo man wohnt.«

»Ich … ich bin mir nicht sicher.«

»Sehen Sie sich um. Was sehen Sie?«

»Es ist alles seltsam. Verschwommen … verzerrt.«

»Was meinen Sie damit?«

»Da sind Einrichtungsgegenstände. Eine Couch, ein Tisch, ein Schrank. Aber ich kann sie nicht richtig erkennen.«

»Gibt es noch weitere Zimmer?«

»Das weiß ich nicht.«

»Schauen Sie sich weiter um, ist da irgendwo eine Tür?«

»Ich glaube, ja.«

»Öffnen Sie sie.«

Eric ging auf die Tür zu, die – wie alles andere auch – zu verschwimmen schien, legte die Hand auf die Stelle, an der er die Klinke vermutete, und zog die Tür auf. In der nächsten Sekunde stieß er einen Schrei aus und hob die Arme vors Gesicht, um es vor der Flammenhölle zu schützen, die ihm entgegenschlug. »Feuer! Alles brennt!«, rief er panisch. »Feuer!«

»Wachen Sie auf!« Es war ein Befehl, und die Stimme schien direkt in seinem Ohr zu sein.

Eric riss die Augen auf und blickte schnell atmend in das Gesicht von Dr. Roberts.

»Geht es Ihnen gut?«, fragte der Psychotherapeut mit besorgter Miene, die sein für einen Fünfzigjährigen jungenhaftes Gesicht zumindest ein wenig älter erscheinen ließ.

»Nein, nicht wirklich.« Eric richtete sich auf, schob die Beine von dem gepolsterten Hocker, der vor dem Sessel stand, und rieb sich mit beiden Händen über das Gesicht. »Ich hatte Angst.«

»Erinnern Sie sich an die letzten Minuten?«

Eric sah Dr. Roberts nachdenklich an. »Ja. Ich war im Haus, alles war verschwommen. Und dann war da wieder das Feuer.«

Eric beobachtete Roberts dabei, wie er sich Notizen machte.

»Wieso war da Feuer? Ich meine, Sie sagten doch, wir gehen in der Zeit zurück zu einem Punkt vor dem Unglück.«

Der Therapeut nickte ernst. »Ja, das haben wir auch getan. Dass Sie hinter dieser Tür ein Feuer gesehen haben, obwohl wir uns an einem Zeitpunkt Tage vor dem Unglück befunden haben müssten … Ich schätze, Sie assoziieren dieses einschneidende traumatische Erlebnis unbewusst mit Ihrer gesamten Kindheit in diesem Haus.«

»Aber warum habe ich meine Umgebung so verschwommen gesehen?«

»Könnte es vielleicht Rauch gewesen sein?«

Eric schüttelte den Kopf. »Nein, es war anders, kein Rauch. Eher so, als würde ich durch eine Brille schauen, die die falsche Stärke hat.«

»Hm …«, brummte Dr. Roberts und machte Notizen.

»Und warum kam mir der Raum, in dem ich war, so seltsam vor? Ich weiß, dass ich in diesem Haus meine ganze Kindheit verbracht habe, und trotzdem war mir alles fremd. Ich hatte keine …« Eric suchte nach dem richtigen Wort.

»Bindung?«, half Dr. Roberts ihm.

»Ja, genau. Es war, als wäre ich dort nur zu Gast. Ich habe die Einrichtung zwar gekannt, mich aber nicht zu Hause gefühlt.«

Roberts nickte, als hätte er damit gerechnet, dass Eric das sagen würde. »Das kann damit zusammenhängen, dass Sie nach dem traumatischen Erlebnis innerlich auf Distanz zu dem Haus gegangen sind, in dem alles passiert ist.« Dr. Roberts lehnte sich zurück und schlug die Beine übereinander. »Herr Sanders, Sie haben bei diesem Feuer damals Ihre Eltern verloren. Das ist eine der schlimmsten Erfahrungen, die ein Kind machen kann. Danach haben Sie sich wahrscheinlich von allem distanziert, was mit dieser Tragödie zusammenhängt. Dazu gehört auch das Haus, in dem Sie aufgewachsen und in dem Ihre Eltern ums Leben gekommen sind. Ihr Unterbewusstsein hat die Assoziationskette zu dem Haus und allem anderen aus dieser Zeit unterbrochen. Das ist ein Schutzmechanismus. Indem Sie sich in dem Haus nur als Gast fühlen, können Sie Distanz wahren und müssen sich nicht auf den Schmerz einlassen, der mit der Erkenntnis und vor allem dem Gefühl einhergehen würde, dass es sich um Ihr Elternhaus handelt, in dem Ihr Vater und Ihre Mutter ums Leben gekommen sind.«

Eric dachte eine Weile darüber nach, bevor er nickte. »Das verstehe ich. Aber … wird das je aufhören? Die Schlaflosigkeit. Die Träume. Sie begleiten mich schon, solange ich zurückdenken kann.«

Roberts' Brauen hoben sich kurz. »Herr Sanders, Sie sind erst zum zweiten Mal bei mir, da fällt es mir noch schwer, Prognosen abzugeben. Drücken wir es mal so aus: Ich kann Ihnen nichts versprechen, aber ich sehe durchaus die Chance, dass wir es gemeinsam schaffen. Aber … was ich Sie schon bei Ihrem ersten Besuch fragen wollte: Wenn diese Träume Sie bereits seit so langer Zeit begleiten, warum haben Sie sich erst jetzt Hilfe gesucht?«

Eric zuckte mit den Schultern. »Meine Großmutter hat mir immer davon abgeraten. Sie meinte, diese neue Mode, für jede Kleinigkeit zu einem Psychotherapeuten zu rennen, würde unsere ganze Gesellschaft verrückt machen. Sie meinte, das seien letztendlich nur Träume.«

»Hm …«, brummte Dr. Roberts erneut und kritzelte wieder etwas in sein Notizbuch.

»Sie hat es gut gemeint.« Eric fühlte sich verpflichtet, seine Großmutter zu verteidigen. »Sie liebt mich und wollte immer nur das Beste für mich.«

»Ja, das glaube ich Ihnen.« Dr. Roberts warf einen Blick auf seine Armbanduhr, für Eric ein Zeichen, dass sie am Ende der Sitzung angekommen waren. Er erhob sich und sagte: »Ich danke Ihnen.«

Auch Dr. Roberts stand auf und nickte Eric zu. »Wir sehen uns in zwei Wochen wieder.«

Als Eric kurz darauf die Praxis verließ, wunderte er sich, wie sehr die Temperaturen innerhalb der Stunde, die er bei Dr. Roberts gewesen war, gestiegen waren. Er schätzte, dass es mindestens schon fünfundzwanzig Grad waren, und das um kurz nach zehn am Morgen Anfang Juni.

Er wandte sich nach rechts, wo er zwanzig Meter weiter sein Auto am Straßenrand geparkt hatte. Als er eingestiegen war, zog er ein kleines Ledermäppchen aus der Innentasche des dünnen Sakkos, das er über seinem weißen T-Shirt trug, und klappte es auf. Die linke obere Ecke des Fotos fehlte, die unregelmäßigen, dunklen Ränder zeugten davon, dass sie verbrannt waren. Die beiden lachenden Gesichter im Zentrum des Bildes waren aber zum Glück nicht zerstört.

Eric betrachtete die Fotografie eine Weile, dann strich er mit dem Zeigefinger sanft die Konturen seines Vaters und seiner Mutter nach. Es war das einzige Foto, das ihm von ihnen nach dem Brand geblieben war. Es war kurz vor dem Unglück aufgenommen worden, hatte seine Großmutter ihm erzählt. Er selbst konnte sich nicht mehr an die Zeit davor erinnern. An nichts davon.

Eric sah sich jedes kleine Detail der beiden Gesichter an, die man auf der Aufnahme erkennen konnte. Er betrachtete lange die Augen seiner Mutter, danach die seines Vaters, und hoffte wie jedes Mal dabei auf Anzeichen der Erinnerung. Auf ein kleines Fragment, das er aufgreifen und benutzen konnte, um sein Gedächtnis wieder zum Funktionieren zu bringen, doch wie bei allen vorherigen Versuchen gelang es ihm nicht.

Ja, er wusste, dass diese beiden Menschen auf dem Foto seine Eltern waren. Fühlen konnte er es aber nicht.

Er steckte die Fotografie wieder ein und startete den Motor. Sein nächstes Ziel war klar.

Als er seinen Wagen auf dem Parkplatz des Pflegeheimes in Schwabing-Freimann abstellte, war es kurz nach halb elf. Während er auf den Eingang zuging, hoffte er, dass seine Großmutter einen guten Tag hatte.

Seit Erics Großvater eineinhalb Jahre zuvor gestorben war, lebte sie in der Einrichtung, und von Monat zu Monat wurde ihr Zustand problematischer. Mittlerweile erkannte sie Eric nur noch ab und zu, wenn er sie besuchte, und es schmerzte ihn, die Frau, die ihn nach dem Tod seiner Eltern aufgenommen hatte, so vor sich hin siechen zu sehen.

Soweit Eric sich zurückerinnern konnte, hatten sie und sein Großvater sich liebevoll um ihn gekümmert und ihm trotz der Tragödie einen guten Start ins Leben ermöglicht.

Eric betrat das Gebäude und wandte sich nach links, wo am Ende eines hellen Flurs das Zimmer seiner Großmutter lag. Jemand hatte einen Blumen-Aufkleber mit ihrem Namen auf der Tür angebracht.

Der Form halber klopfte er an, wartete aber nicht auf eine Reaktion, die erfahrungsgemäß ausbleiben würde, sondern öffnete die Tür und trat ein.

Der Raum war etwa sechzehn Quadratmeter groß. An der Wand rechts neben der Tür stand ein Bett mit Seitenwänden aus hellem Holz. Am Kopfende war ein verchromter Bettgalgen angebracht, von dem ein grauer Plastikgriff herabhing, wie man ihn von Krankenhausbetten kannte. Daneben ein rollbarer Nachttisch. Der Kleiderschrank an der rechten Längswand war nur etwa eins achtzig hoch und aus dem gleichen hellen Holz, ebenso wie das hüfthohe Sideboard gegenüber. Auf dem quadratischen Tisch mit zwei Stühlen in der Mitte des Zimmers lag ein sommergelbes Deckchen, das Erics Großmutter in einer besseren Zeit selbst gehäkelt hatte. Darauf stand eine Holzschale. Sie war leer.

Komplettiert wurde die Einrichtung von einem bequemen braunen Ledersessel, der einmal das Lieblingsmöbel von Erics Großvater gewesen war und in dem Mathilde Krämer nun wie so oft vor dem Fenster saß. Sie blickte nach draußen. Ob sie allerdings etwas von dem registrierte, was dort vor sich ging – und das war wenig genug –, wusste er nicht.

Als sie den Kopf wandte und ihm mit leerem Blick entgegensah, ahnte Eric, dass er an diesem Tag nicht das Glück haben würde, erkannt zu werden.

»Guten Morgen, Oma«, begrüßte er sie betont gut gelaunt und ging auf sie zu.

»Guten Morgen«, antwortete sie und beobachtete ihn interessiert. »Sind Sie Arzt?«

»Nein, Oma, ich bin's, Eric. Dein Enkel.« Eric hob den Stuhl hoch, der vor dem kleinen Tisch stand, stellte ihn neben dem Sessel ab und setzte sich.

Als er die Hand seiner Großmutter in seine nahm, ließ sie es geschehen, betrachtete ihn dabei aber weiterhin interessiert und so, als hätte sie ihn noch nie gesehen.

»Die Blumen haben zu wenig Wasser«, erklärte sie.

»Welche Blumen meinst du, Oma?«

»Die da draußen. Schauen Sie doch nur, wie sie die Köpfe hängen lassen. Können Sie dafür sorgen, dass die Blumen Wasser bekommen?«

Eric richtete sich auf und warf einen Blick durch das Fenster. Tatsächlich sahen die verschiedenfarbigen Nelken, die zu beiden Seiten des Treppenaufgangs angepflanzt waren, so aus, als bräuchten sie dringend Wasser, was bei den Temperaturen kein Wunder war. Ihn wunderte eher, dass es seiner Großmutter aufgefallen war.

»Du hast recht«, bestätigte Eric und setzte sich wieder. »Ich werde nachher vorn Bescheid sagen, dass sie gegossen werden müssen.«

»Sind Sie Arzt?«, erkundigte Mathilde Krämer sich erneut. Eric ignorierte die Frage. Er hatte gelernt, dass es in solchen Momenten nichts brachte, ihr wieder und wieder zu erklären, wer er war. Stattdessen nahm er die Fotografie seiner Eltern und zeigte sie seiner Großmutter.

»Schau mal, weißt du, wer das ist?« Er hatte die Hoffnung, dass der Anblick ihrer Tochter und ihres Schwiegersohnes vielleicht die Erinnerung in ihr weckte, doch nachdem sie einen kurzen Blick auf das Foto geworfen hatte, schüttelte sie den Kopf und sah ihn verständnislos an. »Nein.«

»Das ist deine Tochter.«

»Meine Tochter?«

»Ja, Oma.« Nachdem ein paar Sekunden verstrichen waren, fügte er leiser hinzu: »Meine Mutter.«

»Nein.«

»Doch.«

Sie sah ihn an, als hätte sie ihn nicht verstanden, dann wanderte ihr Blick erneut zu der Aufnahme in seinen Händen, wo er kurz verweilte, bevor sie sich wieder dem Fenster zuwandte. »Die Blumen brauchen Wasser.«

»Ja, Oma«, entgegnete Eric traurig. »Ich sage Bescheid.«

Als er sich zehn lange Minuten später von ihr verabschiedet hatte, sprach er auf dem Weg nach draußen eine Mitarbeiterin an, die ihm auf dem Flur entgegenkam und ihn freundlich grüßte. Man kannte ihn hier mittlerweile.

»Ich soll Ihnen von meiner Großmutter ausrichten, dass die Blumen draußen neben der Treppe Wasser brauchen.«

»Oh, danke, ich gebe es gleich weiter«, entgegnete die etwa vierzigjährige Frau lächelnd. »Ich weiß, dass Ihre Großmutter sonst keine Ruhe findet.«

Kurz darauf stieg Eric in sein Auto und griff, einer Eingebung folgend, nach seinem Handy. Mit einigen wenigen Klicks hatte er Facebook geöffnet und überprüfte zuerst die Anzahl seiner Follower. Sie war mittlerweile bei fast vierzigtausend angekommen und stieg damit nicht mehr so rasant wie am ersten Tag nach der Ausstrahlung des *Tatorts*, war aber trotzdem beachtlich. Anschließend scrollte Eric nach unten zu seinem Beitrag und stieß gleich darauf einen Fluch aus. Der obenstehende Kommentar stammte von *LissyLady74* und lautete:

Wollte nur mal loswerden, dass das wirklich eine tolle Leistung war im Tatort. Weiter so!

Darunter stand als Antwort:

Danke Lissy, ich weiß selbst, dass ich gut war. Und entschuldige bitte, aber das Recht, mir ein »weiter so« zu sagen, hat mein Agent oder ein Produzent, aber kein Fan. Vielleicht nimmst du dich ein bisschen zu wichtig?

Geschrieben hatte das *Eric Sanders – Actor*.

4

Als Eric zu Hause ankam, ging er auf direktem Weg ins Büro und schaltete seinen Computer an. Er war wütend.

Noch auf dem Parkplatz vor dem Pflegeheim hatte er den neuen Fake-Account blockiert und war dann gleich losgefahren.

Vielleicht nimmst du dich ein bisschen zu wichtig … Und das unter dem Kommentar einer jungen Frau, die ihm ein freundliches Lob ausgesprochen hatte. Selten hatte er etwas Unsympathischeres, Arroganteres und Dämlicheres gelesen. Das würde zumindest ein Teil seiner neuen Follower nun auch denken. Aber von ihm!

Er öffnete Facebook und navigierte zu seinem Post. Zum Glück gab es keine neuen Antworten von einem gefälschten Konto mit seinem Namen. Dafür einige Nachrichten von Menschen, die ihn anscheinend kannten oder gut einschätzen konnten und ihn darauf hinwiesen, dass unter seinem Post offenbar ein Troll sein Unwesen trieb.

Nachdem er sich noch eine Weile durch die überwiegend sehr positiven Meinungen zu seiner schauspielerischen Leistung gelesen hatte, schaltete er den Computer aus. Er musste los. Für dreizehn Uhr war eine Probe im Theater angesetzt. Schon in zwei Wochen war die Premiere von *Agamemnon*, in der Eric Menelaos darstellen würde, König von Sparta und Agamemnons jüngerer Bruder. Das war zwar keine Hauptrolle, aber neben Klytämnestra, Agamemnons Frau, eine der wichtigen Figuren des Stückes.

Eric war von Anfang an von dem Stoff begeistert gewesen, weil ihn Homers Epos um den Trojanischen Krieg schon als Jugendlicher fasziniert hatte. Zudem hatte die Figur des Königs von Sparta, dessen wunderschöne Frau Helena sich bereitwillig von dem Prinzen Trojas, Paris, entführen ließ, so viele Facetten zwischen Wut, Trauer und Macht, dass Eric jede Probe als Herausforderung sah, dem Charakter des Menelaos durch sein Spiel weitere emotionale Nuancen einzuhauchen.

Als er um kurz vor eins die Bühne betrat, saßen die meisten der Schauspielerinnen und Schauspieler schon auf dem Boden oder standen in kleinen Grüppchen zusammen und warteten auf die Regisseurin.

»Da kommt ja unser *Tatort*-Star«, wurde er lachend von Thomas Korling begrüßt, der mit zwei Kolleginnen zusammenstand. Der fünf Jahre ältere blonde Schauspieler gehörte erst seit einem halben Jahr zum festen Ensemble des Theaters und war Eric vom ersten Tag an sympathisch gewesen. Er hatte die Hauptrolle des Agamemnon bekommen, was Eric ihm von Herzen gönnte. Er konnte neidlos anerkennen, dass Thomas ein begnadeter Darsteller war. Umso mehr hatte es ihn gewundert, dass man ihn und nicht Thomas für die Rolle im *Tatort* ausgesucht hatte.

Als der Hauptdarsteller nun die Hände hob und zu klatschen begann, fielen nach und nach alle anderen mit ein. Eric war klar, dass einige das nur widerwillig taten, weil sie ihm seinen Erfolg nicht wirklich gönnten. In diesem Punkt waren Schauspieler nicht anders als alle anderen Menschen. Und falls es doch Unterschiede gab, waren Mimen in puncto Neid und Missgunst eher etwas schlimmer.

»Grandiose Leistung«, sagte jemand. »Tolle Performance«, ein anderer, während alle anderen bestätigend nickten.

»Herzlichen Glückwunsch«, sagte eine Frau hinter ihm. Noch bevor Eric sich umdrehte, wusste er, dass es Alessa Pruß war, die Regisseurin.

»Danke, freut mich, dass es dir gefallen hat.« Er war sicher, dass sie es so meinte, wie sie es sagte, da Alessa immer genau das sagte, was sie dachte. Und genau deshalb war sie nicht bei allen Mitgliedern des Ensembles beliebt, weil sie manchmal auch Dinge offen aussprach, die der eine oder andere nicht gern hörte.

»Aber komm bloß nicht auf den Gedanken, dich auf diesen Lorbeeren auszuruhen, klar? Hier spielst du zwar keine Paraderolle wie die eines bemitleidenswerten Opfers, sondern *nur* einen spartanischen König und das auch nicht vor einem Millionenpublikum, sondern nur vor ein paar hundert Leuten pro Vorstellung, aber lass dir nicht einfallen, jetzt leichtsinnig zu werden. Falls du allerdings denkst, es hat sich deshalb etwas geändert, dann hast du damit trotzdem recht. Ich erwarte von dir ab heute noch mehr als zuvor, klar?«

Als Eric schmunzelnd nickte, klatschte Alessa in die Hände und blickte in die Runde. »Also los, los, auf geht's.«

Als Eric nach der Probe drei Stunden später die Bühne verlassen wollte, kam er an Thomas vorbei, der sich gerade von einer Kollegin verabschiedete. »Hast du noch einen Moment?«, fragte Eric, woraufhin Thomas nickte. »Klar, was gibt's?«

»Du bist doch schon etwas länger im Geschäft und hattest bereits einige Hauptrollen an großen Theatern. Ich weiß, dass du eine Menge Follower auf allen möglichen Social-Media-Kanälen hast und …«

»Möchtest du Tipps von mir, jetzt, wo es bei dir so richtig abgeht?«, unterbrach Thomas ihn lachend.

»Nicht direkt. Es ist eher eine Frage. Ist es dir schon mal passiert, dass sich jemand für dich ausgegeben und Blödsinn gepostet hat?«

»Ich weiß, was du meinst.« Thomas zwinkerte Eric zu. »Ich habe dich nach der Ausstrahlung natürlich gleich gestalkt und gesehen, was dieser Vollpfosten gepostet hat.«

»Und? Hast du das auch schon mal gehabt.«

Thomas winkte ab. »Ein Mal? Leider bereits öfter. Da darfst du dir nichts draus machen. Blockieren und fertig. Alles andere bringt eh nichts.« Thomas' Grinsen wurde noch breiter. »Das ist die Kehrseite der Medaille. Wenn die Leute plötzlich beginnen, sich für dich zu interessieren, ziehst du zwangsläufig auch solche Idioten an.«

»Und da kann man gar nichts machen?«

Thomas zuckte mit den Schultern. »Du hast ja schon alles getan, was möglich ist. Einen Post, in dem du den Leuten erklärst, dass diese Antworten nicht von dir stammen, und den Kerl blockiert.«

»Okay!«, sagte Eric. »Ich hatte gehofft, man kann sonst noch was dagegen tun.«

»Du kannst die falschen Erics zwar melden, aber ich

weiß aus eigener und der Erfahrung vieler Kollegen, dass das überhaupt nichts bringt.«

»Okay, ich danke dir jedenfalls.«

»Keine Ursache«, entgegnete Thomas.

»Dann bis morgen.« Eric wollte sich schon abwenden, als Thomas sagte: »Ach, eins hat mich aber doch gewundert.«

»Was denn?«

»Bei mir, und ich denke, auch bei den anderen, schreiben diese Typen immer so was wie: *Vielen Dank für deinen Kommentar. Als kleines Dankeschön habe ich eine Überraschung für dich. Klicke einfach diesen Link an.* Und dann steht da ein Link, wo du dir einen Trojaner oder so was einfängst, wenn du draufklickst. Oder man wird zu irgendeiner gefakten Shopseite gelenkt, wo es supergünstige Schnäppchen gibt, die man aber nie erhält. Bei dir war das anders.«

»Ja, stimmt, der Idiot hat absurde Dinge gepostet, die mich in ein ziemlich schlechtes Licht rücken. Unter einen wirklich netten Kommentar hat er mit dem neuen Account geschrieben: *Vielleicht nimmst du dich ein bisschen zu wichtig?* Das lässt mich dastehen wie ein ziemliches Arschloch.«

Thomas nickte. »Das ist allerdings wahr. Vielleicht ist es bei dir ja gar kein Troll, dem es nur darum geht, Geld zu ergaunern oder irgendeinen Schaden anzurichten.«

»Sondern?«

»Vielleicht möchte er ganz speziell dir schaden.«

Als Eric kurz darauf das Theater verließ, war er nachdenklich geworden. Was Thomas gesagt hatte, ließ diese Sache noch mal in einem ganz neuen Licht erscheinen, was dazu führte, dass der anfängliche Ärger einem diffusen Unbehagen wich.

Um kurz nach halb fünf war er zu Hause, wo er die verbleibende halbe Stunde des Alleinseins nutzen wollte, um seine Mails zu checken und gegebenenfalls zu beantworten. Er hatte die Mailadresse in seinem Profil hinterlegt und fand es aufregend, plötzlich so viele Nachrichten von Fans zu bekommen, die er auch möglichst alle beantworten wollte.

Im Büro fuhr er seinen Computer hoch und öffnete das Mailprogramm, das ihm anzeigte, dass er zweiunddreißig neue Nachrichten erhalten hatte. Nachdem er die offensichtlichen Spammails aussortiert hatte, blieben noch elf Nachrichten übrig.

Eric klickte die oberste Mail an, in der eine Frau namens Gaby Perlau voll des Lobes für seine Darstellung des Peter Borchert war. Er klickte auf *antworten* und bedankte sich herzlich für das Lob, über das er sich sehr freue.

Nachdem er seinen Text kopiert hatte, schickte er die Mail los und widmete sich der nächsten Nachricht, die einen ähnlichen Inhalt hatte und die er mit dem kopierten Text ebenfalls beantwortete.

Die dritte Mail stammte von P. K.

Als Eric sie las, stöhnte er auf.

Eric!
Du bekommst im Moment viele Mails, aber diese ist einzigartig. Sie ist eine Prophezeiung. Dein Leben wird sich bald auf dramatische Weise verändern. Ich bin kein Spinner. Ich bin der, der dein Leben verändern wird. Ich bin du! Ebenso sehr oder ebenso wenig wie du bin ich derjenige, der du vorgibst zu sein.
Wart's ab!

Eric las den letzten Teil noch mal, verstand ihn aber auch beim zweiten Mal nicht. Mit wummerndem Puls betrachtete er den Absender, doch die Mailadresse P-k@cuvox.com ließ keinerlei Rückschlüsse auf die Identität der Person zu. Mit fahrigen Bewegungen öffnete Eric den Browser und suchte nach dem Mailanbieter. Schnell stellte sich heraus, dass es sich um eine sogenannte Wegwerf-Adresse handelte, die anonym verwendet werden konnte und nach zehn Minuten ihre Gültigkeit verlor. Ein Rückschluss auf den tatsächlichen Absender war also nicht möglich.

Eric wechselte zurück zum Mailprogramm und las die Nachricht erneut, was es nicht besser machte.

Ich bin du! Ebenso sehr oder ebenso wenig wie du bin ich derjenige, der du vorgibst zu sein.

Das klang sehr seltsam, aber alles davor sah nicht nach einem Spinner aus, der wirres Zeug schrieb.

Andererseits … war es nicht tatsächlich so, dass jeder, der halbwegs prominent war, mit so verqueren Nachrichten rechnen musste?

Das Klingeln seines Telefons riss Eric aus diesen Überlegungen, und er war dankbar dafür. Als er auf dem Display sah, dass es sein Agent war, atmete er auf. Mit Bastian konnte er über alles reden, zumal er schon seit vielen Jahren auch bekanntere Schauspielerinnen und Schauspieler vertrat und Mails wie die von P.K. sicher schon öfter bei seinen Klienten erlebt hatte.

»Bastian«, meldete Eric sich. »Gut, dass du anrufst, ich habe gerade eine sehr merkwürdige Mail erhalten.«

»Merkwürdig? Inwiefern?«

»Hör mal zu, dann weißt du, was ich meine.«

Nachdem Eric die Nachricht vorgelesen hatte, schien Bastian wenig überrascht.

»Hm …«, brummte der Agent. »Das passt.«

»Was?«, entgegnete Eric verständnislos. »Was soll das denn heißen? Was passt?«

»Die Mail passt zum Grund meines Anrufs.«

»Ich verstehe kein Wort.«

»Ich wollte dich fragen, ob du schon gesehen hast, dass jemand auf Facebook dein komplettes Profil kopiert hat, und zwar bis ins kleinste Detail. Mit allen Beiträgen und Fotos aus den letzten Jahren. So, dass man, wenn man nicht auf das Erstellungsdatum der Beiträge achtet, oder darauf, dass es keine Kommentare darunter gibt, nicht erkennen kann, dass es nicht dein Profil ist.«

»Ich bin du!«, sagte Eric mit heiserer Stimme.

»Ja, und wie es aussieht, meint er es ernst. Er hat angefangen, eigene Posts auf dem Profil zu erstellen, und die haben schon Kommentare erhalten. Beides wird dir nicht gefallen.«

5

Liebe Fans,
ich muss meine Gedanken einfach mal loswerden und weiß, dass ich das bei euch auch kann, weil ihr meine treuen Anhänger seid. Jetzt, wo man endlich mein Talent erkannt hat, wird sich vieles für mich ändern. Ich werde zukünftig zu unzähligen Fernsehshows eingeladen und dort gemeinsam mit anderen Prominenten für eure Unterhaltung sorgen. Meine Fernsehpräsenz wird insgesamt drastisch steigen, jetzt, wo man weiß, was ich kann. Neue Rollen in den erfolgreichsten Formaten werden nicht lange auf sich warten lassen. Kurz: Ich bin auf der Überholspur angekommen und werde kräftig Gas geben. Und ihr könnt sagen, ihr wart von Anfang an dabei, als Eric Sanders' Karriere durch die Decke ging. Viele werden euch darum beneiden.
Und noch etwas solltet ihr wissen, und das ist besonders interessant für meine weiblichen Fans: Ladys, stellt euch schon mal an, denn ich bin bald wieder auf dem Markt;-)
Jetzt muss ich aber Schluss machen, heute Abend wartet in einem Nobelrestaurant der Champagner auf mich. Ich sage nur: Was soll das schlechte Leben nützen?
Euer Eric

Eric starrte den Post an, weil er nicht glauben konnte, was dort unter seinem Namen, in einem Spiegelbild seines Profils, geschrieben stand.

Das war ein Schlag ins Gesicht eines jeden halbwegs normalen Menschen, der sich für den Schauspieler Eric Sanders interessierte und dabei auf dieser Seite landete. Strotzend vor Arroganz, unsympathisch in jeder Zeile.

Und viele Leute würden wahrscheinlich tatsächlich glauben, dieser Mist stamme von ihm.

»Ich … bin fassungslos«, sagte er ins Telefon, das er noch immer am Ohr hatte.

»Das kann ich mir vorstellen«, erwiderte Bastian. »Das Problem ist, dass es lange dauern wird, bis *Meta* die Seite sperrt, sofern sie es überhaupt tun.«

»Verdammt. Ich muss die Follower auf meiner Seite warnen. Das ist eine Katastrophe.«

»Damit verschaffst du dem Betrüger natürlich zusätzlichen Traffic, denn danach wird sich jeder die Seite ansehen wollen.«

»Das ist mir egal. Aber wenn jemand denkt, dieser arrogante Scheiß, den der da verzapft hat, kommt von mir, ist mir das ganz und gar nicht egal. Gerade jetzt nicht.«

»Wie du meinst«, gab Bastian nach. »Melde dich, wenn ich was für dich tun kann.«

»Ja, mach ich«, versprach Eric und legte auf. Bevor er zu seiner eigenen Seite wechselte, schaute er sich noch die Kommentare unter dem Post des falschen Eric Sanders an. Und einige davon hatten es in sich.

Mann, du hast doch wohl den Schuss nicht gehört, schrieb zum Beispiel ein Mann, der sich Josh_T nannte. *Höhenflug oder was?*

Kerstin Hiegel meinte: Stellt euch schon mal an? Selten so einen idiotischen, sexistischen Spruch gehört. Eingebildeter Fatzke.

Die meisten der Kommentare gingen in diese Richtung. Nur einige wenige fanden den Post in Ordnung und verteidigten *ihren Star*.

Eric machte einen Screenshot, auf dem erkennbar war, dass die von seiner Seite kopierten Beiträge keine Kommentare hatten, dann wechselte er zu seinem Profil, wo er unter *Was machst du gerade?* erst den Screenshot hochlud und dann darunterschrieb:

Wichtige Info!
DAS (siehe Foto) ist NICHT meine Seite. Wie ihr sehen könnt, sind sämtliche Beiträge bis auf den letzten von meiner Seite kopiert, denn sie haben allesamt das gleiche Erstellungsdatum (heute) und keine Kommentare. Und der letzte Post ist so dämlich, dass man hoffentlich erkennt, dass er nicht von mir stammen kann.
Und an dich, du armer Tropf, der so tut, als sei er ich:
Ist dir dein eigenes Leben wirklich so wenig wert, dass du das eines anderen benutzen musst, um virtuelle Freunde zu finden?
Ich habe einen Tipp für dich: Such dir therapeutische Hilfe!

Er klickte auf *veröffentlichen* und las nochmals durch, was er geschrieben hatte. Als er fertig war und auf *neu laden* klickte, standen schon die ersten beiden Kommentare darunter.

Ärgere dich nicht, Idioten gibt es überall, lautete der erste. Im nächsten stand: *Oh man wie krank ist bitte so was …*

Als Paula kurz darauf mit Leo nach Hause kam, war die Zahl der Kommentare bereits auf dreiundzwanzig angestiegen, und ständig kamen neue hinzu. Der Tenor war bei allen ähnlich. Unverständnis und Verärgerung. Das Problem waren auch nicht diejenigen, die auf Erics Seite kommentierten, sondern diejenigen, die die kopierte Seite für seine hielten.

Beim Essen unterhielten sie sich über den Troll. »Den Part, in dem er die Frauen auffordert, sich schon mal anzustellen, weil er bald wieder auf dem Markt ist, fand ich übrigens besonders originell«, bemerkte Paula und trank einen Schluck Wasser.

»Ich nicht«, entgegnete Eric angesäuert. »Das lässt mich dastehen wie einen Vollidioten.«

Auf Paulas Gesicht zeigte sich der Anflug eines Lächelns. »Das verstehe ich, aber ich denke, wenn du den Kerl einfach ignorierst, wird er bald die Lust verlieren und von selbst damit aufhören.«

»Die Frage ist, wie viele Leute bis dahin davon überzeugt sind, dass ich ein eingebildeter Fatzke bin.«

Paula zuckte mit den Schultern. »Nur die, die dich kennen.« Dann beugte sie sich lachend zu ihm hinüber und gab ihm einen Kuss auf die Wange.

Um kurz vor acht kam eine neue Nachricht von P-k@cuvox.com. Offensichtlich hatte der Kerl die gleiche Wegwerf-Mailadresse erneut erzeugt.

Eric!
Ich habe eine Information für dich, die dich überraschen wird. Es gibt dich nicht. Du existierst nicht. Du bist eine erfundene Person.
Deshalb *bin ich ebenso Eric Sanders wie du. Erfunden!*
Wart's ab!

Eric las die Zeilen ein weiteres und noch ein drittes Mal, dann lehnte er sich zurück. Sein Blick blieb gedankenverloren auf den Bildschirm gerichtet.

Du existierst nicht … Was meinte P.K. damit? War das nur ein weiterer Versuch, ihn zu verunsichern? Steckte hinter der ominösen Mailadresse vielleicht tatsächlich ein Kollege, der ihm seinen kleinen Erfolg im Fernsehen missgönnte?

Aber was sollte dieser Blödsinn, dass er eine erfundene Person war?

Nein, es konnte sich nur um einen Verrückten handeln. Es schien tatsächlich so zu sein, dass sogar ein einziger Auftritt in der beliebten Krimireihe schon genügte, um irgendwelche Irre anzuziehen. Allerdings … »Kommst du noch ins Wohnzimmer, oder bleibst du für den Rest des Abends im Büro?«

Eric zuckte zusammen und sah seine Frau, die neben ihm stand, verstört an.

Sie legte den Kopf schief und sagte: »Na, du scheinst mit deinen Gedanken ja weit weg gewesen zu sein.«

»Nein, ich …« Er deutete auf den Monitor. »Es ist wieder eine Mail von diesem Typen gekommen, der meinen Account auf Facebook kopiert hat.«

Paula beugte sich vor und las die Nachricht, danach richtete sie sich wieder auf und schüttelte den Kopf. »Du bist eine erfundene Person? Was ist das denn für ein Quatsch? Der Kerl scheint ziemlich gestört zu sein.«

»Allerdings. Aber ich weiß nicht so recht, was ich jetzt tun soll.« Ein, zwei Atemzüge schien Paula zu überlegen, dann sagte sie: »Ich denke, du solltest dich an die Polizei wenden. Ich sorge in der Zeit dafür, dass unser Sohn ins Bett kommt.«

Normalerweise war es Eric, der Leon abends in sein Zimmer begleitete, sich auf die Bettkante setzte und noch ein paar Minuten mit seinem Sohn plauderte. Meist waren es Ereignisse des Tages, über die sie sprachen, manchmal hatte Leon auch Fragen, die Eric ihm – altersgerecht aufbereitet – beantwortete. Warum manche Menschen sich zu ihren Geschlechtsgenossen hingezogen fühlten, andere aber nicht, zum Beispiel. Und ob das schlimm war.

Obwohl Eric bestrebt war, auch tagsüber möglichst viel Zeit mit seinem Sohn zu verbringen, liebte er diese ganz persönliche Zeit am Abend besonders.

An diesem Tag aber nickte er nur zu Paulas Vorschlag und wandte sich ab.

»Lassen Sie mich noch mal zusammenfassen«, sagte der Beamte am Telefon. »Jemand hat Ihnen anonym erst eine Mail geschrieben, in der er behauptet, er sei Sie, und dann eine weitere, in der er Ihnen mitteilt, dass Sie eine erfundene Person sind.«

»Genau. Und er hat mein Profil auf Facebook kopiert und gibt sich dort als ich aus.«

»Hat er Sie denn in irgendeiner Art bedroht?«

»Bedroht? Na ja, in der ersten Mail hat er geschrieben, dass sich mein Leben bald auf dramatische Weise verändern wird. Das ist doch eine Drohung, oder nicht?«

»Nicht wirklich. Er hat ja nicht geschrieben, dass er Ihnen etwas antun möchte.«

»Aber auf dramatische Weise?«

»Herr Sanders, im Internet tummeln sich eine ganze Menge Spinner. Ich kann verstehen, dass Sie von diesen Nachrichten irritiert sind, und es ist sicher sehr ärgerlich, wenn diese Person in Ihrem Namen etwas postet, das Ihnen missfällt, aber auch dort ruft er weder zu Gewalt auf noch schreibt er sonst etwas, das strafrelevant wäre. Ich befürchte, wir können da im Moment recht wenig tun.«

»Aber …«

»Sie haben durch Ihre Rolle im *Tatort* einen gewissen Bekanntheitsgrad erreicht, der es leider meist auch mit sich bringt, dass gewisse Spinner angezogen werden. Aber in der Regel beschränkt sich das alles nur auf den virtuellen Raum. Übrigens habe ich den *Tatort* gesehen. Alle Achtung, das war eine beeindruckende Darstellung.«

»Danke. Und was soll ich jetzt tun?«

»Ich würde Ihnen raten, nicht weiter darauf einzugehen, dann wird er wahrscheinlich nach relativ kurzer Zeit die Lust verlieren und sich ein anderes Opfer suchen, das sich mehr ärgert.«

»Das hat meine Frau auch gesagt.«

»Sehen Sie, Sie sollten auf sie hören.«

»Nach der zweiten Nachricht hat sie aber auch gesagt, ich soll bei der Polizei anrufen.«

»Was Sie ja getan haben. Sie *haben* also auf sie gehört.«

Eric war zwar alles andere als zufrieden mit diesem Gespräch, sah aber ein, dass er nicht weiterkommen würde. »Also gut. Vielleicht haben Sie ja recht.«

Paula kam ins Wohnzimmer, und Eric gab ihr mit einem Kopfnicken zu verstehen, dass er gleich fertig war.

»Bestimmt. Sollte die Person Sie wider Erwarten aber tatsächlich in irgendeiner Form bedrohen, melden Sie sich noch mal. Ich habe die Sache aufgenommen, so dass die Kollegen dann wissen, dass es eine Vorgeschichte gibt.«

»Okay, danke. Schönen Dienst noch.«

»Vielen Dank, Herr Sanders.«

Eric ließ das Telefon sinken und sah Paula an. »Sie können nichts machen, solange er mich nicht direkt bedroht.«

Paula nickte. »Das war fast zu erwarten, aber ich denke, es war trotzdem richtig, anzurufen.«

»Der Polizist meinte, ich soll nicht auf die Provokationen reagieren, dann würde der Kerl vielleicht schnell die Lust verlieren.«

Darauf erwiderte Paula nichts, aber ihr Blick bedeutete: *Das habe ich dir doch gleich gesagt.*

Dann schenkte sie ihm ein flüchtiges Lächeln, das wohl als Aufmunterung gedacht war. »Lass uns ein Glas Wein trinken, okay?«

»Gute Idee«, bestätigte Eric und stand auf, um aus dem Keller eine Flasche Rotwein zu holen.

Minuten später saßen sie sich gegenüber und prosteten einander zu. »Lass uns auf deinen Erfolg trinken«, schlug Paula vor.

»An den du ja eigentlich nicht glaubst.«

Erneut lächelte sie, doch dieses Mal lag mehr Wärme darin als zuvor. »Sag das nicht. Ich möchte nur nicht, dass du enttäuscht wirst, wenn deine Erwartungen sich nicht erfüllen. Das heißt aber nicht, dass ich mich nicht für dich freue.« Sie beugte sich mit ausgestrecktem Arm ein wenig nach vorn, und Eric tat es ihr gleich. Nachdem die bauchigen Gläser sich mit einem dunklen Ton getroffen hatten, fügte Paula hinzu: »Ich bin stolz auf dich.«

6

Eric hörte nicht auf den Rat seiner Frau und des Polizisten.

Einerseits verstand er die Argumentation, und vielleicht würde es wirklich zum gewünschten Erfolg führen, wenn er alles ignorierte, was der Kerl schrieb, aber in dieser Zeit war der Irre in der Lage, eine Menge Unheil anzurichten, wie sich am Mittwochmorgen herausstellte.

Eric wartete, bis Paula mit Leon das Haus verlassen hatte, bevor er in sein Büro ging und zum ersten Mal an diesem Morgen Facebook öffnete. Es hatte ihm schon vorher in den Fingern gejuckt, aber nachdem Paula ihm am Vorabend eine Standpauke gehalten hatte, weil er im Bett noch schnell nachsehen wollte, ob es etwas Neues im Netz gab, verspürte er auf eine Neuauflage der Diskussion am frühen Morgen nicht die geringste Lust.

Das gefakte Profil existierte immer noch. Und der falsche *Eric Sanders – Actor* hatte etwas Neues gepostet.

Hi, meine treuen Fans!

Ich wünsche euch einen guten Morgen (besonders den schnuckeligen Mädels unter euch). Ich hoffe, euch geht es gut, und wenn nicht, denkt daran, dass nur die wenigsten Menschen von sich behaupten können, dass Eric Sanders himself ihnen einen guten

Morgen gewünscht hat. Ihr seht also, ihr habt allen Grund, the happiest people zu sein. Ihr hört von mir!
The one and only
Eric Sanders

»So ein Arschloch!«, stieß Eric, ebenso angewidert wie wütend, aus.

Er lehnte sich zurück und rieb sich mit beiden Händen über das Gesicht. Klug oder nicht, das konnte er nicht so stehen lassen. *Eric Sanders himself … the one and only …* wenn nur ein Bruchteil seiner Follower das für *seine* Worte hielten, war das eine Katastrophe. Und was war, wenn potenzielle zukünftige Auftraggeber davon Wind bekamen? Produzenten, Regisseure? Wer würde schon einen Schauspieler engagieren, der nach dem ersten kleinen Erfolg einen solch abgrundtief unsympathischen Charakter offenbarte? Nein, so sehr er auch die Argumente von Paula und dem Polizisten verstand, darauf musste er reagieren. Aber was konnte er schreiben, was er den Leuten nicht schon gestern mitgeteilt hatte? Dass es sich um ein Fake-Profil handelte und die Posts nicht von ihm stammten. Indem er das wiederholte, änderte er nichts.

Er schloss die Augen und zermarterte sich das Hirn, wie er am effektivsten auf diesen Mist reagieren konnte, aber es wollte ihm einfach nichts einfallen.

Fast war er so weit, doch zu tun, was ihm geraten worden war, und einfach nicht zu antworten, als ihm etwas einfiel. Ein Satz, von dem er in seiner Jugend sehr beeindruckt gewesen war und den er auswendig gelernt hatte. Dieser Satz war Teil seines Textes als Darsteller einer Schulaufführrung gewesen, einer Adaption von Karl Mays Kriminalgeschichte *Der verlorene Sohn*.

Die beste, fürchterlichste Waffe ist die Lächerlichkeit. Sie siegt über alles, selbst über die Wissenschaft, die Schönheit, den Ruhm.

Das konnte die Lösung sein. Wenn er den Kerl lächerlich machte und ihn dadurch provozierte, würde er die Maske vielleicht fallen lassen und sich verraten.

Also kopierte er den Post, klickte dann auf *antworten* und fügte den Text in das Kommentarfeld ein. Anschließend setzte er den Cursor unter die erste Zeile und begann.

Hi, meine treuen Fans!

Du hast keine Fans, und schon gar keine treuen, denn du bist nur ein armer Hansel ohne eigenes Leben, der sich mit einer geklauten Identität profilieren möchte.

Ich wünsche euch einen guten Morgen (besonders den schnuckeligen Mädels unter euch).

Die »schnuckeligen Mädels« werden sich kaum um dich kümmern, denn du bist – siehe oben – ein armer Hansel. Dass du dich hinter einer gestohlenen Identität mit gestohlenen Profilfotos verstecken musst, wird wohl seinen Grund haben. Ich schätze, im echten Leben hat dich noch nie ein »schnuckeliges Mädel« auch nur registriert, stimmt's? Traust du dich deshalb nicht mit einem eigenen Profil auf Facebook? Armer schwarzer Kater …

Ich hoffe, euch geht es gut, und wenn nicht, denkt daran, dass nur die wenigsten von sich behaupten können, dass Eric Sanders himself ihnen einen guten Morgen gewünscht hat.

Ich kann dir versichern, wenn ich (Eric Sanders) einen guten Morgen wünsche, dann tue ich das ganz sicher nicht auf

einer armseligen und so offensichtlichen Fälschung wie deiner, sondern auf meiner echten Seite. Mit meinem echten Account, den ich mit meiner echten Identität erstellt habe. Nichts davon hast du. Womit ich erneut auf weiter oben verweise: Du bist wirklich ein armer Hansel!
Ihr seht also, ihr habt allen Grund, the happiest people zu sein.
Ich korrigiere mich. Du bist nicht nur ein armer, sondern auch ein unfassbar lächerlicher Hansel.
Ihr hört von mir!
Bitte! Unbedingt! Das ist Fremdschämen in der Hardcore-Version.
The one and only
Hansel

Eric las es noch einmal durch und zögerte kurz, doch dann siegte das Bedürfnis, den Kerl bloßzustellen, und er klickte auf das Symbol zum Veröffentlichen seines Kommentars.

In den folgenden zehn Minuten durchstöberte er die Online-Ausgaben verschiedener Zeitungen und Journale, las aber nur halbherzig darin herum und wechselte alle zwei, drei Minuten zurück zu Facebook, wo sich die Zahl der *Gefällt-mir*-Angaben und Lach-Emojis für seinen Kommentar schnell erhöhte. Antworten bekam er darauf aber keine. Zumindest bis zu diesem Zeitpunkt nicht.

Nach etwa zwanzig Minuten schaltete er den Monitor aus, verließ das Büro und ging nach oben ins Ankleidezimmer, um in seine Joggingklamotten zu schlüpfen. Kurz darauf zog er die Haustür hinter sich zu und lief los.

Er versuchte, zweimal in der Woche eine Strecke von acht Kilometern zu joggen, was ihm meist auch gelang. Es war ein guter Ausgleich für die viele Zeit, die er zu Hause oder im Theater in geschlossenen Räumen verbrachte.

Eine Stunde später drehte Eric den Wasserhahn der Dusche zu, trocknete sich ab und zog die Jeans und das Shirt wieder an, die er zuvor getragen hatte.

Als er in sein Büro zurückging, fühlte er sich frisch und bereit für den Tag. Und er war sehr gespannt, ob sich der Seitenfälscher schon geäußert hatte.

Er öffnete Facebook und navigierte direkt zu der Kopie seiner Seite. Es gab noch immer keine Antwort auf seinen Kommentar, dafür aber einen neuen Post. Und der hob das Ärgernis für Eric auf ein neues Level.

ACHTUNG! WICHTIG!
Ihr Lieben,
es ist etwas Unfassbares passiert. Meine Seite ist gehackt worden, und zwar offensichtlich von einem Profi! Wie ihr wisst, hat gestern jemand meine komplette Seite kopiert und sich als mich ausgegeben. Ich hatte euch ja darauf hingewiesen. Auch darauf, dass man die Fälschung leicht identifizieren kann, weil er natürlich nur die Fotos und nicht die Kommentare kopieren konnte.
Heute Morgen habe ich mich ganz normal angemeldet, lande aber prompt auf der gefakten Seite, während ich an meine eigene nicht mehr rankomme. Ich bin fast durchgedreht.
Ein befreundeter IT-Fachmann, den ich gleich angerufen habe, hat mir erklärt, dass der Kerl wohl mein Passwort gehackt hat. Meine Mailadresse hat er wahrscheinlich von meiner Website. Er hat sich also mit meiner Mailadresse und meinem Passwort auf meiner Seite angemeldet und dort sowohl das Passwort als auch die Mailadresse geändert, so dass ich nicht mehr rankomme.

Auch auf seiner gefälschten Seite hat er beides geändert, aber dort jetzt MEINE Mailadresse und MEIN Passwort hinterlegt. Nun ist er der Besitzer meiner echten Seite und kann posten und tun, was er will, und ich lande auf der Kopie, die er erstellt hat. Ich bin verzweifelt. Bitte lasst euch nicht täuschen! Glaubt nicht, was immer dieser Verbrecher jetzt auf MEINER Seite postet. Das kommt nicht von mir! Ich habe schon Facebook angeschrieben und hoffe, dass das Problem schnell behoben wird.
Euer Eric

Eric spürte, wie sein plötzlich stakkatoartiger Puls das Blut heftig durch die Halsschlagader pumpte. Das war … das war … ihm fehlten die Worte, um seinen Schock zu beschreiben. Mit zitternder Hand griff er nach seinem Smartphone und tippte in den Kontakten auf Bastians Nummer.

Acht Mal hörte er dem Tuten zu, bevor er auflegte, es gleich darauf aber wieder versuchte. Vielleicht war Bastian gerade in einem anderen Raum.

Erst beim dritten Versuch nahm der Agent das Gespräch an.

»Gott sei Dank, du bist doch erreichbar«, begann er sofort, nachdem sein Agent das Gespräch angenommen hatte. »Hast du gesehen, was dieser Mistkerl gemacht hat?«

»Dir auch einen guten Morgen, lieber Eric«, entgegnete Bastian betont freundlich. »Welcher Mistkerl hat was gemacht? Wovon sprichst du?«

»Von meiner Facebook-Seite. Nein, von seiner, von der er aber behauptet, es wäre meine.«

»Moment, was?«

»Er hat … ach, schau dir am besten selbst an, was er gemacht hat. Es ist einfach …« Erneut suchte Eric vergeblich nach dem treffenden Wort für die Ungeheuerlichkeit.

»Ich schau mal rein und rufe dich dann zurück, okay?«

»Nein, ich bleibe dran. Ich warte. Es ist nicht viel, du hast es in zwei Minuten gelesen.«

»Nachdem ich meinen Laptop geholt und hochgefahren habe«, erklärte Bastian. »Wie du weißt, halte ich mir den Mittwochvormittag immer frei, weil es der einzige Tag der Woche ist, an dem ich gemeinsam mit Sandra frühstücken kann. Und genau das tue ich gerade. Ich sitze zu Hause mit meiner Frau am Frühstückstisch.«

Sandra war Geschäftsführerin eines Münchner Spitzenrestaurants, das am Dienstag geschlossen hatte. An allen anderen Tagen kam sie erst weit nach Mitternacht nach Hause und schlief bis zum späten Vormittag.

»Tut mir leid, wenn ich dich störe, aber es ist wirklich wichtig, und ich wusste nicht, wen ich sonst anrufen sollte.«

Statt einer Antwort war ein dumpfes Geräusch zu hören, das darauf schließen ließ, dass Bastian das Handy auf dem Tisch abgelegt hatte.

»Hast du auf Lautsprecher gestellt?«, wollte Eric wissen.

»Ja«, hörte er aus einiger Entfernung.

»Hallo, Sandra, tut mir leid, dass ich euer Frühstück störe.«

»Kein Problem«, versicherte Bastians Frau. »Wir sind eh schon fertig und trinken nur noch einen Kaffee. Was ist denn passiert?«

»Das ist schwer zu erklären. Lass es dir am besten nachher von deinem Mann erzählen.«

Ein Poltern deutete darauf hin, dass Bastian das Notebook neben dem Telefon auf den Tisch gestellt hatte. Es war ein leises Klicken zu hören, dann herrschte eine Weile Stille. Auch Sandra schien reglos am Tisch zu sitzen.

»Junge, Junge, der Kerl ist ja ganz schön ausgebufft«, war Bastian zu hören.

»Ausgebufft nennst du das?«, regte Eric sich auf. »Der ist völlig irre!«

»Vielleicht, aber er ist ein cleverer Irrer.«

»Wie meinst du das?«

»Ganz einfach: Egal, was du jetzt postest, zumindest ein Teil deiner Follower wird überzeugt sein, dass DEINE Posts die gefakten sind und SEINE die echten, auch wenn die auf der kopierten Seite erscheinen und deine auf dem vermeintlich gehackten, echten Profil. Und je mehr du dagegen wetterst, umso glaubwürdiger wird er. Wie dir vielleicht aufgefallen ist, schreibt er jetzt ganz anders als gestern noch. Freundlich, zugewandt … er schreibt jetzt so wie du.«

»Aber das kann doch nicht … Ich meine, ich poste nach wie vor auf meiner eigenen Seite und er auf der gefälschten. Die Leute …«

»… denken aber, dass *er* deine Seite gehackt hat und dort jetzt als du schreibt.«

»Verdammte Scheiße!«, stieß Eric aus, schob aber kurz darauf hinterher: »Entschuldigt bitte.«

»Schon okay«, erwiderte Bastian. »Reagiere am besten gar nicht. Wie gesagt, alles, was du schreibst, wird nach hinten losgehen.«

»Aber ich kann doch nicht die Hände in den Schoß legen und so tun, als sei alles in bester Ordnung.«

»Das habe ich auch nicht gemeint. Aber du hast Besseres zu tun, als diesem Irren nachzujagen. Nämlich um Punkt zwölf, also in eineinhalb Stunden, zu der Adresse zu kommen, die ich dir gleich noch schicke.«

»Und was soll ich dort?«

»Gemeinsam mit dem CEO und dem Direktor der Abteilung Fiction einer namhaften Produktionsgesellschaft zu Mittag essen.«

Eric spürte, wie sich seine Laune besserte. »Das klingt spannend. Worum geht es?«

»Man ist dort auf dich aufmerksam geworden und kann sich eine Zusammenarbeit für ein oder auch mehrere Projekte vorstellen. Filmprojekte. Kino!«

»Wow, das ist ja Wahnsinn. Um welchen Film geht es?«

»Noch um keinen speziellen. Sie möchten dich erst einmal kennenlernen.«

»Klasse. Ich bin um zwölf da.«

»Dann bis gleich.«

Nachdem er das Telefon weggelegt hatte, warf Eric wieder einen Blick auf den letzten Post des Fälschers. Er hatte schon über vierzig Kommentare. Der oberste stammte von Elli_Belli und lautete:

So ein Mistkerl. Du musst das melden. Ich werde deinen Post gleich teilen, damit deine Fans das alle mitbekommen.

Erics Blick fiel auf die Angabe, wie oft der Beitrag bisher geteilt worden war.

Es waren einunddreißig Mal.

7

Das italienische Restaurant in der Nähe des Sendlinger Tors war gut besucht, als Eric um kurz vor zwölf eintraf. Er entdeckte Bastian an einem Vierertisch auf der linken Seite. Mit seinen schwarzen, fast schulterlangen Haaren und dem dichten Vollbart, der einen Großteil seines Gesichts bedeckte, stach er deutlich aus der Schar der anderen Gäste heraus.

»Die Herren verspäten sich um zehn Minuten«, erklärte Bastian, als Eric vor ihm stand, und deutete auf den Platz neben sich. »Bitte, setz dich. Was macht dein Seitenfälscher?«

Eric zog den Stuhl zurück und nahm Platz. »Ich weiß es nicht. Ich habe mich gezwungen, nicht mehr nachzusehen, bevor ich mich auf den Weg gemacht habe. Ich wollte mir die Laune nicht verderben.«

»Gut so«, bestätigte Bastian. »Konzentrier dich auf das Wesentliche. Die Musik spielt nicht im Netz, sondern hier, im realen Leben.«

Die beiden Herren der Produktionsgesellschaft erschienen um Viertel nach zwölf. Beide waren jünger, als Eric erwartet hatte. Der CEO mochte Mitte vierzig, der Fiction-Direktor Ende dreißig sein.

Während des Essens erfuhr Eric, dass ein Krimi-Zweiteiler für einen der öffentlich-rechtlichen Sender in Planung war und man sich vorstellen konnte, Eric die Hauptrolle des ermittelnden Kommissars zu geben. Anschließend ratterten die beiden den üblichen Katalog an Fragen nach Erics Lebenslauf, den Gründen für seine Entscheidung, Schauspieler zu werden, und nach seinen Vorlieben für bestimmte Rollen herunter. Erics Freude und Zuversicht stieg dabei von Minute zu Minute, denn wenn Carsten Gill, der CEO, und Fiction-Direktor Bernd Reiss ihm nichts vormachten, interessierten sie sich wirklich für ihn.

Sie waren schon beim Espresso, als Gill wie nebenbei sagte: »Da fällt mir ein, unser Social-Media-Team hat uns eben noch darauf hingewiesen, dass auf Ihrem Facebook-Account gerade wohl einige Irritationen darüber herrschen, was Sie dort posten. Kleiner Tipp: Achten Sie darauf, nicht überheblich zu wirken. Das kann eine Karriere zerstören, bevor sie richtig angefangen hat.«

Erics Magen zog sich zusammen, als hätte man ihm einen Schlag in den Bauch verpasst.

»Das stammt nicht von mir«, versicherte er. »Jemand hat meine Seite kopiert und gibt sich jetzt als ich aus. Das ist ein Fake-Account.«

Gill und Reiss wechselten einen undefinierbaren Blick miteinander, dann wandte sich der CEO wieder an Eric. »Ja, so was kommt leider immer wieder vor. Sie sollten sich darum kümmern. Die Außenwirkung ist heutzutage enorm wichtig für einen Schauspieler.«

»Ja, sicher, ich weiß«, war alles, was Eric dazu einfiel. Der verhaltene Optimismus, dass seine Karriere tatsächlich gerade richtig Fahrt aufnehmen könnte, war binnen Sekunden einem mentalen Abgrund gewichen, an dessen Rand er zu stehen schien.

Als sich die beiden Filmleute kurz darauf verabschiedeten, wartete Eric, bis sie außer Hörweite waren, bevor er sich an Bastian wandte. »Die werden mich doch jetzt hoffentlich nicht wegen dieses Idioten außen vor lassen, oder?«

Bastian winkte ab. »Nein, sonst wären sie gar nicht erst gekommen. Ich werte die Bemerkung als gutes Zeichen.«

»Was ist denn daran gut?« Eric sah ihn verständnislos an, woraufhin Bastian grinste. »Ganz einfach: Wenn die nur ein Projekt mit dir machen wollten, könnte es ihnen letztendlich egal sein, was da auf deinem Social-Media-Kanal passiert. Die Tatsache, dass es ihnen wichtig ist, dass deine Außenwirkung positiv ist, zeigt, dass sie sich bereits mit deinem Branding als Schauspieler beschäftigen, und das heißt im Klartext, dass sie dich aufbauen und längerfristig mit dir arbeiten möchten.«

»Hm … okay, das leuchtet ein. Trotzdem muss ich was wegen dieses Idioten unternehmen.«

»Ja, sicher, aber mach dich deswegen nicht verrückt. Das war ein gutes Treffen, und du solltest dich freuen.«

Das sagte sich Eric immer wieder vor, als er kurz darauf das Restaurant verließ und sich auf den Weg zur Straßenbahnhaltestelle machte, von wo aus er zur Hans-Thonauer-Straße fahren würde. Von dort waren es nur fünf Minuten zu Fuß bis zu ihrem Haus.

Er hatte die Haltestelle gerade erreicht, als sein Telefon klingelte. Es war Thomas Korling, Erics Schauspielkollege und Hauptdarsteller von *Agamemnon*.

»Thomas, hallo«, meldete Eric sich überrascht. Es war

noch nicht oft vorgekommen, dass die beiden telefoniert hatten. Genau genommen sogar erst ein Mal, als Thomas Eric nach einer Probe angerufen hatte und wissen wollte, ob er noch im Theater war, weil er glaubte, sein Portemonnaie dort vergessen zu haben.

»Hi, Eric, ich wollte nur mal kurz nachfragen, ob du schon etwas wegen dieses Kerls erreichen konntest. Ich habe gesehen, dass bei dir auf Facebook ganz schön was los ist. Die hauen sich da gerade die Köpfe ein. Ist dein Passwort wirklich gehackt worden?«

»Nein, das ist ein Trick dieses Idioten.«

»Shit. Aber was er da schreibt … so ganz anders als gestern. Man könnte wirklich meinen, das stammt von dir.«

»Das ist ja sein mieser Trick. Ich weiß nicht, was ich dagegen tun kann. Ich habe aber auch schon eine Weile nicht mehr reingeschaut. Was ist denn los?«

»Da haben sich zwei Fronten gebildet, die beide glauben, zum echten Eric Sanders zu halten. Vielleicht solltest du deine Seite einfach mal deaktivieren. Dann sehen die Leute, dass du immer noch den vollen Zugriff hast.«

»Dann behauptet er als Eric Sanders auf der gefälschten Seite, das sei ein weiteres Täuschungsmanöver des falschen Erics. Es ist zum Verrücktwerden.«

»Hm … Ich könnte auf meiner Seite bestätigen, dass du immer noch Herr über deinen Account bist.«

»Du kannst es gern versuchen. Ob's wirklich was bringt, sei dahingestellt.«

»Einen Versuch ist es wert. Sehr ärgerlich, das Ganze. Ich hatte ja auch schon einige Spinner, aber dieser ist wirklich hartnäckig. Der will dir wohl unbedingt schaden.«

»Offenbar. Auch wenn ich keinen Schimmer habe, warum er das tut.«

»Das weiß wahrscheinlich nur er allein. Wenn ich sonst was für dich tun kann, lass es mich wissen, okay?«

»Ja, danke. Vielleicht sollte ich versuchen, einen Informatiker zu finden, der den Account dieses Idioten hacken kann, und den Spieß umdrehen. Mal schauen. Wir sehen uns später bei der Probe.«

»Ich weiß noch nicht, ob ich kommen kann. Ich habe seit zwei, drei Stunden ziemliche Bauchschmerzen«, erwiderte Thomas.

»Oh, dann gute Besserung.«

»Danke. Vielleicht geht es ja, und wir sehen uns später noch.«

Eric steckte das Smartphone in die Hosentasche und sah auf dem Plan nach, wann die nächste Straßenbahn kam.

Während er die wenigen Minuten wartete, dachte er darüber nach, dass er den Anruf von Thomas seltsam fand.

Gemessen an dem, was an diesem Tag noch folgen sollte, war das Telefonat jedoch die normalste Sache der Welt.

8

Die Probe dauerte an diesem Tag länger als geplant, weil der Premierentermin unaufhörlich näherrückte und, wie Alessa es nach zweieinhalb Stunden lautstark ausdrückte: »Die Leistung des halben Ensembles ist noch meilenweit davon entfernt, auch nur annähernd akzeptabel zu sein. Man könnte meinen, einige von euch möchten die Gunst der Stunde nutzen und das Stück sabotieren.«

Mit der Gunst der Stunde spielte sie offensichtlich darauf an, dass Thomas sich kurzfristig wegen eines Magen-Darm-Virus für diesen Tag krankgemeldet hatte und jemand anderes aus dem Ensemble seine Position symbolisch einnahm, auch wenn er die Texte des Agamemnon natürlich nicht auswendig gelernt hatte, sondern vom Skript ablesen musste.

»Glaubt also bloß nicht, nach dieser hundsmiserablen Leistung gleich wieder abrauschen zu können. Wir werden diese Szene jetzt so lange wiederholen, bis ich damit zufrieden bin, und wenn es die ganze gottverdammte Nacht dauert, verstanden? Also, Aufstellung.«

Als alle wieder mit ernsten Gesichtern ihre Positionen eingenommen hatten, schritt Alessa die Bühne ab wie ein Offizier die angetretene Kompanie. Vor Eric blieb sie stehen und sah ihn streng an. »Und was dich betrifft, Herr

Sanders: Vielleicht gab es zwischen uns ja gestern ein Missverständnis. Wer weiß, eventuell hast du bei den anstrengenden Dreharbeiten fürs Fernsehen einen Teil deines Gehörs verloren und hast verstanden, dass ich ab jetzt weniger von dir erwarte als zuvor. Aber das habe ich nicht gesagt. Ich habe gesagt, ich erwarte ab sofort *mehr* von dir, gottverdammt.« Sie stieß schnaubend den Atem aus und stemmte die Hände in die Hüften. »Was, zum Teufel, soll mir deine Performance heute sagen? Dass du dir jetzt zu schade für das hier bist? Oder dass du heute einfach keinen Bock hast? Was?«

Im ersten Moment wollte Eric widersprechen und Alessa erklären, dass seine Leistung seiner Überzeugung nach gut war. Aber daraufhin wäre sie wahrscheinlich puterrot angelaufen und hätte Qualm aus den Nüstern geblasen. Also schluckte er die Entgegnung hinunter und sagte stattdessen: »Sorry, ich gebe mir mehr Mühe.«

»Ich bitte darum. Vielleicht solltest du weniger Zeit im Internet verbringen und stattdessen Sprech- und Bewegungsübungen machen.«

Daher wehte also der Wind. Es ging überhaupt nicht um seine Performance, sondern um dieses Theater im Netz.

Eric hatte Mühe, seinen aufsteigenden Ärger zurückzuhalten, denn auch wenn er es als extrem unfair erachtete, erinnerte er sich an die Weisheit, dass im Zweifelsfall der Regisseur immer recht hat. Weil er im Zweifelsfall am längeren Hebel sitzt.

Also sagte er nichts.

Es war schon nach halb sieben, als Alessa schließlich abwinkte und erklärte: »Schluss! Ich kann mir dieses Elend nicht mehr länger anschauen. Morgen beginnen wir um elf. Und nehmt euch für den Rest des Tages nichts anderes vor.«

Am Rand der Bühne wartete ein junger Kollege auf Eric, mit dem er bisher noch nicht viel gesprochen hatte. Er hieß Gerald, war noch neu am Theater und spielte jetzt bei seinem ersten Stück mit. Als Eric auf gleicher Höhe mit ihm war, berührte Gerald ihn am Arm und sagte. »Hey, Eric! Nimm es dir nicht zu Herzen, du warst klasse. Ich glaube, Alessa war heute frustriert und musste einfach Dampf ablassen. Du bist durch deinen Erfolg im Fernsehen im Moment in einer exponierten Position, da kamst du ihr wohl gerade recht.«

Eric fühlte sich ausgelaugt und hatte keine große Lust, sich weiter mit dem Thema zu beschäftigen, weswegen er nur nickte und sagte: »Ja, mag sein, was soll's. Trotzdem danke.«

Er ging an Gerald vorbei und dachte darüber nach, dass sich die Kolleginnen und Kollegen offenbar recht intensiv mit der Tatsache beschäftigten, dass Eric in einer *Tatort*-Folge mitgespielt hatte, noch dazu mit recht großem Erfolg. Kurz darauf verließ er das Theater durch den hinteren Eingang.

Es war etwas kühler geworden, aber immer noch warm genug, so dass Eric sich über die Gestalt wunderte, die mit einem dunklen Hoodie bekleidet und mit tief ins Gesicht gezogener Kapuze in einer Einfahrt stand und ihn offensichtlich anstarrte. Mit einem flauen Gefühl im Magen wechselte er die Straßenseite und widerstand dem Drang, sich umzusehen.

Als er an der U-Bahn-Station am Odeonsplatz angekommen war, hielt er kurz an, entschloss sich dann aber, die Viertelstunde zur nächsten Station am Stachus zu Fuß zu gehen, um den Kopf ein wenig freizubekommen.

Seit Sonntagabend war einiges passiert, was sein bisher recht ruhiges Leben aus dem Gleichgewicht gebracht hatte. Aber war es nicht genau das, was er sich wünschte, seit er mit der Schauspielerei angefangen hatte? Im Kino oder im Fernsehen erfolgreich zu sein? Natürlich war er noch weit davon entfernt, ein wirklich bekannter Filmschauspieler zu sein, aber in diesen Tagen bekam er einen kleinen Vorgeschmack davon, was es mit sich brachte, wenn man plötzlich überregional wahrgenommen wurde. Vielleicht sollte er seine erfahrenen Schauspielkollegen vom *Tatort* kontaktieren und sie fragen, wie man mit solchen Situationen umging, wie er sie gerade erlebte. Die beiden waren wirklich bekannt und hatten etwas Ähnliches sicher auch schon erlebt. Andererseits wollte er nicht wie ein blutiger Anfänger wirken. Er schätzte die beiden Schauspieler sehr und hoffte, dass sie ihn zumindest halbwegs als ernstzunehmenden Kollegen sahen.

Die Alternative war, dass er sich zu Herzen nahm, was sowohl Paula als auch der Polizist und letztendlich auch Bastian ihm geraten hatten: Das Treiben dieses Typen im Netz einfach zu ignorieren. In diesem Moment, mit ein wenig Abstand zu der ganzen Sache, musste er sich selbst eingestehen, dass er geradezu hysterisch auf etwas reagiert hatte, das die Zeit und die Nerven wahrscheinlich gar nicht wert gewesen war.

Sie hatten wohl alle recht. Als Eric den Stachus erreichte

und dort kurz darauf in die U-Bahn stieg, stand sein Entschluss fest. Er würde diesen Verrückten ab sofort ignorieren.

Zwanzig Minuten später ging er das letzte Stück bis zu ihrem Haus zu Fuß. Knappe hundert Meter vor seinem Ziel blieb Eric abrupt stehen, als sei er gegen eine unsichtbare Mauer gelaufen. Etwa zehn Meter vor ihm, am Seiteneingang der Drogerie, in der sie immer einkauften, lehnte wieder der Kerl mit dem Hoodie. Offenbar war er ihm schon mal gefolgt und wusste, welchen Weg Eric nahm.

Dieses Mal hatte der Fremde die Kapuze allerdings nicht über den Kopf gezogen, und Eric sah deutlich – ebenfalls anders als bei der ersten Begegnung eine halbe Stunde zuvor –, dass der Mann ihn mit düsterer Miene anstarrte.

Er war schlank, hatte schwarze, bis über die Ohren reichende Haare und ein schmales Gesicht.

Der Blick seiner dunklen Augen war auf eine Art durchdringend, die Eric trotz der sommerlichen Temperaturen einen eisigen Schauer über den Rücken jagte.

Eric überlegte fieberhaft, wie er reagieren sollte, und entschied sich kurzerhand für die alte Weisheit, dass Angriff die beste Verteidigung ist. Entschlossen setzte er sich in Bewegung und ging auf den Mann zu. Er war noch keine drei Meter weit gekommen, als dieser sich umwandte und mit schnellen Schritten davoneilte.

»Hey!«, rief Eric ihm nach. »Warten Sie!« Doch der Mann hatte ihn entweder nicht gehört, oder aber er ignorierte ihn.

Allerdings blieb er stehen, als er eine Distanz von etwa zwanzig Metern zwischen sich und Eric gebracht hatte, und wandte sich ihm wieder zu, um ihn erneut mit diesem düsteren, durchdringenden Blick anzustarren. Drei, vier Sekunden lang, dann drehte er sich um und lief weiter.

Erst wollte Eric ihn verfolgen, entschied sich dann aber dagegen. Was hätte er auch tun sollen? Der Kerl hatte schließlich einfach nur dagestanden und ihn angeschaut. Das war nicht verboten. Und dass er in der Nähe des Residenztheaters gestanden hatte, konnte Eric nicht beweisen, dort hatte er das Gesicht nicht erkennen können.

Aber was wollte der Mann von ihm? Und konnte es sein, dass er und der Irre aus dem Internet ein und dieselbe Person waren?

Erics Blick richtete sich wieder auf den Seiteneingang der Drogerie und blieb auf einem Stück Papier hängen, das dort auf dem Boden lag. Ohne darüber nachzudenken, ging er darauf zu, bückte sich und hob es auf.

Es war in der Mitte gefaltet. Neugierig zog Eric die beiden Hälften auseinander und sah, dass etwas darauf geschrieben stand. Als er den Satz las, erschrak er so sehr, dass er aufstöhnte und das Blatt fallen ließ.

»Nein«, hörte er sich selbst flüstern, dann bückte er sich und hob es erneut auf.

Auch beim zweiten Lesen verloren die Wörter nicht die Bedrohung, die von ihnen ausging.

Dort stand, mit einem Computer in Großbuchstaben geschrieben und ausgedruckt:

DU BIST EINE ERFUNDENE PERSON! ICH WERDE ES DIR BEWEISEN!

9

Als Eric ins Wohnzimmer kam, saß Leon mit angezogenen Beinen in einem Sessel und beschäftigte sich mit dem iPad der Familie. Wahrscheinlich spielte er sein Lieblingsspiel Tetris, was Eric grundsätzlich nicht schlecht fand, weil es seiner Meinung nach die räumliche Vorstellungskraft förderte. Leon strahlte Eric an und sagte: »Hallo, Papa«, bevor er sich wieder dem Bildschirm zuwandte.

Paula saß mit einem Buch auf der Couch, das sie jetzt auf dem Tisch ablegte, und sah ihm besorgt entgegen. »Mein Gott, was ist dir denn passiert? Du siehst aus, als ob dir ein Geist begegnet wäre.«

Nach einem bedeutungsvollen Blick zu Leon schüttelte Eric den Kopf und sagte: »Alles okay. Ich hole mir in der Küche etwas zu trinken, kommst du mit?«

Paula verstand und sagte zu Leon: »Noch zwanzig Minuten, dann reicht es für heute, okay?«

»Ja, ist gut.«

In der Küche angekommen lehnte Eric sich gegen die Kante der Arbeitsplatte und sah Paula an.

»Was ist denn los? Warum tust du so geheimnisvoll?« Paula lehnte sich Eric schräg gegenüber an die Wand.

»Ich hatte gerade ein seltsames Erlebnis«, erklärte er und gab ihr den Zettel.

»Du bist eine erfundene Person, ich werde es dir beweisen«, las sie murmelnd vor. »Was ist das?«

Eric erzählte ihr von seiner Begegnung, wie er den Zettel entdeckt hatte und welche Rückschlüsse er daraus zog.

»Du denkst, dieser Typ und der Kerl, der da auf Facebook herumspinnt, sind ein und dieselbe Person?«

»Aber das liegt doch auf der Hand, siehst du das nicht?« Eric merkte selbst, wie herablassend er geklungen hatte, und fügte deutlich sanfter hinzu: »Der auf Facebook hat mir doch ebenfalls in der letzten Nachricht geschrieben, dass er ebenso sehr Eric Sanders ist wie ich, weil ich eine erfundene Person sei.«

Paula stieß einen Zischlaut aus. »Daran erkennt man höchstens, dass der nicht mehr alle Latten am Zaun hat, aber das heißt doch nicht, dass der Mann, den du vorhin gesehen hast, und dieser Facebook-Irre identisch sind. Aber wie dem auch sei: Wenn ein Troll im Internet anonym seine unlustigen Späße treibt, ist das eine Sache. Aber jemand, der dir auflauert und solche Nachrichten hinterlässt, nimmt ja schon einiges auf sich, um dir Angst einzujagen. Warum sollte er das tun?«

»Ich weiß es nicht.«

Eine Weile schwiegen sie nachdenklich, bis Paula sagte: »Gut, in Anbetracht des Zeitpunktes, an dem das alles losging, ist es wohl wahrscheinlich, dass es mit deinem Auftritt im *Tatort* zu tun hat.«

»Das sehe ich auch so, aber das bringt mich nicht weiter.«

»Könnte es vielleicht jemand aus dem Theater sein, der dir nicht gegönnt hat, dass du die Rolle bekommen hast?«

Obwohl er im Moment andere Sorgen hatte, fiel Eric auf,

dass Paula nicht davon gesprochen hatte, dass ihm jemand seinen *Erfolg* missgönnte, sondern sich darauf beschränkte, dass man ihm die Rolle gegeben hatte. Das war wieder einmal typisch und ärgerte ihn. Im nächsten Moment ärgerte er sich allerdings darüber, dass er sich in der momentanen Situation über solche Lappalien Gedanken machte.

»Ich habe keine Ahnung. Bestimmt gibt es den einen oder anderen, der diese Rolle selbst gern gehabt hätte, aber … ich habe den Kerl doch eben gesehen und bin mir sicher, dass ich ihn nicht kenne.«

Irgendwo in einem hinteren Winkel seines Verstandes wisperte eine leise Stimme, dass er dessen nicht hundertprozentig sicher sein konnte. So leise, dass Eric sie in der nächsten Sekunde schon wieder vergessen hatte.

»Wie auch immer – ich finde, du solltest noch mal bei der Polizei anrufen.« Paula hielt ihm den Zettel entgegen. »Immerhin hat der Kerl dich verfolgt und dir diese Botschaft hinterlassen. Wenn das keine Bedrohung ist …«

»Ja, ich denke, das werde ich tun. Gleich morgen Vormittag, bevor die Probe anfängt.«

»Okay.« Paula warf einen Blick auf die Küchenuhr. »Gehen wir zurück ins Wohnzimmer. Leon muss allmählich ins Bett.«

Zwanzig Minuten später setzte sich Eric auf die Bettkante seines Sohnes und streichelte ihm über die blonden Haare. »Möchtest du mir erzählen, wie dein Tag war? Gab es etwas Besonderes?«

Leon dachte eine Weile nach, bevor er die Decke bis zum Kinn hochzog und sagte: »Ich möchte lieber über deinen Tag reden.«

»Okay. Also, ich war heute sehr lange in der Probe für das neue Theaterstück, wie du weißt. Das lag daran, dass …«

»Nein, das meine ich nicht«, unterbrach Leon ihn. »Ich meine das, was du Mama in der Küche erzählt hast, damit ich es nicht höre.«

»Was meinst du?«, fragte Eric überrascht.

Leon verdrehte die Augen, als könne er nicht glauben, wie begriffsstutzig sein Vater war. »Papa, als du nach Hause gekommen bist, warst du ganz weiß im Gesicht und hast ganz komisch geschaut. Und als Mama was gesagt hat, seid ihr in die Küche gegangen. Ich bin doch kein kleines Kind mehr. Ich habe schon verstanden, dass ihr über etwas reden wolltet, das ich nicht hören sollte. Also: Wie war dein Tag, bevor du nach Hause gekommen bist?«

»Tja, also, der war soweit …« Als Eric den offenen, fragenden Blick seines Sohnes sah, brachte er es nicht übers Herz, ihm etwas vorzumachen. Er atmete tief durch und nickte.

»Okay, du hast recht. Man sollte in der Familie keine Geheimnisse voreinander haben. Tut mir leid, dass Mama und ich das eben vergessen haben. Mir sind ein paar seltsame Dinge passiert, die ich nicht verstehe, und über die habe ich mit Mama geredet. Ich kann dir nicht erklären, was genau das war, aber ich verspreche dir, dass es nichts Schlimmes ist, sondern etwas, über das man sich ärgert. Okay?«

Leon musterte seinen Vater mit einem Blick, der eher zu einem Sechzehn- als zu einem Elfjährigen gepasst hätte, eine gefühlte Ewigkeit dauerte und wohl bedeutete: Unterschätz mich nicht, ich bin schon weiter, als du denkst.

»Alles klar?«, hakte Eric etwas nervös nach, woraufhin Leon mit den Schultern zuckte und sich ein wenig zur Seite drehte.

»Ich denke, schon. Ist ja auch nicht so wichtig.«

»Okay. Dann schlaf jetzt gut und träum was Schönes.« Eric beugte sich hinunter und küsste Leon auf die Stirn. »Gute Nacht, mein großer Sohn.«

»Gute Nacht, Papa.«

Eric erhob sich und ging zur Tür. Bevor er das Zimmer verließ, sagte Leon: »Uns passiert doch nichts, oder?«

Eric wandte sich um und lächelte. »Nein, Leon, uns passiert nichts. Versprochen.«

Eric zog die Tür bis auf einen kleinen Spalt zu und hoffte, dass er seinem Sohn gerade die Wahrheit gesagt hatte.

Als er zurück ins Wohnzimmer kam, hatte Paula wieder ihr Buch zur Hand genommen. Eric setzte sich ihr gegenüber in den Sessel. »Ich habe mich heute zusammen mit Bastian zum Mittagessen mit zwei Filmleuten getroffen.«

Es dauerte einen Moment, bis Paula aufsah. Offenbar hatte sie noch einen Satz zu Ende gelesen. Sie behielt das Buch in den Händen. »Und? Was wollten sie?«

»Sie denken darüber nach, die Hauptrolle eines zweiteiligen Krimis mit mir zu besetzen. Für einen der öffentlich-rechtlichen Sender.«

»Wow, das klingt ja toll. Was soll das für ein Krimi werden? Wieder so was wie der *Tatort*?«

»Das weiß ich noch nicht. Bastian meint, so wie sie sich angehört haben, wollen sie vielleicht sogar längerfristig mit mir zusammenarbeiten.«

»Aber deinen Job beim Theater behältst du, oder?«

»Im Moment, natürlich, aber wenn sie mich wirklich für die Rolle nehmen, werden die Dreharbeiten ein bisschen dauern. Ich weiß nicht, ob sie am Theater bereit sind, mich so lange freizustellen.«

»Und wenn nicht?«

»Dann muss ich mich entscheiden.«

Es verstrichen einige Sekunden, bis Paula antwortete. »Na ja, noch ist es ja nicht so weit. Darüber können wir dann reden, wenn es akut wird.«

»Ja, das stimmt. Ich wollte dir nur von dem Treffen erzählen, weil es vielleicht einiges für mich bedeuten könnte.«

»Wie gesagt, reden wir darüber, wenn es so weit ist.« Damit schien das Thema für Paula beendet, denn sie widmete sich wieder ihrem Buch.

Kurz dachte Eric darüber nach, ob er noch etwas sagen sollte, entschied sich aber stattdessen dafür, noch mal ins Büro zu gehen. Als er aufstand, sah Paula nicht auf.

Nachdem er seinen Computer angeschaltet hatte, öffnete Eric Facebook und navigierte zu seiner eigenen Seite. Dort waren zwischenzeitlich noch etliche Kommentare unter seinen letzten Post geschrieben worden, die von Schimpftiraden über den Fake-Account bis hin zu Tipps reichten, er solle sich nichts aus solchen *Hanseln* machen. Interessanterweise war der Begriff *Hansel*, mit dem er auf der kopierten Seite den falschen *Eric Sanders – Actor* bedacht hatte, relativ häufig übernommen worden, was ihm zeigte, dass wohl recht viele seiner Follower sich diese Seite angeschaut hatten.

Obwohl er sich fest vorgenommen hatte, sowohl den Fälscher als auch seine gefakte Seite zu ignorieren, konnte er nicht anders. Er musste wissen, ob sich auf der Seite noch etwas getan hatte.

Er gab in das Suchfeld *Eric Sanders – Actor* ein, fand aber lediglich seine eigene Seite. Er versuchte es nur mit seinem Namen, was aber das gleiche Ergebnis brachte.

Er navigierte zurück zu seiner Seite und ging die Kommentare noch mal durch, weil er sich erinnerte, dass dort jemand einen Link zu der falschen Seite gepostet hatte. Als er ihn gefunden hatte, sah er, dass es sieben Antworten darunter gab, und klickte darauf. Alle sieben Antworten waren erst wenige Stunden alt, und alle hatten eine Gemeinsamkeit. Eine Information. Und die lautete: Die Seite existiert nicht mehr.

10

Er steht vor einer riesigen Feuerwand. Sie erstreckt sich über die ganze Breite des Raumes, ohne die kleinste Lücke. Er weiß, irgendwo dahinter sind seine Eltern. Er hat die Rufe seines Vaters gehört. Sie suchen nach ihm.

»Hierher!«, schreit er, so laut es seine kratzende Kehle zulässt. »Papa, Mama! Ich bin hier!« Immer wieder versucht er es, und jedes Mal, wenn er angestrengt lauscht, hört er, wie sein Vater und seine Mutter wieder und wieder seinen Namen rufen.

Warum hört er seine Eltern, sie ihn aber nicht? Die Verzweiflung und der Rauch treiben ihm die letzten Tränen aus den Augen und lassen sie verdunsten, noch ehe sie seine Wangen hinablaufen können.

Direkt vor ihm ragt ein brennender Holzbalken in die Höhe. Wenn er es schafft, ihn umzustoßen, kann er vielleicht durch das Feuer zu seinen Eltern springen. Er schaut sich hektisch um, doch hier gibt es nichts, was er benutzen könnte, um den Balken zur Seite zu drücken.

In seiner Verzweiflung macht er zwei Schritte nach vorn und presst die bloßen Hände auf das brennende Holz. Er erwartet Schmerzen, doch er spürt nichts. Dafür sieht er umso deutlicher, was das Feuer mit seinen Händen anstellt. Die Haut, das Fleisch … sie schmelzen weg wie Wachs. Darunter kommen gelbliche Knochen zum Vorschein. Er ignoriert es. Er muss den Bal-

ken wegdrücken. Er muss zu seinen Eltern. Als er sich mit einem Ruck nach vorn wirft, zersplittern die Knochen seiner Hände, als seien sie aus Glas.

Er zieht die Arme zurück und betrachtet die Stümpfe. Er schreit seine ganze Qual heraus … und reißt die Augen auf …

»Es ist gut! Es war nur wieder der Traum.«

Drei, vier Sekunden brauchte Eric, dann wusste er, wo er war. Paula hatte sich über ihn gebeugt und streichelte ihm über die Wange. »War es schlimm?«

Eric rieb sich mit den Händen über das Gesicht. »Es ist jedes Mal ein bisschen anders, und ja, es ist immer schlimm, aber so seltsam es vielleicht auch klingt, ich habe mich auf eine verrückte Art daran gewöhnt.«

»Denkst du, dass du noch mal einschlafen kannst? Es ist erst vier.«

»Ich versuche es«, sagte Eric und drehte sich zur Seite. Minuten später war er wieder eingeschlafen.

Der Rest der Nacht verlief traumlos, so dass er am nächsten Morgen zumindest halbwegs fit mit Paula und Leon am Frühstückstisch saß. Trotz des Traumes war er erleichtert. Gleich nach dem Aufstehen hatte er nachgeschaut und festgestellt, dass die gefälschte Seite noch immer verschwunden war und es auch keinen neuen Kommentar des Fake-Accounts unter seinen Posts gab.

Offenbar hatte es tatsächlich etwas gebracht, den Kerl öffentlich vorzuführen und lächerlich zu machen. Die Sache schien sich erledigt zu haben.

Nachdem Paula und Leon aus dem Haus waren, setzte er sich erneut an den Rechner und erzeugte einen neuen Post, in dem er erklärte, dass niemand seinen Account gehackt hatte und dies auch wieder nur ein Täuschungsmanöver dieses Trolls gewesen war und dass der Spuk nun offensichtlich ein Ende hatte.

Zehn Minuten später zeigten ihm erste Kommentare, dass seine Follower ihm glaubten und zu ihm hielten.

Um Viertel nach zehn verließ er das Haus und machte sich, deutlich besser gelaunt als am Tag zuvor, auf den Weg zur U-Bahn-Station. Er wollte vor Probenbeginn im Theater sein, um noch ein paar Worte mit Alessa zu wechseln. Dass sie ihn am Vortag vor versammelter Mannschaft derart angegangen war, wurmte ihn, obwohl sie das bei allen anderen auch schon mal getan hatte. Dennoch wollte er ihr erklären, was ihn belastet hatte, und klarstellen, dass er nun wieder zu einhundert Prozent bei der Sache war und alles für die Rolle geben würde.

Er stieg am Odeonsplatz aus und machte sich auf den kurzen Weg zum Theater, kam aber nur wenige Meter weit, dann hielt er abrupt inne.

Etwa zwanzig Meter vor ihm, an eine Mauer gelehnt, stand der Kerl im Hoodie und starrte ihn an.

Erics Herz begann zu rasen, seine Gedanken überschlugen sich, doch bevor er einen klaren Gedanken fassen konnte, stieg heiße Wut in ihm auf. Ohne nachzudenken, setzte er sich in Bewegung, und noch während er mit schnellen Schritten auf den Kerl zulief, rief er ihm entgegen: »Was willst du von mir, verdammt? Was soll das? Warum verfolgst du mich?«

Mittlerweile hatte Eric etwa die Hälfte der Distanz zurückgelegt, und so ruhig, wie der Hoodie-Mann bisher auch dagestanden hatte, so schnell kam jetzt Bewegung in ihn. Er wandte sich ab und eilte davon.

»Bleib stehen, du verdammter Feigling«, rief Eric ihm nach und begann zu laufen, doch im selben Moment rannte auch sein Stalker los. Schon nach wenigen Metern musste Eric einsehen, dass er, obwohl er ein geübter Jogger war, gegen den Kerl keine Chance hatte. Schwer atmend blieb er stehen und sah ihm nach, bis er um die nächste Ecke verschwunden war.

Eric hatte kein Gefühl dafür, wie lange er so dastand und auf die Stelle starrte, an der der Kerl abgebogen war. Zwanzig Sekunden, dreißig? Vielleicht eine Minute?

Irgendwann wandte er sich ab, schlug aber nicht den Weg zum Theater ein, sondern ging zurück zur U-Bahn-Station. Während er dort wartete, sah er sich immer wieder um, studierte seine Umgebung und die Menschen, die wie er wartend herumstanden. Immer, wenn ein Mann dazukam, musterte Eric ihn genau. Das Herz pochte immer noch wild in seiner Brust, und auch sein Atem hatte sich noch nicht beruhigt.

Um sich abzulenken, zog er sein Smartphone heraus und schrieb eine WhatsApp-Nachricht an Alessa, in der er ihr mitteilte, dass er wie Thomas ein Magen-Darm-Problem hatte und erst morgen wieder zur Probe kommen könnte. Alessa würde schäumen, dessen war er sicher, weil sie davon ausging, dass er wegen des Anschisses vom Vortag nicht auftauchte, aber das war ihm in diesem Moment egal. Er musste jetzt etwas unternehmen. Wer konnte wissen, was dieser Kerl sich als Nächstes einfallen ließ? Vielleicht würde es ihm irgendwann nicht mehr ausreichen, Eric nachzustellen, und er würde seine Aktivitäten auf Paula ausdehnen. Oder auf Leon.

Allein der bloße Gedanke daran schickte eine heiße Welle durch Erics Körper, und feine Schweißperlen traten ihm auf die Stirn.

Sobald er zu Hause war, würde er bei der Polizei anrufen und sich dieses Mal nicht so einfach abwimmeln lassen. Zuvor aber musste er Paula von dem neuen Zwischenfall erzählen. Sie war zwar nicht sonderlich begeistert, wenn er sie in der Apotheke anrief, aber in diesem Fall würde sie ihn sicherlich verstehen.

Er tippte auf ihren Namen und hielt sich das Telefon ans Ohr. Es klingelte sechsmal, dann schaltete sich die Voicemailbox ein. »Ja, ich bin's«, erklärte er überflüssigerweise. »Sei so gut und melde dich bitte mal. Es ist wichtig.«

Das war ungewöhnlich. Kurz überlegte Eric, seinen Freund Jürgen anzurufen, aber der war um diese Zeit in seiner Praxis und konnte nicht ans Telefon gehen. Zudem fuhr gerade die U-Bahn ein. Er stieg ein, und während er sich einen Sitzplatz suchte, drehten seine Gedanken sich unentwegt um diesen seltsamen Mann, der unaufgefordert in sein Leben getreten war.

Als die Bahn mit einem Ruck anfuhr, schloss Eric die Augen und rief sich das Gesicht des Kerls in Erinnerung. Irgendetwas daran war ihm bekannt vorgekommen, aber er konnte es nicht greifen. Andererseits war Eric sicher, dem Mann noch nie begegnet zu sein. Und dennoch … Die schwarzen Haare, die so unvorteilhaft über die Ohren und in die Stirn fielen, konnten auch eine Perücke sein. Aber selbst mit einer anderen Frisur und Haarfarbe hatte er dieses Gesicht nie zuvor gesehen, da gab es keinen Zweifel.

Zu Hause angekommen, wunderte er sich über das Päckchen, das vor der Tür lag. Er hob es auf und betrat das Haus.

Auf dem Boden gleich hinter der Tür entdeckte er vier Briefumschläge, die er ebenso an sich nahm, bevor er den Schlüssel in den Kasten hinter der Tür hängte und in die Küche ging, um sich einen Kaffee zu machen.

Das Päckchen und die Briefe legte er auf der Arbeitsfläche ab, dann schaltete er den Vollautomaten ein. Während Eric wartete, bis die Kaffeemaschine aufgeheizt hatte, entdeckte er, warum Paula nicht ans Telefon gegangen war. Ihr Smartphone lag neben der Maschine auf der Arbeitsplatte.

Eric tippte auf das Display, woraufhin der Sperrbildschirm erschien mit der Meldung über drei verpasste Anrufe.

Einer davon war sein eigener, aber wer sonst rief Paula am Vormittag an? Eric kannte den Entsperr-Code von Paulas Smartphone nicht, weil er der Meinung war, dass jeder seine Privatsphäre haben sollte, aber ein weiterer Klick auf die Meldung ließ sie nach oben auseinanderfächern, so dass Eric die einzelnen verpassten Anrufe sehen konnte. Der oberste stammte wie erwartet von ihm. Als Eric den Namen der beiden anderen las, wunderte er sich. Es war sein Freund Jürgen Gernot.

Er nahm eine Tasse aus dem Schrank, stellte sie unter die Ausgussdüse der Maschine und drückte auf den Knopf für Kaffee Crema.

Was wollte Jürgen so Dringendes von Paula, dass er

gleich zweimal hintereinander anrief? Oder war es gar nicht Jürgen gewesen, der angerufen hatte, sondern seine Frau Martina, die vielleicht ihr eigenes Telefon gerade nicht zur Hand gehabt hatte oder dessen Akku leer war? Das war gut möglich, denn Martina und Paula telefonierten öfter miteinander. Aber er würde sich jetzt keine weiteren Gedanken über Telefonanrufe von Freunden machen. Im Moment hatte er wirklich andere Sorgen.

Eric nahm die Tasse und stellte sie auf der Arbeitsplatte ab, bevor er sich den Briefen zuwandte. Alle vier waren an ihn adressiert.

Der erste kam von einer Münchner Rechtsanwaltssozietät und enthielt eine Terminbestätigung bei Herrn Dr. Peter Densborn, Anwalt für Strafrecht.

Eric zog die Stirn kraus. Er war sicher, keinen Termin bei einem Anwalt für Strafrecht vereinbart zu haben.

Verwirrt legte er das Schreiben zur Seite und widmete sich dem nächsten Brief, der von einer Versicherung kam und Vertragsunterlagen für eine Sterbegeldversicherung enthielt. Sein Name, Adresse, Geburtsdatum und -ort waren maschinell auf dem Formular eingetragen. Am unteren Rand klebte ein grellgelber Pfeil, dessen Spitze auf das Feld für seine Unterschrift zeigte. Auch davon wusste er nichts.

»Was, zum Teufel …«, murmelte er, legte auch dieses Blatt zur Seite und nahm mit einem mulmigen Gefühl den nächsten Umschlag zur Hand. Erleichtert stellte er fest, dass es sich nur um eine Autogrammanfrage handelte, der ein frankierter Rückumschlag beigelegt worden war.

Der letzte Umschlag kam laut der Absenderangabe ebenfalls von einer Anwaltskanzlei, was das ungute Gefühl von zuvor wieder zurückbrachte. Eric öffnete ihn und stieß kurz darauf einen Fluch aus.

Es handelte sich um die Rechnung eines Onlineshops über 1 223 Euro und 84 Cent für mehrere elektronische Geräte, die er dort angeblich bestellt hatte. Was natürlich nicht stimmte.

»Verdammt!«, stieß Eric aus und warf Schreiben und Umschlag auf die Arbeitsplatte. Das fehlte ihm gerade noch. Als ob er im Moment nicht schon genug Probleme hatte. Er fragte sich, wer so dreist war und auf seine Rechnung und in seinem Namen Dinge bestellte und nicht bezahlte.

Während er sich abwandte, um die Küche in Richtung Büro zu verlassen, flüsterte eine Stimme in seinem Kopf ihm zu: *Vielleicht derselbe, der einen Termin bei einem Anwalt für Strafrecht gemacht und die Vertragsunterlagen für eine Sterbegeldversicherung in deinem Namen angefordert hat.*

Eric war bereits im Flur, als ihm auffiel, dass er nicht nur seine Kaffeetasse vergessen hatte, sondern dass auch noch das Päckchen in der Küche lag.

Er ging zurück, riss es an dem dafür vorgesehenen Streifen auf und klappte den Deckel zurück.

Darin befand sich ein schwarzer Stoffbeutel, der leer zu sein schien. Eric nahm ihn, zog die Kordel am oberen Ende auseinander und sah hinein. Der Beutel enthielt ein in der Mitte gefaltetes Blatt, das Eric herausnahm und aufklappte.

Die wenigen Wörter darauf lauteten:

Der Inhalt dieses Beutels ist wie deine Vergangenheit.

Dunkel!

Mit einem Mal verspürte Eric das dringende Bedürfnis,

seine Wut hinauszuschreien. »Verdammte Scheiße«, brüllte er aus Leibeskräften und schlug dabei mit der flachen Hand auf die Arbeitsplatte. Nach einem erneuten Blick auf das Blatt fügte er, nun flüsternd, hinzu: »Was willst du Arschloch von mir?« Dann schnappte er sich seine Tasse und verließ die Küche.

Im Büro setzte er sich an den Schreibtisch und schaltete den Monitor ein. Bevor er mit der Polizei sprach, wollte er sich noch einmal vergewissern, dass es keine neuen bösen Überraschungen gab.

Doch genau die gab es, wie die erste Nachricht auf Facebook ihm zeigte. Sie stammte von Tatortfreak-Gaby.

Hallo, Eric, du hast es wahrscheinlich schon mitbekommen, aber ich wollte dich trotzdem auf die neue Fake-Seite aufmerksam machen. Schlimm, wozu Leute fähig sind.

Darunter war ein Link eingefügt. Mit heftig klopfendem Herzen klickte Eric darauf und landete auf einer Seite, deren Titelbild den Ausschnitt einer Szene des *Tatorts* zeigte, in dem Eric mitgewirkt hatte. Er war zu sehen, wie er den Kopf verzweifelt mit beiden Händen umfasste und herzzerreißend weinte. Eine der, auch für Eric selbst, emotionalsten Szenen des ganzen Films.

Unter *Fotos* waren weitere Szenenbilder aufgereiht, unter *Beiträge* gab es nur einen einzigen, der lediglich aus einem einzigen Satz bestand, komplett in Großbuchstaben geschrieben.

ICH BIN SCHULDIG!

Eric hörte sich selbst »Scheiße« sagen, dann glitten seine

Augen nervös über die ganze Seite. Er klickte jedes einzelne Szenenfoto an, doch sie alle waren ohne Kommentare eingestellt worden. Der *Steckbrief* auf der linken Seite war leer, der Bereich *Fotos* enthielt nur die Szenenbilder, die Eric gerade gesehen hatte, *Freunde* wurden keine angezeigt.

Anschließend richtete er den Blick auf die Zeile unter dem Titelbild, in der ein kleines, rundes Porträt von ihm zu erkennen war, das der Mistkerl wieder von Erics Seite geklaut haben musste. Erst dann registrierte er den Unterschied im Seitennamen, der nun nicht mehr wie zuvor *Eric Sanders – Actor* lautete, sondern:

Eric Sanders – Murderer

11

»Hören Sie bitte«, sagte Eric mit bemüht ruhiger Stimme. »Ich weiß, dass ich deswegen schon mal angerufen habe, aber es geht jetzt nicht mehr nur darum, dass dieser Kerl meine Facebook-Seite und meinen Account kopiert hat und sich als ich ausgibt. Er hat mir schon zweimal aufgelauert und mich angestarrt, als wolle er mich umbringen. Er schreibt mir unheimliche Mails, in denen er behauptet, ich würde gar nicht existieren und dass schlimme Zeiten auf mich zukommen würden. Heute habe ich Post von Anwälten und Versicherungen bekommen und eine Rechnung von einem Onlineshop für Dinge, die ich nicht bestellt habe. Zudem ein Päckchen mit einer ominösen Botschaft. Ich bin sicher, dass dieser Kerl hinter alldem steckt. Und jetzt auch noch diese neue Seite, wo er mich als Mörder bezeichnet und unter meinem Namen schreibt: *Ich bin schuldig*. Das ist Rufmord. Meine Karriere steht auf dem Spiel. Sie können mir jetzt nicht mehr sagen, dass ich mich mit alldem abfinden muss und Sie nichts dagegen tun werden.«

Eric hörte, wie die Beamtin, die er dieses Mal am Telefon hatte, ausatmete. »Nein, da haben Sie natürlich recht. Sie müssen das nicht einfach so hinnehmen. Sie können Strafanzeige gegen die unbekannte Person stellen. Wir werden versuchen, diese Person zu identifizieren und sie dann zu befragen und über die Anzeige aufzuklären. Außerdem werden wir eine Gefährderansprache durchführen, in der der Person die Folgen erläutert werden, die bei einer Fortsetzung der Nachstellung drohen können. Allerdings kann es sein, dass die Person sich daraufhin an einen Anwalt wendet und die Angelegenheit vor Gericht geregelt wird. Darüber müssen Sie sich im Klaren sein.«

»Und wie wollen Sie herausfinden, wer der Kerl ist? Denken Sie, Facebook gibt irgendetwas preis?«

»Die Wahrscheinlichkeit ist eher gering, aber wenn Sie ihn wieder sehen, dann rufen Sie sofort uns an, und wir schicken Ihnen zwei Kollegen vorbei. Die werden schon mit ihm klarkommen.«

»Und was ist, wenn er plötzlich nicht mehr mir, sondern meiner Frau oder meinem elfjährigen Sohn auflauert?«

»Hat er denn irgendwelche Andeutungen in diese Richtung gemacht? Oder etwas getan, das vermuten lässt, dass so etwas geschehen könnte?«

»Nein, das hat er nicht.«

»Gut, dann wird es wohl so sein, dass er sich ausschließlich auf Sie konzentriert. Sie sagten, er ist Ihnen jetzt zweimal auf ihrem Weg vom oder zum Theater begegnet?«

»Ja.«

»Dann scheint er zu wissen, wann Sie unterwegs sind. Ich muss das intern abklären, aber vielleicht können zwei Zivilbeamte Sie auf Ihrem Weg unauffällig begleiten. Die könnten dann sofort zugreifen, wenn er wieder auftaucht.«

»Das fände ich gut. Das würde mich sehr beruhigen.«

»Ich kläre das ab und melde mich bei Ihnen. In der Zwischenzeit schicke ich Ihnen die Formulare für die Strafanzeige. Wie lautet Ihre Mailadresse?«

Eric nannte sie ihr.

»Ach, und kümmern Sie sich unbedingt um die Rechnung von diesem Onlineshop. Ob Sie nun wirklich den Betrag schulden oder nicht, Sie müssen auf jeden Fall aktiv werden und das gleich klären, sonst werden Sie Schwierigkeiten bekommen.«

Eric verabschiedete sich und legte auf. Er würde sich später um diesen Mist kümmern, im Moment hatte er nicht die Nerven dafür.

Er warf einen Blick auf die Uhr. Kurz vor zwölf. Er navigierte zu seinen Kontakten und tippte auf einen Namen, dann hielt er sich das Smartphone ans Ohr.

»Hallo, Eric«, meldete sich Jürgen.

»Hi, störe ich, oder hast du eine Minute für mich?«

»Ich habe auch mehrere Minuten für dich, mein Lieber. Gerade vor zehn Sekunden hat die letzte Patientin des Vormittags die Praxis verlassen. Weiter geht's erst um vierzehn Uhr. Also, was kann ich für dich tun? Und was macht dein Stalker?«

»Das erzähle ich dir gleich. Ich möchte nur mal kurz fragen, ob du etwas Bestimmtes von Paula wolltest. Sie hat ihr Telefon zu Hause liegen lassen, und ich habe gesehen, dass du sie heute Vormittag angerufen hast.«

»Ach, ja, das war ein Versehen. Du kennst das ja, wenn die Finger zu dick und zu schnell sind.«

»Zweimal?«

»Ähm, ja, verrückterweise zweimal. Als ich den Anruf gleich wieder beendet habe und auf den richtigen Namen tippen wollte, hat sich die Liste ein Stück nach oben verschoben, und ich habe prompt wieder auf Paulas Namen geklickt. Wie gesagt. Zu schnelle Finger. Aber jetzt erzähl doch mal, was macht der Stalker?«

Eric berichtete Jürgen von den neuesten Entwicklungen und seinem Gespräch mit der Polizistin.

»Mannomann. Das ist ja kaum zu glauben. Und du denkst, diese Briefe und das Päckchen haben alle mit ihm zu tun?«

»Ja, allerdings.«

»Irre! Was mich wundert, ist, dass der Kerl so verbissen ist. Das ist nicht einfach nur ein Spinner, der im Netz ein bisschen Party machen möchte. Der betreibt ja einen Wahnsinnsaufwand. Ich denke, das ist eher was Persönliches. Hast du irgendwann mal jemandem auf die Füße getreten?«

»Nein, zumindest nicht bewusst. Aber heutzutage kannst du dir ja schon einen Shitstorm einhandeln, wenn du irgendetwas schreibst oder sagst, das nicht zu einhundert Prozent den ethischen oder moralischen Vorstellungen irgendeiner x-beliebigen Gruppe entspricht. Die drücken dir dann einen Stempel auf wie *alter*, *weißer Mann* oder *Sexist* oder was auch immer, und schon geht's los. Wie gesagt, ich glaube nicht, dass ich jemandem zu nahe getreten bin, aber wissen kann man das nicht.«

»Weise gesprochen, alter, weißer Mann«, flachste Jürgen, wurde aber sofort wieder ernst.

»Hey, pass auf dich auf. Man weiß ja nie …«

»Ja, das tue ich.«

»Sag mal, solltest du jetzt nicht in der Probe sein?«

»Nein, ich habe mir heute freigenommen.«

»Ah, okay. Wollen wir heute Abend ein Bier zusammen trinken?«

»Ich weiß noch nicht, das hängt davon ab, wie der restliche Tag verläuft. Wenn es für dich okay ist, melde ich mich am Nachmittag noch mal.«

»Okay, am besten nach siebzehn Uhr. Dann bin ich fertig in der Praxis.«

»Gut, bis später.«

Eric beendete das Gespräch und legte das Telefon auf dem Schreibtisch ab, hielt den Blick aber noch eine Weile darauf gerichtet.

Normalerweise begannen die Proben im Theater um dreizehn Uhr. Das wusste auch Jürgen. Dass Alessa an diesem Tag beschlossen hatte, schon um elf anzufangen, wusste niemand außer Paula. Eric sah erneut auf die Uhr, es war zehn nach zwölf. Das war die Erklärung. Jürgen meinte, er müsse um diese Zeit normalerweise auf dem Weg zum Theater sein.

Was war nur mit ihm los? Witterte er jetzt bereits überall Verrat? Sogar in seinem Freundeskreis?

Er wollte den Monitor schon ausschalten, als eine neue Mail eintraf. Sie stammte von P-k@cuvox.com.

Eric öffnete, einen Bleiklumpen im Magen, die Nachricht und las.

Eric!
Bald ist es so weit, falscher Eric Sanders.
Warst du schon bei der Polizei? Gut! Wenn sie richtig tief graben, könnten Sie Dinge finden, die dir und ihnen nicht gefallen.

Wie geht es deiner Großmutter?
Grüß sie von mir.
Noch ein Tipp: Hast du schon DEINEN neuesten Beitrag gesehen? Auf DEINER Facebook-Seite?
Schau ihn dir an!
Er wird dir nicht gefallen.
Es ist erst der Anfang.

Mit fliegenden Fingern klickte sich Eric zu der gefälschten Seite durch und dort zum oberen Beitrag, der erst Minuten zuvor erstellt worden war. Der Text lautete:

ICH BIN SCHULDIG! ICH HABE EINEN MORD BEGANGEN!

Eric hörte sich aufstöhnen. Sein Verstand schien sich zusammenzukrümmen, denn er konnte keinen klaren Gedanken mehr fassen.

Eric sank nach hinten, bis er gegen die Rückenlehne des Stuhls stieß, starrte auf den Monitor und las diesen Satz immer und immer wieder. *Ich habe einen Mord begangen! Ich habe einen Mord begangen!*

Das Läuten des Telefons riss ihn zurück in die reale Welt.

Mechanisch griff er nach dem Gerät und blickte auf das Display. Bastian.

»Ja?« Seine Stimme klang spröde.

»Du hast es schon gesehen, nicht wahr?«

»Ja.«

»Das ist ungeheuerlich. Das ist tatsächlich Mord. Und

zwar Rufmord an dir. Du musst sofort die Polizei einschalten. Dem muss ein Riegel vorgeschoben werden.«

Eric registrierte, dass er Bastian noch nie so aufgeregt erlebt hatte.

»Hab ich schon.«

»Gut! Und, was sagen die?«

»Nicht viel.«

Bastian schnaufte. »Eric, ein bisschen mehr an Informationen könnte ich als dein Agent gerade schon brauchen. Ich muss zusehen, dass ich bei den entsprechenden Leuten sofort gegensteuere, weil sonst bald kein Produzent dieser Welt dich auch nur mit einer Zange anfassen wird.«

Das rüttelte Eric auf. »Aber es liegt doch auf der Hand, dass das nicht von mir geschrieben worden ist. Das *müssen* die doch wissen. Und falls sie es wirklich nicht wissen, musst du es ihnen sagen.«

»Selbstverständlich wissen die das. Aber das ist denen egal. Du bist doch schon einige Zeit im Geschäft, hast du es denn immer noch nicht kapiert? Klar braucht man Talent in deinem Beruf. Aber das allein reicht nicht für den Erfolg. Zumindest nicht aus Sicht der Filmbosse. Wichtig ist für die zuerst mal deine Außenwirkung. Und wenn die beschädigt ist, dann interessiert es diese Leute keinen Deut, ob du etwas dazu beigetragen hast oder nicht.«

»Denkst du nicht, dass du jetzt vielleicht etwas übertreibst?«

»Ich habe vor dreißig Sekunden das Gespräch mit Carsten Gill beendet. Du erinnerst dich? Wir waren gestern mit ihm essen. Deswegen kann ich dir versichern, ich übertreibe nicht.«

»Wieso? Was hat er gesagt?«

»Er sagte: Bringen Sie das in Ordnung, sonst wird das nichts mit Sanders.«

»Scheiße!«, sagte Eric.

»Genau!«, sagte Bastian. »Ich melde mich.«

Dann legte er auf.

12

Innerhalb der nächsten halben Stunde häuften sich die Nachrichten an Eric auf allen Kanälen. Sie reichten von Bestürzung über Wut auf diesen *Internetidioten* bis hin zu der Frage, ob es eine Schauspieler-Metapher sei, dass er einen Mord begangen habe. Und falls ja, was er damit meine.

Nachdem er einen Teil der Nachrichten gelesen hatte, druckte Eric die Mail von P.K. aus, schaltete den Monitor aus und verließ mit dem Blatt in der Hand das Büro. Er konnte keinen klaren Gedanken fassen, solange er im Minutentakt mit Fragen und Spekulationen konfrontiert wurde.

Im Wohnzimmer ließ er sich auf die Couch fallen und legte die ausgedruckte Seite vor sich auf den Tisch.

Sein Blick hangelte sich an den Zeilen entlang, Wort für Wort, langsam und immer wieder.

Wenn sie richtig tief graben, könnten sie Dinge finden, die dir und ihnen nicht gefallen …

War das eine Drohung? War es ein Hinweis darauf, dass ihm bald etwas Schlimmes passieren würde? Er dachte an den schwarzen Stoffbeutel, wischte das Bild aber beiseite und konzentrierte sich wieder auf die Mail.

Was meinte der Kerl mit der Polizei, die vielleicht etwas Licht ins Dunkel brachte, wenn sie tief genug grub?

Und das größte Rätsel überhaupt: Warum hatte er Erics Großmutter erwähnt? Was wusste er von ihr, und warum erkundigte er sich nach ihr?

Eric lehnte sich zurück und schloss die Augen.

Ich bin schuldig! Ich habe einen Mord begangen!

Was war damit gemeint? Wenn dieser Kerl ihm schaden wollte, gab es sicher effektivere Wege, als solche Behauptungen auf einer offensichtlich gefälschten Seite zu posten.

Konnte es sein, dass er im Laufe seines Lebens irgendetwas getan hatte, das eine Kette von Ereignissen auslöste, die letztendlich zum Tod eines Menschen geführt hatte?

Blödsinn, sagte er.

Aber vielleicht war …

Sein Telefon klingelte. »Du bist nicht in der Probe?«, fragte Paula, als er abnahm, ohne sich mit einer Begrüßung aufzuhalten. »Bist du krank?«

»Nein. Es sind einige Dinge passiert, um die ich mich kümmern muss. Woher weißt du überhaupt, dass ich nicht in der Probe bin?«

»Jürgen hat in der Apotheke angerufen und mir gesagt, dass er mit dir telefoniert hat und sich Sorgen um dich macht. Was ist denn passiert?«

Eric erzählte ihr von den neuesten Ereignissen und der Post, die er bekommen hatte, dann las er ihr die Nachricht von P.K. vor. Als er fertig war, ließ Paula ein paar Sekunden verstreichen, bevor sie sagte: »Puh. Das klingt ja ziemlich wirr. Und dann diese Sache mit den Briefen und dem Päckchen … verrückt. Was hast du jetzt vor?«

»Ich weiß es ehrlich gesagt nicht. Wenn die Polizei mir morgen zwei Zivilbeamte zur Seite stellt und der Typ wieder auftaucht, erfahren wir vielleicht, was hinter dieser ganzen Sache steckt. Ich wüsste nicht, wo man sonst ansetzen könnte. Ich werde auch nicht mehr auf den Social-Media-Kanälen reagieren. Ich glaube, mein panischer Aktivismus war genau das, was der Kerl erreichen wollte. Den Gefallen werde ich ihm nicht mehr tun.«

»Das ist wahrscheinlich eine kluge Entscheidung. Hältst du es für möglich, dass Leon in Gefahr sein könnte? Hast du mit der Polizei darüber gesprochen?«

»Nein und ja. Die sehen zumindest im Moment keine Gefahr für dich oder Leon. Und ich auch nicht.«

Letzteres entsprach allerdings nicht zu einhundert Prozent der Wahrheit.

»Ich frage mich die ganze Zeit, was das mit meiner Großmutter zu bedeuten hat. Sie ist dement und lebt in einem Pflegeheim. Warum erwähnt er sie?«

»Vielleicht, weil er dir damit zeigen will, dass er recherchiert hat und deine Familienverhältnisse kennt? Oder dass er jederzeit Zugriff auf deine Familie hat?«

»Du meinst, er will mir damit klarmachen, dass das Ganze keine harmlose Spielerei ist?«

»Er will dir zeigen, dass du ihn ernst nehmen solltest.«

»Das habe ich mittlerweile begriffen.«

»Okay, ich muss wieder zurück. Lass uns später noch mal über alles reden.«

»Ja, gut.«

Eric stand auf und verließ das Wohnzimmer. Er wusste, wohin er als Nächstes wollte.

Als er den Flur entlang zum Zimmer seiner Großmutter ging, kam ihm eine der Pflegerinnen entgegen, auf deren Namensschild in blauer Schrift *Gerda* stand. Eric mochte die etwa fünfzigjährige, mollige Frau, die stets gut gelaunt schien.

»Herr Sanders«, sagte sie lächelnd, »da wird sich Ihre Großmutter aber freuen, wenn Sie schon wieder Besuch bekommt.«

»Schon wieder?«, fragte Eric verwundert. »Ich komme doch immer alle zwei, drei Tage her.«

»Ja, natürlich. Und dann gestern noch ihr Cousin … Nicht alle alten Leute hier haben Familien, die sich so gut um sie kümmern.«

Eric blieb stehen. »Mein Cousin?«

»Ja, aus Saarbrücken. Der auch Eric Sanders heißt, genau wie Sie. Das finde ich ja schon witzig. Er sagte, er sei zufällig in der Stadt und wollte mal seine Oma besuchen«, erklärte Gerda, die ebenfalls stehen geblieben war.

»Aus Saarbrücken? Wie hat er ausgesehen?«

Gerdas Brauen wanderten nach oben. Sie schien zu ahnen, dass irgendetwas nicht stimmte. »Wie er ausgesehen hat?« In ihrer Stimme lag die Frage, wie es sein konnte, dass er seinen eigenen Cousin nicht kannte.

»Ja. Können Sie ihn beschreiben? Haarfarbe, Größe …«

Gerda rieb nervös die Hände aneinander. »Er … hatte längere schwarze Haare, war etwa ein Meter achtzig groß, also ungefähr so wie Sie, und schlank. Warum fragen Sie das?«

»Weil ich keinen Cousin habe. Wie lange war er bei ihr?«

Gerda erwiderte schuldbewusst: »Was? Aber … das verstehe ich nicht. Er hat nach ihrem Zimmer gefragt und sagte …«

»Wie lange war er bei ihr?«, unterbrach Eric sie barsch, was ihr Gefühl, etwas falsch gemacht zu haben, noch verstärkte. Ihre Wangen röteten sich, als sie sagte: »Ich weiß es nicht, ich habe nicht mitbekommen, wann er wieder gegangen ist. Ich dachte … mein Gott, damit konnte ich doch nicht rechnen.«

Eric nickte. »Wenn wieder jemand herkommt, den Sie nicht kennen, dann rufen Sie mich bitte an, bevor Sie ihn zu meiner Großmutter lassen, okay?«

»Ja, natürlich, ich …«

Eric wandte sich ab und ließ Gerda stehen. Der Schwarzhaarige war also bei seiner Großmutter gewesen, deshalb hatte er sie in seiner Mail erwähnt. Er wollte, dass Eric das erfuhr.

Wie weit würde dieser Mensch noch gehen?

Er betrat das Zimmer, ohne anzuklopfen. Seine Großmutter saß nicht in ihrem Sessel, sondern lag im Bett und sah zum Fenster.

»Hallo, Oma«, sagte Eric und zwang sich zu einem Lächeln. Er beugte sich zu ihr und legte behutsam seine Hand auf ihre. »Wie geht es dir?«

Ihr Blick richtete sich langsam auf ihn. »Mir geht es gut«, sagte sie mit einer Deutlichkeit, die in Eric die Hoffnung weckte, einen ihrer immer seltener werdenden guten Tage erwischt zu haben.

»Ich habe gehört, du hattest gestern Besuch?«

»Besuch?«

»Ja, ein Mann mit schwarzen Haaren.«

»Gerhard hatte früher schwarze Haare. Er war ein stattlicher Mann, als wir uns kennengelernt haben. Groß und stark. Sie hätten ihn sehen müssen.«

Gerhard war Erics Großvater.

»Ja, das war er«, bestätigte Eric.

»Mein Mann war nicht hier.«

»Ich weiß, Oma. Es war ein anderer Mann mit längeren schwarzen Haaren. Erinnerst du dich? Das ist gestern gewesen.«

Ihr Blick wanderte wieder zum Fenster. »Gerhard war schon lange nicht mehr hier.«

»Ich weiß«, wiederholte Eric und versuchte, sich seine Verzweiflung nicht anmerken zu lassen. Wenn er herausbekommen könnte, was der Fremde von seiner Großmutter gewollt hatte, würde ihn das vielleicht weiterbringen.

»Der Arzt hat gesagt, er weiß alles von früher. Er hat gesagt, er weiß Bescheid über meine Tochter.«

»Der Arzt? Welcher Arzt?«

»Na, *der* Arzt. Der hier war.«

Das musste dieser Irre gewesen sein.

»Und *was* weiß er von Mama?«

Sie sah ihn fragend an. »Mama?«

»Ja. Deine Tochter. Meine Mutter.«

Binnen Sekunden wurden ihre Augen feucht. »Was reden Sie da? Ich habe keine Tochter.«

Eric atmete tief durch. »Ich weiß, sie ist schon lange nicht mehr bei uns.«

»Wer?«

»Deine Tochter. Elisabeth. Meine Mutter.«

»Elisabeth? Ich kenne niemanden, der so heißt.«

Es war wirklich zum Verzweifeln. »Was hat der Arzt sonst noch gesagt?«

Entweder hatte seine Großmutter ihn nicht gehört, oder sie dachte nach. Als sie nach einer Weile noch immer nicht geantwortet hatte, wiederholte er: »Hat er sonst noch etwas gesagt?«

»Er sagte, er weiß, dass ich keine Tochter habe.«

»Ja, weil sie seit dreiunddreißig Jahren tot ist«, sagte Eric frustriert, und kaum hatte er den Satz ausgesprochen, tat es ihm auch schon leid. Was nutzte es, seine Großmutter an ihre wohl schmerzlichste Zeit zu erinnern? Ihr Leben, das sich immer weiter auflöste, in dem immer mehr Monate und Jahre wie in einem schwarzen Loch verschwanden, war schwer genug.

»Tut mir leid«, sagte er leise, doch das schien sie nicht mehr zu hören. Ihre Augen waren wieder auf das Fenster gerichtet.

Eric drückte ihr die Hand und kämpfte gegen die Tränen an. »Ich komme bald wieder«, erklärte er sanft, dann wandte er sich ab.

Im Hinausgehen hörte er seine Großmutter sagen: »Ich habe niemanden.«

13

Die nächste Mail von P.K. kam, als Eric fast wieder zu Hause war. Das Smartphone lag in der Mittelkonsole des Wagens. Eric warf einen schnellen Blick darauf, als ein *Pling* ihn auf das Eintreffen der Nachricht aufmerksam machte.

Er sah sofort, von wem sie war, und fuhr bei der nächsten Gelegenheit rechts ran.

Beim ersten Versuch, hastig nach dem Telefon zu greifen, fiel es ihm aus der Hand und landete polternd wieder in der Konsole. Zwei Wimpernschläge später entsperrte er es und öffnete die Mail.

Eric!
Es ist so weit. Das ist dein Startschuss. Du musst herausfinden, was du getan hast. Und dass Eric Sanders *nicht existiert. Du hast drei Tage Zeit.*
Heute in drei Tagen, am Sonntag um 15:00 Uhr, wirst du auf all deinen Kanälen gestehen, was du getan hast, und zwar in allen Einzelheiten. Tust du das nicht, wird etwas Schreckliches geschehen. Auch wenn nur ein einziges wichtiges Detail fehlt.
Zum Thema Polizei: Du musst entscheiden, ob du sie hinzuziehst. Mein Tipp: Tu es nicht! In deinem eigenen Interesse.

Hinweise: Es geht um einen Hausbrand, es geht um einen Jungen und es geht um deine Großmutter.
Sonntag, 15:00 Uhr. Und jetzt fang an, die Uhr tickt.
Tick, tack, tick, tack, tick, tack.

Eric ließ das Telefon sinken und drückte Daumen und Mittelfinger sekundenlang fest gegen die geschlossenen Augen. Als er sie wieder öffnete, waren seine Gedanken klar.

Es ging um einen Hausbrand, einen Jungen und seine Großmutter.

Diese Stichwörter in Verbindung mit der Anspielung auf seine *dunkle Vergangenheit* konnten sich nur auf eines beziehen: den Brand, bei dem seine Eltern umgekommen waren. Und der Junge musste er selbst sein.

Aber was sollte es da herauszufinden geben? Und was zu gestehen? Er hatte weder den Brand verursacht, noch hatte er sonst irgendetwas in seinem Leben getan, dessen er sich schämen müsste.

Und warum brachte der Kerl schon wieder seine Großmutter ins Spiel? Warum war er bei ihr gewesen und was hatte er zu ihr gesagt? Oder von ihr als angeblicher *Arzt* erfahren?

Eric legte das Telefon in die Konsole zurück und fuhr los.

Die Zeit, bis Paula und Leon nach Hause kamen, verbrachte er am Computer. Er druckte die letzte Mail von P.K. aus und nicht zum ersten Mal suchte er nach irgendwelchen Hinweisen auf den damaligen Brand. Aber wie bisher fand er auch dieses Mal nichts darüber.

1991, als das Unglück geschehen war, gab es noch keine Onlineauftritte von Tageszeitungen, weil zu der Zeit das

Internet für die Allgemeinheit noch nicht nutzbar war. Nachgetragen wurden solche *lokalen* Ereignisse später sicher nicht.

Als er hörte, dass die Haustür aufgeschlossen wurde, schnappte er sich den Ausdruck der Mail, faltete ihn und steckte ihn in die Hosentasche. Dann ging er Paula und Leon entgegen. Sie sah ihn an und kniff kurz die Augen zusammen, dann hatte sie sich wieder im Griff.

»Hallo, mein Großer«, sagte Eric und nahm seinen Sohn in den Arm.

»Hallo, Papa.«

»Wie war's in der Schule?«

»Hm«, brummelte Leon, »Schule halt.«

Eric lachte und wuschelte ihm durch die Haare. »Du wirst irgendwann noch merken, dass die Schulzeit super war.«

Leon schüttelte heftig den Kopf. »Bestimmt nicht.«

»Okay, junger Mann«, schaltete sich Paula ein, »du hast jetzt eine halbe Stunde zum Spielen, dann übst du Gitarre. Und nimm deine Schultasche mit in dein Zimmer. Abmarsch.«

Sie sahen Leon nach, wie er über die Treppe nach oben verschwand. Als seine Tür zuschlug, wandte Paula sich an Eric.

»Was ist passiert?«

»Komm erst mal rein.«

Sie setzten sich einander gegenüber auf Couch und Sessel, dann begann Eric zu erzählen.

»Also, der Reihe nach: Dieser Kerl war im Pflegeheim bei meiner Großmutter.«

»Was? Der Schwarzhaarige? Geht es ihr gut?«

»So gut oder schlecht wie sonst auch.«

»Woher weißt du, dass er da war? Was wollte er von ihr?«

»Eine Pflegerin hat mir gesagt, dass mein *Cousin* aus Saarbrücken gestern da war, der lustigerweise auch Eric Sanders heißt.«

»Wie jetzt ...«

»Sie hat ihn beschrieben. Es war der gleiche Kerl, der mir schon zweimal aufgelauert hat. Er hat sich offenbar bei Oma als Arzt ausgegeben.«

»Und?«

»Sie meinte, er hätte gesagt, er wüsste, dass sie keine Tochter hat.«

Paula dachte einen Moment nach, bevor sie mit den Schultern zuckte. »Das ist zwar schlimm, aber wahr. Ihre Tochter ist tot.«

»Ja, das stimmt. Aber ich habe keinen blassen Schimmer, was er eigentlich von ihr wollte. Und das Schlimme ist, ich weiß auch nicht, was er sie gefragt und was sie ihm geantwortet hat. Sie konnte es mir nicht sagen.«

»Okay, das ist ziemlich beunruhigend und du solltest das auf jeden Fall der Polizei mitteilen. Aber was meintest du mit der Reihe nach? Was war sonst noch?«

Eric zog den gefalteten Zettel aus der hinteren Hosentasche und hielt ihn seiner Frau wortlos hin. Paula nahm ihn, klappte ihn auf und las. Ihre Augen weiteten sich, und sie sah Eric kurz ungläubig an, und las dann weiter.

Schließlich ließ sie das Blatt sinken.

»Was, zum Teufel, hat das alles zu bedeuten?«

»Das weiß ich nicht einmal ansatzweise.«

»Glaubst du, der Kerl ist gefährlich?«

Eric musste nicht lange überlegen, ließ sich aber trotzdem mit seiner Antwort einen Moment Zeit, bevor er sagte: »Ich glaube, was auch immer für wirres Zeug in seinem Kopf herumspukt – er ist sicher, dass es wahr ist. Und das macht ihn wahrscheinlich brandgefährlich.«

14

Eric saß im Wohnzimmer und überlegte, ob er wegen der Mail bei der Polizei anrufen sollte oder nicht. Eigentlich lag es auf der Hand, dass er es tun musste. Schließlich enthielt die Mail eine klare Drohung, falls Eric nicht genau das tat, was dieser Spinner verlangte. Dennoch zögerte er und konnte sich nicht zu einem Entschluss durchringen, als Thomas Korling anrief.

»Hallo, Eric, ich bin's, Thomas. Du warst heute nicht in der Probe. Alessa sagte, du hast dich krankgemeldet. Ich hoffe, es ist nichts Ernstes?«

»Nein, es ist wohl so was, was du auch hattest. Ein bisschen Magen-Darm. Nichts Dramatisches, aber proben ging damit nicht.«

»Verstehe. Und? Was macht dein Stalker?«

Eric verspürte keine Lust, Thomas die ganze Geschichte zu erzählen. »Ach, der probiert es immer noch, aber ich reagiere nicht mehr. Ich denke, das erledigt sich in ein paar Tagen von selbst, wenn der Typ merkt, dass er mich nicht ärgern kann.«

»Ja, möglich. Sonst ist alles okay bei dir?«

»Ja, klar. Warum fragst du?«

»Na, ich interessiere mich einfach dafür, wie es meinem Schauspielkollegen geht.«

»Das ist nett, danke dir. Aber ich muss jetzt aufhören.«

»Ja, klar, kein Thema. Dann sehen wir uns morgen, oder?«

»Ja, ich denke, morgen bin ich wieder fit. Bis dann.«

»Wer war das?«, wollte Paula wissen, die in diesem Moment ins Wohnzimmer kam.

»Mein Kollege. Thomas Korling, der Hauptdarsteller des Stückes, das wir gerade proben. Er wollte wissen, wie es mir geht.«

»Hast du ihm von dieser Sache erzählt?«

»Nur ansatzweise. Ich wundere mich. Er hat mich sonst nie angerufen, und jetzt meldet er sich quasi jeden Tag.«

»Vielleicht, weil du jetzt durch den *Tatort* berühmt geworden bist.« Die Art, wie sie das Wort berühmt aussprach, fand Eric seltsam, aber er sagte nichts dazu.

»Hast du bei der Polizei angerufen?«

»Nein, ich weiß nicht, ob das wirklich sinnvoll ist.«

Paula blieb vor ihm stehen und runzelte die Stirn. »Was meinst du damit? Der Kerl hat dich bedroht. Was gibt es da über den Sinn nachzudenken, die Polizei einzuschalten?«

Eric presste die Lippen zusammen und beschloss, Paula offen zu sagen, was er dachte. »Ich verstehe dich, aber andererseits … Er hat geschrieben, ich muss etwas über mich selbst herausfinden. Etwas, das ich getan haben soll. Ich kann mir nicht vorstellen, was das sein sollte, aber …« Er brach ab und suchte nach den passenden Worten, um Paula verständlich zu machen, was ihn umtrieb.

»Aber für den Fall, dass es da doch irgendetwas in deiner Vergangenheit gibt, willst du erst selbst herausfinden, was das ist, bevor die Polizei davon erfährt?«

»Auch das, aber nicht nur.«

Paula setzte sich neben ihn und verschränkte die Arme. »Das heißt doch, du ziehst zumindest in Betracht, dass es etwas geben *könnte*.«

»Ich weiß es wirklich nicht«, beteuerte Eric, und das war die Wahrheit. »Diese Sache damals mit dem Brand … Das hat so vieles bei mir ausgelöst. Du weißt, dass ich mich bis heute nicht an die Zeit davor erinnern kann. Meine gesamte Kindheit bis zu diesem Unglück ist einfach weg. Ausgelöscht durch das traumatische Erlebnis und einen Balken, der mir auf den Kopf gefallen ist.«

Paula dachte eine Weile nach. »Hältst du es für möglich, dass du etwas mit dem Feuer zu tun hattest?«

»Nein. Ich weiß ja, dass es durch einen Defekt in der Gasheizung ausgebrochen ist. Meine Großeltern haben gesagt, das ist von Brandermittlern nachgewiesen worden.«

»Aber um was könnte es sich sonst handeln? Und vor allem: Wie könnte dieser Irre davon wissen?«

»Ich habe keine Ahnung.«

»Dann ist das wahrscheinlich alles nur ein großer Bluff. Wenn man bedenkt, wann dieser Irrsinn begonnen hat, geht es wohl um Neid wegen deiner Rolle im *Tatort*.«

Dieses Mal schwang nichts anderes mit als ihr Wille, ihm zu helfen.

»Siehst du, das meine ich, und das ist der Hauptgrund, weshalb ich mich damit jetzt nicht direkt an die Polizei wenden will. Wahrscheinlich stellt sich am Ende heraus, dass nichts an alledem dran ist. Wenn ich denen vom Inhalt dieser Mail erzähle, werden die bestimmt meine ganze Vergangenheit aufrollen. Sie werden mein komplettes Leben zerpflücken, alles Private wird öffentlich …« Er machte eine Pause. »Ich habe auch so schon genug mit der Vergangenheitsbewältigung zu tun und möchte es nicht noch schlimmer machen. Verstehst du?«

»Ja, das verstehe ich sogar sehr gut. Es ist deine Entscheidung, aber versprich mir bitte eines.«

»Was denn?«

»Wenn du wirklich etwas herausfindest, egal, was es ist, möchte ich, dass du mit mir darüber sprichst.«

»Ja, sicher, das mache ich.«

»Und noch etwas: Wenn sich irgendwann andeutet, dass Leon in Gefahr sein könnte, sagst du mir das auch sofort, denn dann müssen wir Maßnahmen ergreifen, um ihn zu schützen. Dazu zählt auch die Polizei.«

»Auch das verspreche ich dir. Ich würde nie zulassen, dass Leon etwas geschieht, das solltest du wissen.«

Paula legte ihre Hand auf seine. »Ja, das weiß ich.«

Dann beugte sie sich nach vorn und nahm ihn in den Arm. Im ersten Moment war Eric überrascht, denn das hatte sie, sah man von flüchtigen, angedeuteten Umarmungen hier und da und beim Verabschieden einmal ab, schon lange nicht mehr getan. Er erwiderte den sanften Druck ihrer Arme und stellte fest, dass es guttat, ihren warmen Körper zu spüren.

Nach wenigen Sekunden löste sie sich von ihm und sagte: »Womit wirst du anfangen?«

»Ich muss noch mal zu Oma. Er hat sie zweimal erwähnt und war sogar bei ihr. Sie scheint eine wichtige Rolle in dieser ganzen Geschichte zu spielen. Vielleicht erwische ich ja einen guten Moment und kann mit ihr reden.«

»Und ich werde mich in der Zeit um die Briefe kümmern, die wir wegen dieses Kerls bekommen haben.«

»Danke.«

Eine halbe Stunde später betrat Eric erneut das Zimmer seiner Großmutter. Mittlerweile hatte sie in ihrem Sessel Platz genommen. Auf dem Tisch neben ihr stand ein Tablett mit einem unberührten Glas Wasser und einem Teller, auf dem noch ein Rest von Gemüse und Kartoffeln lag.

Über ihre Beine war eine helle Decke gebreitet, obwohl es angenehm warm im Raum war.

»Hallo, Oma«, sagte Eric, woraufhin sie sich ihm zuwandte, die Augen verengte und ihn eingehend betrachtete.

»Ich bin's, Eric.«

»Eric?«

»Ja, dein Enkel.«

»Ich habe gerade gegessen.«

»Ja, das sehe ich. Hat es dir geschmeckt?«

»Nein. Das Essen ist nicht gut.«

Eine so differenzierte Meinungsäußerung machte ihm Hoffnung.

»Erkennst du mich, Oma?«

»Natürlich«, sagte sie entrüstet. In diesem Moment wurde die Tür geöffnet, und eine junge Frau mit kurzen, dunklen Haaren kam herein. Sie trug einen hellblauen Kasack. Eric war ihr bisher zwei-, dreimal begegnet, mit ihr gesprochen hatte er aber noch nicht. »Guten Tag«, sagte sie gutgelaunt, und dann, an Erics Großmutter gewandt, während sie das Tablett vom Tisch nahm: »Na, Frau Krämer, hat Ihnen das Essen geschmeckt?«

»Ja«, antwortete Mathilde Krämer einsilbig.

»Das ist gut. Haben Sie alles, was Sie brauchen?«

»Ja.«

»Dann wünsche ich Ihnen noch einen schönen Abend. Tschü-hüs.«

Damit verschwand sie wieder aus dem Raum und schloss die Tür hinter sich.

»Du hast ja geflunkert«, sagte Eric und grinste seine Großmutter an.

»Was?«

»Geflunkert. Mir hast du eben noch gesagt, das Essen war nicht lecker.«

Erneut ein langer, musternder Blick. »Wer sind Sie überhaupt?«

Fast hätte Eric einen lauten Fluch ausgestoßen, aber er wusste, sie konnte nichts dafür, und wenn überhaupt etwas half, dann war es Geduld.

»Ich bin dein Enkel, Eric«, antwortete er deshalb mit Therapeutenstimme.

»Was wollen Sie hier?«

Eric entschloss sich, zumindest einen Versuch zu starten. »Ich möchte wissen, ob du dich noch an meine Kindheit erinnern kannst. Und an meine Jugend.«

Ihm fiel auf, dass er ihr diese Frage zum ersten Mal stellte, seit ihre Demenz begonnen hatte.

»Eric?«

»Ja, dein Enkel Eric.«

Sie wandte sich ab und sah wieder aus dem Fenster.

Eric wartete noch etwa eine Minute, in der sie regungslos dasaß. Lediglich das Blinzeln ihrer Augen verriet, dass sie ein lebendiger Mensch war, und Eric fand sich schließlich damit ab, dass sie wieder in ihre eigene Welt des Vergessens abgetaucht war. Als er sich gerade abwenden wollte, sagte sie, noch immer aus dem Fenster schauend: »Schaffrath.«

»Was?« Eric war nicht sicher, sie richtig verstanden zu haben. »Oma, hast du Schaffrath gesagt?«

Als sie sich ihm zuwandte und sagte: »Der Arzt …«, wusste er, dass er an diesem Tag keine Antwort mehr von ihr bekommen würde.

15

»Schaffrath, Schaffrath«, murmelte er auf der Fahrt nach Hause immer wieder vor sich hin, in der Hoffnung, dass der Klang des Namens etwas in ihm auslösen würde – ohne Erfolg.

Auch Paula, die er nach seiner Rückkehr danach fragte, wusste mit dem Namen nichts anzufangen.

Als er sofort ins Büro eilen wollte, um im Netz nach dem Namen zu suchen, hielt Paula ihn am Arm zurück. »Leon und ich mussten schon allein Abendbrot essen. Möchtest du ihn nicht zuerst ins Bett bringen?«

»Doch, natürlich«, sagte er, obwohl er sehr ungeduldig war.

Im Bett wollte Leon wissen, warum Eric gleich zweimal an einem Tag im Pflegeheim gewesen war. Eric und Paula hatten sich geschworen, ihren Sohn nie anzulügen, also versuchte er, die Wahrheit nur ein wenig zu umschiffen.

»Es gibt da ein paar Dinge aus meiner Kindheit, die ich nicht mehr genau weiß. Ich hatte gehofft, deine Uroma könnte mir weiterhelfen, aber du weißt ja, dass sie sich nicht mehr gut erinnern kann. Zu Hause ist mir dann eingefallen, dass ich noch etwas anderes fragen wollte, also bin ich wieder zu ihr gefahren.«

»Hat sie dir das gesagt, was du nicht mehr genau weißt?«

»Nein, leider nicht. Sie kann sich auch nicht mehr daran erinnern.«

Leon dachte einen Moment darüber nach, dann sagte er: »Uroma ist schlimm krank, oder?«

»Ja, sie vergisst immer mehr, und irgendwann wird sie gar nichts mehr wissen.«

»Stirbt sie dann?«

»Ja, sie wird an dieser Krankheit irgendwann sterben. Aber das dauert hoffentlich noch eine Weile.«

Damit gab Leon sich zufrieden. Er zog die Decke bis zum Kinn hoch und sagte: »Ich möchte Uroma wieder besuchen.«

»Das machen wir zusammen«, versprach Eric. »Jetzt schlaf schön.« Dann wuschelte er seinem Sohn wie jeden Abend zärtlich durch die Haare und verließ den Raum.

Eine Viertelstunde später saß er vor dem Monitor und betrachtete frustriert die oberste Zeile seiner Suche nach dem Namen Schaffrath.

Ungefähr 6 540 000 Ergebnisse (0,48 Sekunden)

Die erste Seite beinhaltete fast ausschließlich Geschäfte. Vom Einrichtungshaus über einen Juwelier bis zu verschiedenen Dienstleistern war alles vertreten.

Wie sollte er auf diese Weise den oder das Schaffrath finden, was seine Großmutter im Sinn hatte?

Entmutigt scrollte er sich dennoch durch die ersten beiden Seiten mit Suchergebnissen. Dann kam er auf die Idee, auf Bildersuche umzuschalten, was das Ergebnis tatsächlich mehr auf Personen fokussierte. Es gab Schauspielerinnen und Schauspieler, Beraterinnen, Ärzte … Eric klickte wahllos irgendwelche Fotos an und landete auf Webseiten, die ihm nichts sagten.

Nein, so würde er nicht weiterkommen. Also engte er die Suche ein, indem er dem Namen noch die Stadt München hinzufügte.

Fast gleichzeitig mit der Ergebnisliste ploppte die Meldung über eine erhaltene Mail von P.K. auf.

Eric öffnete sie.

Eric!
Du bist noch nicht weitergekommen, stimmt's? Eine zusätzliche Hilfestellung: Du bist ein Kindermörder! Du hast ein Kind umgebracht. Mit deinen eigenen Händen.
Das weiß deine Großmutter nicht, aber dennoch ist sie der Schlüssel zu deiner Vergangenheit.
Und nun:
tick, tack, tick, tack, tick, tack

Du bist ein Kindermörder! Du hast ein Kind umgebracht. Mit deinen eigenen Händen … Eric las es zum wohl hundertsten Mal, und mit jedem Mal erschien es ihm surrealer. Zwischendurch überlegte er sogar, ob er gerade wieder in einem Albtraum gefangen war, doch dann kniff er sich fest in den Arm, bis er den Schmerz spürte. Kein Traum.

Aber der Gedanke, er könne ein Kind umgebracht haben, war derart absurd, dass spätestens jetzt klar sein sollte, dass sich jemand einen üblen Scherz mit ihm erlaubte.

Er las die nächste Zeile.

Das weiß deine Großmutter nicht, aber dennoch ist sie der Schlüssel zu deiner Vergangenheit …

Der Mistkerl war tatsächlich bei ihr gewesen. Erics Blick fiel auf die Ergebnisliste im Hintergrund.

Schaffrath … Er ging den Besuch bei seiner Großmutter in Gedanken noch einmal durch. Sie hatten über das Essen gesprochen, dann war der übliche Wer-sind-Sie-Teil gekommen. Und dann dieser Name. Schaffrath. Eric hatte nachgefragt, ob sie wirklich Schaffrath gesagt hatte, und sie hatte wieder mit dem Arzt angefangen. *Der Arzt* …

Eric schüttelte den Kopf und stand auf. Es fiel ihm schwer, sich zu konzentrieren, er war todmüde und würde jetzt zu Bett gehen.

Paula saß im Wohnzimmer am Esstisch und hatte ihr aufgeklapptes MacBook vor sich.

»Hat deine Suche etwas ergeben?«, fragte sie, ohne sich umzudrehen, als sie seine Schritte hörte.

»Nein. Aber ich habe eine neue Mail bekommen.«

Nun wandte Paula sich ihm zu. »Und?«

Eric gab ihr den Inhalt der Nachricht wider.

»Du sollst ein Kind umgebracht haben? Das ist ja … mein Gott, mir fällt gar kein passender Begriff für diese Ungeheuerlichkeit ein.«

»Ja, es ist absolut verrückt.«

»Und deine Großmutter soll irgendetwas darüber wissen?«

»Nein, darüber nicht, aber er schreibt, sie sei *der Schlüssel zu meiner Vergangenheit*.«

»Der Typ ist doch hochgradig geistesgestört.«

»Dass er irre sein muss, ist klar, aber es stellt sich die Frage, weshalb er diesen ganzen Aufwand betreibt. Immerhin war er bei meiner Oma im Pflegeheim.«

»Ich habe keinen Schimmer.« Paula deutete auf das MacBook. »Ich habe den Anwaltstermin schriftlich abgesagt, mit dem Hinweis, dass wir ihn nicht vereinbart haben. Dem zweiten Anwalt, der das Inkassounternehmen vertritt, habe ich einen längeren Brief geschrieben und erklärt, dass du nichts von den angeführten Dingen bestellt und noch nie in Saarbrücken gewohnt hast, folglich auch die Mahnungen nicht erhalten konntest.«

»Saarbrücken?«

»Ja, auf der zweiten Seite des Schreibens steht, dass schon drei Mahnungen an eine Adresse in Saarbrücken geschickt worden sind. Dorthin sind offenbar auch die Artikel geliefert worden.

Auf jeden Fall habe ich dann eine Onlineanzeige gegen Unbekannt erstattet. Die Versicherung wegen des Sterbegeldes habe ich ebenfalls angeschrieben und ihnen mitgeteilt, dass wir keinen Vertrag bei ihnen angefragt haben und das auch nicht machen werden.«

Paula klappte das MacBook zu und atmete tief durch. »Alles erledigt. Ich hoffe nur, der Kerl hört jetzt damit auf, sich als du auszugeben.«

»Ich habe das ungute Gefühl, das hat er nur getan, um meine volle Aufmerksamkeit zu bekommen. Dahinter steckt irgendetwas anderes. Allerdings habe ich noch keinen Schimmer, was das sein könnte.«

Eric warf einen Blick auf seine Armbanduhr. »Ich schaue mir noch die Nachrichten an, dann gehe ich ins Bett. Ich bin total erledigt.«

Eric bekam kaum etwas von den Nachrichten mit. Während Filmbeiträge über die Zerstörung im Gazastreifen auf dem riesigen Flachbildschirm zu sehen waren, dachte er an den Kerl im Hoodie. Als Berichte zum Ukrainekrieg gezeigt wurden, nahm er das nur nebenbei wahr. Anderes Territorium, gleiche Bilder, gleiches Thema.

Eine halbe Stunde später lag Eric allein im Bett und starrte mit offenen Augen an die Decke – eine graue Fläche, minimal erhellt durch das wenige Licht, das durch den Spalt der angelehnten Tür ins Zimmer fiel.

Die Gedanken stoben kreuz und quer durch seinen Kopf und erzeugten ein heilloses Durcheinander.

Im Rahmen seiner Schauspielausbildung hatte Eric gelernt, Körper und Geist mittels Atemübungen oder Mantra-Meditation in einen angenehmen Ruhezustand zu versetzen. Er entschied sich für die Mantra- oder auch transzendentale Meditation, bei der eine bestimmte Formulierung so lange wiederholt wird, bis das Gehirn eine Assoziation herstellen kann. Bevor Eric sich jedoch für ein Mantra entscheiden konnte, spürte er einen Druck auf der Blase. Mit einem Seufzer schlug er die Bettdecke zurück und schwang die Beine aus dem Bett.

Als er über den Flur in Richtung Badezimmer lief, glaubte er, von unten etwas zu hören. Eine leise Stimme. Er trat ein paar Schritte zurück, bis er die Treppe erreichte. Es war Paulas Stimme, und sie kam aus dem Wohnzimmer. Offensichtlich telefonierte sie. Eric wollte schon weitergehen, doch dann hörte er, wie seine Frau sagte: »Ja, Jürgen, ich bin sicher. Nein … nein … ja, gut. Bis dann.«

Eine Weile blieb Eric noch stehen und lauschte, doch es war nichts mehr zu hören. Wahrscheinlich hatte Paula es sich mit einem Buch auf der Couch bequem gemacht.

Kurz darauf kroch Eric wieder unter die Decke. Dass Paula mit Jürgen telefonierte, erinnerte ihn daran, dass er vergessen hatte, seinen Freund nach siebzehn Uhr zurückzurufen. Wahrscheinlich hatte Jürgen verstanden, dass es ihm nicht so gut ging, und sich deshalb bei Paula nach ihm erkundigt. Eric würde sich am nächsten Tag bei ihm melden.

Er schloss die Augen und begann mit seiner Mantra-Meditation. Er entschied sich für die simpelste Form, indem er sich in Gedanken vorsagte:

Mir geht es gut. Mir geht es gut. Mir geht es gut …

Nach einer Weile fühlte er sich schon deutlich entspannter, und die Probleme des Tages traten in den Hintergrund. Dennoch schummelte sich immer mal wieder ein anderer Satz dazwischen: *Ich bin kein Kindermörder!*

16

Als Eric die Augen aufschlug, lag er allein im Bett. Paulas Decke war zerwühlt, sie hatte also neben ihm geschlafen. Ein Blick auf die Uhr ließ ihn erschrocken hochfahren. Es war zwanzig nach acht.

Paula und Leon waren bereits aus dem Haus.

Eric ließ sich ins Kissen zurückfallen und murmelte: »Na, super.« Nun verschlief er sogar schon das Frühstück mit seinem Sohn. Außerdem wusste er nicht, wann die Probe an diesem Tag beginnen würde. Er schalt sich einen Narren, dass er vergessen hatte, Thomas danach zu fragen, als er mit ihm telefoniert hatte. Er würde ihn gleich anrufen.

Seine nächsten Gedanken galten dem Schwarzhaarigen und seiner letzten Mail, seiner Großmutter und dem Namen Schaffrath. Er hörte sich selbst wieder sagen: *Oma, hast du Schaffrath gesagt?*, und er hörte ihre Antwort: *Der Arzt ...*

Immer wieder der Arzt. *Sind Sie Arzt?*, hatte sie ihn, ihren eigenen Enkel, schon zigmal gefragt. Sogar der schwarzhaarige Fremde war bei ihr ein Arzt. Der Arzt ...

Eric stockte. Es war anders gewesen als sonst. Normalerweise brachte sie den Arzt immer in einen gewissen Kontext. Sind Sie Arzt? Der Arzt, der bei mir war ... Aber dieses Mal nur: der Arzt. Aber war es wirklich nur das? Oder hatte sie lediglich auf seine Frage geantwortet? Eric spürte, wie sein Puls sich beschleunigte. Laut sagte er: »Frage: Oma, hast du Schaffrath gesagt? Antwort: Der Arzt.«

Er sprang aus dem Bett und rannte in Unterhose ins Büro.

Dort schaltete er den Monitor ein, öffnete die Suchmaschine und tippte ein: Dr. Schaffrath München.

Dann betrachtete er die Ergebnisse, und es kristallisierte sich heraus, dass es im Raum München eine promovierte Rechtsanwältin, einen Physiker und zwei Ärzte mit dem Namen Schaffrath gab.

Das war übersichtlich.

Eric stand auf und ging in die Küche, um sich eine Tasse Kaffee zu machen und die Zeit zu nutzen, darüber nachzudenken, wie er weiter vorgehen würde.

Auf der Arbeitsplatte lag ein handgeschriebener Zettel von Paula, auf dem sie ihm mitteilte, dass sie ihn nicht geweckt hatte, weil er den Schlaf brauchte. Man konnte das für fürsorglich halten, aber Eric wusste, dass bei seiner Frau eher die Kontrolle eine Rolle spielte, die sie damit über ihn hatte. *Sie* hatte die Entscheidung getroffen, dass er den Schlaf brauchte, ungeachtet dessen, wie er darüber dachte. Allerdings hätte er sich auch den Wecker stellen können, gestand er sich ein.

Während er vor dem Vollautomaten stand, entschied er, das Naheliegendste zu tun, nämlich die beiden Ärzte anzurufen, die den Namen Schaffrath trugen.

Zwei Minuten später hatte er das Telefon am Ohr und hörte dem Tuten zu. Für den ersten Anruf hatte er Professor Doktor Jonas Schaffrath ausgewählt. Er war Chefarzt der Kardiologie in der Klinik München-Schwabing. Natürlich meldete sich eine Assistentin.

»Guten Morgen, mein Name ist Eric Sanders, könnte ich bitte Dr. Schaffrath sprechen?«

»Brauchen Sie einen Termin? Sind Sie Privat- oder Kassenpatient?«

»Ich brauche keinen Termin, es ist eine persönliche Angelegenheit.«

»Tut mir leid, da kann ich Ihnen nicht weiterhelfen. Wenn Sie den Herrn Professor privat sprechen möchten, rufen Sie ihn bitte privat an. Einen schönen Tag noch.« Klick.

»Mist«, entfuhr es Eric, obwohl er damit hätte rechnen müssen.

Der zweite Dr. Schaffrath war ein niedergelassener Orthopäde mit eigener Praxis. Zu ihm wurde Eric sogar durchgestellt, nachdem er beteuert hatte, dass es wichtig war. Der Stimme nach war der Mann noch recht jung.

»Guten Tag, Dr. Schaffrath, mein Name ist Eric Sanders. Sagt Ihnen das etwas?«

»Sanders? Nein, nicht auf Anhieb. Was kann ich für Sie tun?«

»Meine Großmutter Mathilde Krämer nannte mir Ihren Namen in Bezug auf meine Vergangenheit. Sie ist dement und kann mir nicht mehr erklären, welche Verbindung zwischen uns besteht, deshalb habe ich gehofft, Sie könnten mir weiterhelfen.«

»Eric Sanders … und Sie sind sicher, dass Ihre Großmutter mich gemeint hat?«

»Nein, ehrlich gesagt, nicht. Ich habe gehofft …«

»Herr Sanders, es tut mir sehr leid, aber Ihr Name sagt mir nichts. Zudem habe ich gerade erst meinen Facharzt gemacht und diese Praxis vor kurzem übernommen. Wenn es um Ihre Vergangenheit geht, wird es sich also wahrscheinlich um einen anderen Dr. Schaffrath handeln. Und jetzt entschuldigen Sie mich bitte, aber ich habe ein Wartezimmer voller Patienten.«

Eric legte das Telefon zur Seite. Das sah nach einer Pleite auf ganzer Linie aus.

Ihm würde nichts anderes übrigbleiben, als zur Klinik Schwabing zu fahren und dort zu versuchen, Professor Doktor Schaffrath persönlich zu sprechen. Und das würde er sofort tun.

Als er zehn Minuten später das Haus verließ, fiel ihm sofort der Kerl im Hoodie auf, der gegenüber an einem schmalen Weg stand, der zwischen zwei Häusern hindurchführte. Und er hatte sich so postiert, dass klar war, dass er gesehen werden *musste*.

Der Mann stand bewegungslos da wie eine Statue, mit leicht gesenktem Kopf, die Hände in der Bauchtasche des Hoodies vergraben, die Beine gespreizt. Sein ganzer Körper drückte Aggression aus. Der Blick aus seinen dunklen Augen war nicht nur düster, sondern bedrohlich.

»Hey«, rief Eric und lief auf ihn zu. »Bleiben Sie stehen, ich möchte mit Ihnen reden.«

Kaum hatte er das letzte Wort ausgesprochen, drehte der Schwarzhaarige sich um und verschwand mit schnellen Schritten zwischen den Häusern.

Eric stieß einen Fluch aus. Er wusste, er würde den Kerl nicht einholen können.

Er wollte sich schon abwenden, als er das Blatt Papier auf dem Boden sah, dort, wo der Kerl gestanden hatte. Schon wieder eine Botschaft?

Eric eilte zu der Stelle und hob das Blatt auf. Wie beim letzten Mal war es in der Mitte gefaltet. Als er es aufklappte und die Zeilen las, hatte er das Gefühl, sich übergeben zu müssen.

Ich habe dafür gesorgt, dass du einen zusätzlichen Ansporn hast. Sonntag, 15:00 Uhr. Alle Details deiner Schuld. Auf all deinen Kanälen. Dann passiert ihnen nichts.

Dann passiert ihnen nichts … Eric stöhnte auf und zog mit fahrigen Bewegungen sein Smartphone aus der Hose. Er tippte Paulas Namen an und hielt sich das Gerät ans Ohr. Sechsmal Tuten, dann schaltete sich die Mailbox ein.

»Ich bin's«, erklärte er hastig. »Melde dich bitte sofort, wenn du die Nachricht abhörst.« Er legte auf und wählte die Nummer der Apotheke, die er ebenfalls gespeichert hatte. Auch hier musste er eine Weile warten, dann jedoch meldete sich Frau Dr. Seidel, die Inhaberin.

»Eric Sanders hier, entschuldigen Sie bitte die Störung, ich muss dringend meine Frau sprechen und erreiche sie nicht auf dem Handy.«

»Paula ist nicht hier«, erklärte die Pharmazeutin. »Ist sie denn nicht zu Hause? Ich dachte, sie ist krank und meldet sich später. Vielleicht ist sie beim Arzt?«

»Ja … nein, ich …«, stotterte Eric. »Ich danke Ihnen.«

Er legte auf und öffnete den Browser. Er musste in Leons Schule anrufen, hatte die Nummer aber nicht gespeichert.

Als er seinen Namen nannte, ratterte die Sekretärin sofort los: »Herr Sanders, gut, dass Sie anrufen, wir waren schon in Sorge. Sie wissen doch, dass Krankmeldungen von Schülern bis spätestens sieben Uhr fünfundvierzig bei uns eingehen müssen? Es muss sichergestellt werden …«

»Entschuldigung«, unterbrach Eric ihren Redeschwall, »ist mein Sohn in der Schule?«

Einen Moment lang herrschte Stille, dann sagte die Frau leise: »Wie, das verstehe ich nicht. Nein, ist er nicht. Ich dachte, Sie rufen an, um ihn …«

»Bitte, schauen Sie nach. Leon ist nicht krank, er hat das Haus heute Morgen wie immer mit meiner Frau verlassen. Er *muss* in der Schule sein.«

»Aber nein, ich … Moment, ich frage nach, vielleicht ist er mittlerweile eingetroffen. Warten Sie bitte.«

Eine fürchterliche Musik ertönte und zerrte an Erics Nerven. Das Telefon am Ohr, wandte er sich ab und ging zum Haus zurück. Kaum hatte er es betreten, brach das Gedudel abrupt ab.

»Herr Sanders?« Die Frau war hörbar außer Atem.

»Ja. Und?«

»Tut mir leid, Leon ist nicht in der Schule. Vielleicht hat er sich irgendwo verbummelt und nicht gemerkt, dass er zu spät ist.«

»Das kann nicht sein, meine Frau setzt ihn morgens direkt vor der Schule ab. Ich rufe jetzt die Polizei.«

17

Die Frau und der Mann in Zivil, die Eric seit zwanzig Minuten gegenübersaßen, hatten sich als Kürenz und Lochmeier von der Kripo München vorgestellt.

»Ist es Ihres Wissens schon mal vorgekommen, dass Leon die Schule geschwänzt hat?«, wollte die Beamtin namens Kürenz wissen.

»Nein«, erklärte Eric aufgebracht. »Ich verstehe Ihre Frage nicht. Ich habe Ihnen doch schon erklärt, dass meine Frau ihn morgens zur Schule bringt und dass sie ebenfalls verschwunden ist.«

»Wir versuchen doch nur …«

»Hier …« Eric tippte auf das Blatt Papier, das er eine Stunde zuvor vom Boden aufgehoben hatte. Die Beamten hatten es neben die Mails von P.K., die Eric ausgedruckt hatte, auf den Tisch gelegt. »Was brauchen Sie denn noch? Das ist doch wohl eindeutig.«

»Hatte der Mann Handschuhe an, als Sie ihm heute Morgen begegnet sind?«, wollte Kürenz wissen.

»Was? Nein, ich weiß nicht. Er hatte die Hände in seinem Hoodie stecken.«

»Hat außer Ihnen noch jemand dieses Blatt angefasst, das er hinterlassen hat?«

»Nein.«

»Gut, wir nehmen es mit ins Labor. Ich halte es zwar für unwahrscheinlich, dass er seine Fingerabdrücke hinterlassen hat, aber manchmal hat man Glück.«

Sie zog eine Beweismitteltüte aus der Jacke und schob das gefaltete Blatt hinein. Dabei fasste sie es nur an der äußersten Ecke an.

»Herr Sanders«, schaltete sich nun Lochmeier ein. »Wir verstehen Ihre Sorge, und es wird auch schon nach Ihrer Frau und Ihrem Sohn gesucht, aber wir müssen trotzdem alle Möglichkeiten in Betracht ziehen. Gab es in letzter Zeit hier zu Hause Streit? Mit Ihrer Frau oder Ihrem Sohn.«

»Nein, verdammt. Und bevor Sie das fragen, meine Frau hat mich auch nicht verlassen und Leon mitgenommen. Das hier ist doch der Beweis.« Erneut tippte Eric auf die Ausdrucke. »Ich kann gar nicht glauben, was Sie hier veranstalten.«

»Haben Sie überall nachgesehen, ob es vielleicht eine Nachricht gibt, die erklärt, wo die beiden sind?«, fuhr die Beamtin unbeirrt fort. »Das haben wir alles schon erlebt.«

Eric fasste sich an die Stirn. »Herrgott, es gibt keine Zettel außer denen von dem Kerl. Und der, den er mir vor einer Stunde zugespielt hat, erklärt doch wohl hinreichend, was passiert ist. Er hat sie entführt.«

»Haben Sie eine Erklärung für die Behauptungen, die in den Mails stehen – Sie hätten ein Kind mit eigenen Händen umgebracht?«

»Nein, die habe ich nicht. Ich habe noch nie irgendwem ein Leid zugefügt. Schon gar nicht einem Kind.«

»Wie kommt der Mailschreiber dann darauf, so etwas zu behaupten?«

»Woher soll ich das denn wissen? Der Kerl ist offensichtlich vollkommen irre. Wenn Sie ihn finden, können Sie ihn das selbst fragen.«

»Hat außer Ihnen sonst noch jemand diesen Mann gesehen?«, wollte Lochmeier wissen.

»Nein, ich habe das Haus allein verlassen, weil Paula mit Leon ja schon früher losgefahren ist, wie ich bereits mehrfach erwähnte.«

»Ich meinte auch nicht nur den heutigen Morgen, sondern insgesamt. Sie haben ihn ja schon ein paarmal gesehen. War irgendwann mal jemand dabei, oder gab es in der Nähe jemanden, der ihn auch gesehen haben könnte?«

»Nein! Genau deswegen sollten mich später am Vormittag, wenn ich zur Probe gehe, auch zwei Zivilbeamte begleiten. Das habe ich gestern mit Ihrer Kollegin besprochen. Was ist denn nur mit Ihnen los? Ich komme mir vor wie ein Verdächtiger. Warum vertrödeln wir hier Zeit, statt nach den beiden zu suchen?«

»Nach den beiden wird gesucht, wie *ich* bereits erwähnte«, gab Lochmeier deutlich schärfer zurück. »Und was wir hier machen, nennt sich Ermittlungsarbeit und hat nichts mit Trödeln zu tun. Wenn Sie also Ihre verständliche Aufgeregtheit ein bisschen runterfahren und einfach unsere Fragen beantworten würden, wären wir schneller fertig.«

Die beiden Beamten wechselten einen nicht zu deutenden Blick miteinander, dann sagte Kürenz: »Können wir bitte Leons Zimmer sehen?«

»Ja, können Sie.« Noch immer wütend, obwohl er wusste, dass Lochmeier recht hatte, stand Eric auf und ging den Beamten voraus nach oben. Vor der geöffneten Tür zu

Leons Zimmer blieb er stehen und deutete hinein. »Hier, bitte.«

Eine Viertelstunde später verließen die Ermittler das Haus. Als sie schon draußen waren, drehte sich Lochmeier noch einmal um. »Wie gesagt, die Fahndung nach den beiden läuft auf Hochtouren. Bleiben Sie bitte zu Hause. Telefonieren Sie alle Freunde Ihrer Frau und Ihres Sohnes ab. Vielleicht stellt sich das Ganze ja doch noch als Missverständnis heraus. Wir schicken Ihnen nachher einen Kollegen vorbei, der nach Ihren Angaben ein Phantombild des Mannes anfertigt.«

Eric nickte und schloss die Tür. Er war innerlich so aufgewühlt wie nie zuvor in seinem Leben. Leon und Paula waren verschwunden, und ein geheimnisvoller Irrer, der ihm seit vier Tagen das Leben zur Hölle machte, ließ ihn wissen, dass »ihnen nichts passieren würde«, wenn Eric tat, was er verlangte. Was brauchte es eigentlich noch für die Polizei, um davon auszugehen, dass der Mistkerl die beiden entführt hatte?

Zurück im Wohnzimmer, rief Eric Jürgen an. Er ging nicht an sein Handy, also wählte Eric die Nummer der Praxis und sagte der Arzthelferin, dass er Jürgen dringend sprechen musste.

Als sie ihm erklärte, dass Dr. Gernot im Behandlungszimmer sei, sagte Eric ungeduldig: »Dann holen Sie ihn raus. Es ist extrem wichtig.«

Sie schien ihm zu glauben, denn eine knappe Minute später meldete sich Jürgen. »Eric, was gibt's? Ist was passiert?«

»Paula und Leon sind verschwunden. Hast du eine Ahnung, wo sie sein könnten?«

»Moment, was sagst du da? Was heißt verschwunden?«

»Sie sind heute Morgen wie immer aus dem Haus gegangen, aber weder in der Schule noch in der Apotheke angekommen.«

»Das kann doch nur ein Irrtum sein.«

»Das glaube ich nicht. Der Dreckskerl im Hoodie hat auf der gegenüberliegenden Seite gestanden, als ich das Haus vorhin verlassen habe. Er ist getürmt, aber er hat einen Zettel auf den Boden gelegt, auf dem steht, wenn ich tue, was er sagt, dann passiert ihnen nichts.«

»Scheiße. Hast du die Polizei eingeschaltet?«

»Ja, die waren bis gerade eben auch hier. Sie lassen nach den beiden fahnden.«

»Dann kann man nur hoffen, dass es eine einfache Erklärung gibt.«

»Du hast gestern Abend noch mit Paula telefoniert«, stellte Eric, einer spontanen Eingebung folgend, fest.

»Ähm … ja, stimmt.«

»Worum ging es da?«

»Ach, wir haben über diesen Stalker geredet.«

»Hm … Ich habe zufällig gehört, wie Paula sagte: *Ja, Jürgen, ich bin sicher*. Wobei ist sie sicher?«

»Ähm … das war wegen … lass mich überlegen … Es war … wegen dieser Sache …« Jürgen atmete schnaubend aus. »Ach, verdammt, ich kann das nicht. Diese Geheimnistuerei ist nicht mein Ding. Außerdem spielt das jetzt sowieso keine Rolle. Wir haben eine kleine Überraschungsparty zu deinem Geburtstag geplant und deshalb öfter miteinander telefoniert. Das war auch der Grund für meine beiden Anrufe, als sie ihr Handy zu Hause vergessen hat.

Tut mir leid, dass ich dich deswegen angelogen habe, aber wie gesagt, es sollte eine Überraschung für dich werden. Gestern Abend habe ich Paula gefragt, ob sie sicher ist, dass du nichts ahnst. Das ist alles.«

»Aber mein Geburtstag ist doch erst in vier Monaten.«

»Du kennst doch deine Frau. Sie muss alles minutiös planen. Da können vier Monate schon verdammt knapp sein. Aber das ist jetzt auch egal. Wichtig ist, dass ihnen nichts geschehen ist.«

»Da habe ich so meine Zweifel«, gestand Eric. »Ich befürchte, dieser Scheißkerl hat sie entführt.«

Als er es seinem Freund gegenüber ausgesprochen hatte, wurde ihm erneut die Tragweite des Ganzen bewusst. Und die Gefahr, in der sich sein Sohn und seine Frau befanden.

»Ich habe Angst«, fuhr er mit leiser Stimme fort, und Jürgen antwortete: »Das kann ich gut verstehen. Ich auch.«

Sie schwiegen eine Weile, in der Eric mit den Tränen kämpfte. Schließlich gab er sich einen Ruck. »Okay, ich telefoniere dann mal weiter alle Leute ab, die Paula oder Leon kennen.«

»Ich rufe gleich Martina an. Sie soll auch alle anrufen, die Paula von irgendwoher kennen. Fitnessstudio, Friseur …«

»Danke, das ist lieb von dir.«

»Das ist selbstverständlich. Wenn ich sonst etwas für dich tun kann, mein Freund, dann lass es mich wissen. Ich schließe die Praxis und lasse mich vertreten, das ist überhaupt kein Problem.«

»Danke, aber wir sollten erst mal abwarten.«

»Melde dich bitte, wenn du irgendwas hörst.«

»Okay.« Eric legte auf und versuchte es als Erstes bei

Johanna, einer guten Freundin von Paula, doch auch sie wusste nicht, wo Paula sein konnte. Nachdem er noch drei weitere Bekannte kontaktiert hatte, konzentrierte Eric sich auf die Freunde von Leon. Die waren zwar alle in der Schule, aber Eric sprach mit ihren Eltern.

Eine halbe Stunde später gab er resigniert auf.

Es war ein furchtbarer Gedanke, aber für Eric stand fest, dass seine Frau und sein Sohn entführt worden waren. Und unabhängig davon, was die Polizei als Nächstes unternehmen würde, wusste er, was er zu tun hatte. Er musste sich um seine Vergangenheit kümmern. Obwohl er absolut sicher war, dass er nie einem Kind etwas angetan hatte, musste er herausfinden, ob der Schwarzhaarige die Aussage, Eric sei ein Kindermörder, vielleicht als Metapher für irgendetwas benutzte. Und wofür.

Er hatte noch zwei Tage Zeit.

Tick, tack, tick, tack, tick, tack.

18

»Dr. Schaffrath«, murmelte Eric, als er erneut am PC saß. Er hatte sich vorgenommen, diesen Professor in der Klinik Schwabing persönlich abzupassen, aber zuerst wollte er noch mal im Internet nachsehen, ob er vielleicht mehr über ihn in Erfahrung bringen konnte. Er ging die Ergebnisliste durch, fand einige Artikel über den Chefarzt, bei denen es sich um Veröffentlichungen der Klinik zu organisatorischen Dingen oder medizinische Abhandlungen handelte. Auf der zweiten Seite der Trefferliste stieß er dann unerwartet auf einen weiteren Arzt mit dem Namen Schaffrath.

»Dr. Peter Schaffrath geht in den Ruhestand«, las er halblaut. Er klickte den Link an und landete auf einem Lokalbericht aus Bogenhausen

Dr. Peter Schaffrath schließt kurz vor Weihnachten Praxis

BOGENHAUSEN, 20.11.2022 – Nun hat der Mann, der über 40 Jahre seines Lebens seinen Patienten gewidmet hat, mehr Zeit für seine Leidenschaft: die Musik.

Patientinnen und Patienten sind am vergangenen Mittwoch zum letzten Mal in der Praxis von Dr. Peter Schaffrath in Bogenhausen ein- und ausgegangen. Nach 34 Jahren in denselben

Räumen geht der Psychiater in den Ruhestand. Ein, zwei Jahre hätte der 70-Jährige theoretisch noch arbeiten können …

Eric schenkte sich den Rest. Ein Psychiater. Wenn es tatsächlich einen Dr. Schaffrath gab, der etwas über seine Vergangenheit wissen konnte, dann war es wahrscheinlich ein Psychiater. Er musste mit diesem Mann sprechen. Eric schaltete auf Bildersuche um und gab *Dr. Peter Schaffrath* in die Suchmaske ein. Er bekam ein paar Ergebnisse, die allesamt einen schlanken, grauhaarigen Mann zeigten. Mal lächelte er in die Kamera und hielt dabei irgendeine Urkunde hoch, auf anderen Fotos stand er hinter einem Rednerpult auf einer Bühne. Mehr gab es nicht.

Nachdem er wieder zurück auf Textsuche gegangen und dort *Praxis Dr. Peter Schaffrath Bogenhausen* eingegeben hatte, fand Eric die Adresse der ehemaligen Praxis.

Er druckte vorsorglich alle Mails aus, die er von dem Schwarzhaarigen bekommen hatte, und steckte sie ein.

Noch während Eric das Büro verließ, wurde aus der Ahnung, dass er den richtigen Arzt gefunden hatte, fast eine Gewissheit. Er hatte das Gefühl, dieses Gesicht, diesen Mann schon einmal gesehen zu haben. Was aber auch bedeuten konnte, dass es tatsächlich ein Geheimnis in seiner Vergangenheit gab.

Erst wollte er mit der U-Bahn fahren, doch bei dem Gedanken, diesem Mistkerl wieder zu begegnen, stieg er lieber in seinen Golf.

Der Verkehr in München war um diese Zeit erwartungsgemäß dicht. Zudem schien die Stadt zur Hälfte aus Baustellen zu bestehen, die ein Weiterkommen nur im

Schritttempo ermöglichten. Immer wieder schlug Eric fluchend auf das Lenkrad oder hupte, wenn sein Vordermann nicht schnell genug reagierte, nachdem eine Ampel für eine lächerlich kurze Zeit auf Grün umgesprungen war. Seine Nerven lagen blank.

Er brauchte über eine Dreiviertelstunde, bis er den Wagen vor dem zweieinhalbstöckigen Haus in Bogenhausen abstellte.

Ein helles Rechteck auf dem Putz neben der vorderen Eingangstür deutete darauf hin, dass dort ein Schild angebracht gewesen war.

Auf der rechten Seite gab es einen weiteren Eingang, der vermutlich zu der Privatwohnung darüber gehörte. Eric hoffte inständig, dass der Psychiater dort wohnte.

Als er den Seiteneingang erreichte, las er erleichtert Schaffraths Namen auf dem Klingelschild. Ohne Zögern drückte er auf den Knopf. Nun musste der Mann nur noch zu Hause sein.

»Ja, bitte?« Eric hörte eine blechern klingende Stimme durch die Gegensprechanlage.

»Guten Tag, Herr Doktor Schaffrath. Mein Name ist Eric Sanders, und ich habe Grund zu der Annahme, dass Sie mehr über meine Vergangenheit wissen als ich.«

Es folgte eine lange Stille, und Eric rechnete schon damit, dass Schaffrath ihm sagen würde, er solle verschwinden, als der Türöffner summte. »Erster Stock«, sagte der Mann knapp.

Das Holz der Treppenstufen, das links und rechts neben dem dunkelroten Läufer hervorlugte, glänzte, als sei es frisch gewachst worden.

Als Eric oben ankam, stand Dr. Schaffrath in der geöffneten Tür aus dunklem Holz, die zu seiner Wohnung führte.

»Kommen Sie herein, junger Mann«, begrüßte er Eric nicht überschwänglich herzlich, aber auch nicht unfreundlich. »Ich kann mit Ihrem Namen zwar noch nichts anfangen, aber es liegt in der Natur der Dinge, dass ich bei meinem Fachgebiet Einzelheiten über Menschen weiß, die sie selbst nicht kennen.«

»Ich danke Ihnen, dass Sie mit mir sprechen. Sie ahnen nicht, wie wichtig es ist.«

Schaffrath nickte verständnisvoll und trat zur Seite. »Es geht in meinem Beruf um Menschen, Herr Sanders, das ist immer wichtig. Bitte.« Schaffrath deutete nach drinnen und schloss die Tür hinter sich, nachdem Eric an ihm vorbei die geräumige Diele betreten hatte.

Die Wohnung schien recht groß zu sein und strahlte eine biedere Gemütlichkeit aus.

Schaffrath lotste Eric in einen Raum, der etwa die doppelte Größe ihres eigenen Wohnzimmers hatte und der wie bei ihnen auch als kombinierter Wohn- und Essbereich diente. Dominiert wurde das Zimmer jedoch von einem schwarz glänzenden Flügel.

»Bitte, nehmen Sie Platz.« Schaffrath deutete auf die Couch aus braunem Leder.

»Sie spielen Klavier«, sagte Eric mit Blick auf den Flügel, um das Gespräch mit etwas Belanglosem zu beginnen, obwohl er den Mann am liebsten sofort mit Fragen bombardiert hätte.

Schaffrath nickte und sah den Flügel ebenfalls an. »Ja, Jazz ist meine große Leidenschaft.«

Eric setzte sich, und nachdem er einen Kaffee dankend abgelehnt hatte, konnte er nicht mehr warten.

»Wie es aussieht, sind meine Frau und mein Sohn entführt worden«, begann er, woraufhin Schaffraths buschige Augenbrauen ein beachtliches Stück nach oben wanderten. »Entführt? Das ist ja furchtbar.«

»Ja, es ist eine schlimme und vollkommen verrückte Sache.«

Schaffrath nickte erneut. »Verrückt … Ich schätze, dann sind Sie bei mir richtig.«

Eric stellte fest, dass er den Mann mochte, und unter anderen Umständen hätte er es sicher genossen, sich mit ihm über alles Mögliche auszutauschen, aber in diesem Moment drehte sich sein Interesse nur um ein Thema.

»Bitte, fahren Sie fort.«

Und Eric erzählte von Anfang an. Dabei gab er dem Psychiater die Mails zu lesen, die er mitgebracht hatte.

Schaffrath hörte ihm aufmerksam zu, las die Mails und konzentrierte sich dann wieder auf Erics Schilderung.

Eric konnte sich gut vorstellen, wie der Psychiater sich früher in seiner Praxis geduldig die Geschichten seiner Patienten angehört hatte.

Hier und da hob Schaffrath verwundert die Brauen, unterbrach Eric aber nicht. Erst als Eric sich zurücklehnte und sagte: »Und deshalb bin ich hier«, fuhr Schaffrath mit Daumen und Zeigefinger mehrfach um sein Kinn herum, als streiche er über einen imaginären Bart, und sagte: »Ihr Name sagt mir leider immer noch nichts. Wie alt sind Sie?«

»Vierundvierzig.«

Der Arzt rechnete offensichtlich kurz nach, dann zuckte

er mit den Schultern. »Wenn es sich wirklich um etwas aus Ihrer Kindheit handelt, gibt es in der Patientendatenbank noch nichts über Sie.«

»Oh!«, entfuhr es Eric enttäuscht.

»Aber in meinem Keller stehen zwei große Stahlschränke, die vollgestopft sind mit alten Krankenakten. Wenn Sie Patient bei mir waren, dann müsste dort etwas über Sie zu finden sein.«

Neue Hoffnung keimte in Eric auf. »Würden Sie mir denn den Gefallen tun und dort nachsehen?« Und um der Bitte Nachdruck zu verleihen, fügte er hinzu: »Es ist wirklich wichtig. Das Leben meiner Frau und das meines Sohnes könnten davon abhängen.«

Schaffrath faltete die Ausdrucke der Mails wieder auseinander. Nachdem er sie kurz überflogen hatte, sagte er: *»Du hast ein Kind umgebracht. Mit deinen eigenen Händen. Das weiß deine Großmutter nicht, aber dennoch ist sie der Schlüssel zu deiner Vergangenheit.«*

Schaffrath legte die Blätter auf den Tisch und nickte. »Also los, Herr Sanders, lassen Sie uns in den Keller gehen.«

Sie erreichten den Keller des Hauses über eine steile Treppe, die sich hinter einer Tür im Flur des Erdgeschosses verbarg. Die Stufen endeten in einem etwa fünfzehn Quadratmeter großen Raum mit deckenhohen Schränken auf der einen und einer Waschmaschine auf der gegenüberliegenden Seite. Eric folgte Schaffrath, als dieser den Raum durchquerte und eine Tür an der Stirnseite öffnete, die in einen weiteren, deutlich größeren Raum führte. Hier gab es links von ihnen eine Stahltür und einige Regale, die mit Dosen, Eimern und Werkzeugen vollgestellt waren. An der Wand gegenüber standen zwei breite graue Blechschränke, auf deren Schubladen Zettel mit Buchstaben klebten.

»So, dann schauen wir mal, ob wir einen Eric Sanders finden«, sagte Schaffrath, fischte aus seinem Hemd eine Brille und setzte sie auf, bevor er sich ein wenig bückte und eine Schublade aufzog. Die Patientenakten waren in Hängeregistern untergebracht, die an ihrer Oberkante kleine Schildchen mit Namen trugen.

Der Psychiater blätterte eine Weile darin herum und las dabei leise die Namen: »Saborowski, Sahling, Salewski … Sallach, Salomo, Samek, Sa… Na, wer sagt's denn. Sanders!«

Schaffrath hob das Register heraus und las auf dem Deckel: »Eric Sanders! Falls ich nicht einen anderen Patienten mit dem gleichen Namen hatte, würde ich sagen: Treffer.«

Er zog das Register an der Oberkante auseinander, griff hinein und nahm einige Blätter heraus. Soweit Eric von seiner Position aus sehen konnte, waren sie teils von Hand und teils mit Maschine beschrieben.

Schaffrath las ein paar Zeilen, dann sagte er »Oh!« und sah Eric mit ernster Miene an.

»Jetzt erinnere ich mich wieder an Sie. Sie waren damals zwölf Jahre alt. Und das war ziemlich mysteriös.«

19

Eric krampfte sich der Magen wieder einmal zusammen. »Was meinen Sie damit, das war mysteriös?«

Schaffrath schüttelte den Kopf. »Ich kann mich nicht mehr an alle Einzelheiten erinnern, dazu ist es schon zu lange her, aber ich weiß noch, dass das damals sehr seltsam war.« Er klopfte auf das Hängeregister in seiner Hand. »Lassen Sie uns nach oben gehen. Ich muss mir die Unterlagen erst mal anschauen, um mich an Einzelheiten erinnern zu können.«

Eric hätte dem Psychiater am liebsten die Papiere aus der Hand gerissen und selbst nachgelesen, was dort geschrieben stand, aber er musste sich beherrschen. Immerhin war er auf dem richtigen Weg. Auch wenn in diesem Moment alles danach aussah, dass der Schwarzhaarige irgendwie recht hatte. Es gab wohl tatsächlich etwas *Mysteriöses* in Erics Kindheit, von dem er bisher keine Ahnung gehabt hatte. Während er hinter Schaffrath die steile Treppe nach oben stieg, hoffte er, dass das, was der Fremde ihm geschrieben hatte, trotzdem eine Übertreibung war. *Du bist ein Kindermörder.*

In der Wohnung angekommen, setzte Schaffrath sich in einen wuchtigen Ledersessel und sah zu Eric hinüber. »Ich werde ein wenig Zeit benötigen. Möchten Sie jetzt etwas trinken?«

»Nein, danke«, wiegelte Eric ab. »Lesen Sie ruhig, ich warte.«

Etwa zehn Minuten sah Eric Schaffrath dabei zu, wie der Seite für Seite betrachtete, immer mal wieder den Kopf schüttelte und sich mit Daumen und Zeigefinger über das Kinn strich. Dabei hatte Eric das Gefühl, gleich zu explodieren. Schließlich hielt er es nicht mehr aus. »Können Sie mir schon etwas sagen?«

Schaffrath sah von dem Dokument auf und legte die Papiere mit einer langsamen Bewegung auf das Hängeregister, das vor ihm auf dem Tisch lag.

»Ja, es ist alles wieder da. Eine Frage vorab: Sie erwähnten eingangs Ihre Großmutter. Wie ist Ihr Verhältnis zu ihr?«

»Sie ist dement und in einem Pflegeheim. Manchmal erkennt sie mich, aber das wird immer seltener. Warum?«

Schaffrath dachte kurz nach, dann nickte er. »Gut, junger Mann, angesichts der Situation bin ich gewillt, Ihnen alles zu sagen, was ich weiß. Sind Sie bereit, Dinge zu erfahren, die Ihnen wahrscheinlich nicht gefallen werden? Dinge, die Ihr Bild, vor allem das von Ihrer Großmutter, verändern werden?«

Erics Herz drohte, ihm aus der Brust zu springen. »Ich muss alles erfahren, was Sie über mich wissen. Ich sage es noch mal: Das Leben meines Sohnes und das meiner Frau könnten davon abhängen.«

»Also gut.« Schaffrath lehnte sich in dem Sessel zurück, legte die Fingerspitzen aneinander und sah Eric mit seinen wachen, dunkelblauen Augen an.

»Sie waren damals knapp zwölf Jahre alt und sind von

einem Kollegen aus Saarbrücken zu mir überwiesen worden.«

»Moment, Saarbrücken?«, unterbrach Eric ihn und hatte das Gefühl, das Zimmer schwanke um ihn herum. Der Schwarzhaarige hatte sich im Pflegeheim als sein Cousin aus Saarbrücken ausgegeben, der auch Eric Sanders hieß. Die Bestellungen, die Eric laut des Inkassounternehmens angeblich getätigt hatte, waren an eine Adresse in Saarbrücken geliefert worden. Das war kein Zufall.

»Ja. Wie gesagt, es war sehr mysteriös. Der Kollege hatte mir in einem langen Brief mitgeteilt, Sie hätten Ihre Eltern bei einem Brand verloren und seien hoch traumatisiert. Bei diesem Brand sei Ihnen ein herabstürzender Balken auf den Kopf gefallen, was Ihre Erinnerungen an die ersten elf Jahre Ihres Lebens ausgelöscht habe. Sonstige Verwandte gäbe es keine, deshalb wären Sie nach Ihrer Behandlung von einem älteren Ehepaar aus München adoptiert worden, was wiederum der Grund für die Überweisung an mich war.«

»Adoptiert?«, hörte Eric sich selbst flüstern. Er hatte plötzlich das Gefühl, in einer Glocke zu sitzen, die ihn und Schaffrath von der Umwelt isolierte und ihm die Luft zum Atmen nahm. »Was reden Sie denn? Von wem sollte ich adoptiert worden sein? Ich habe meine ganze Jugendzeit bei meinen Großeltern verbracht, den Eltern meiner Mutter.«

»Das stimmt, Herr Sanders, aber die beiden sind nicht Ihre Großeltern. Gerhard und Mathilde Krämer waren kinderlos und haben sich, soweit ich das im Laufe der Zeit beurteilen konnte, rührend um Sie gekümmert. Wie ich schon sagte, Ihr Bild wird sich hinsichtlich einiger Dinge verändern. Soll ich weiterreden?«

Eric sah seine Großmutter vor sich – die Frau, die er sein ganzes Leben lang bis vor einer Minute für seine Großmutter gehalten hatte. Er hörte sie sagen: *Ich habe keine Tochter*, und wusste jetzt, dass sie damit recht gehabt hatte. In ihrer Demenz hatte sie vergessen, ihm weiter die Lüge zu erzählen, der er zweiunddreißig Jahre lang aufgesessen war.

»Ja, bitte«, sagte Eric und stellte fest, dass seine Stimme heiser klang. »Ich … möchte alles wissen.«

»Sie erzählten mir damals von einem Feuer in Ihrem Elternhaus, bei dem Ihr Vater und Ihre Mutter ums Leben gekommen sind. Als ich Sie fragte, wo Ihr Elternhaus stand, konnten Sie mir das nicht beantworten. Sie sagten, das hätten Sie vergessen.«

»Ich war traumatisiert«, erklärte Eric krächzend.

»Vielleicht waren Sie das, obwohl einige Anzeichen absolut untypisch dafür waren. Jedenfalls fand ich das alles so merkwürdig, dass ich mit dem Kollegen aus Saarbrücken darüber reden wollte, doch es stellte sich heraus, dass es diesen Kollegen – sein Name war angeblich Dr. Jürgen Schulz – gar nicht gab. Zumindest nicht in Saarbrücken. Den einzigen Psychiater mit diesem Namen fand ich in der Nähe von Köln, und der beteuerte, nie einen jungen Patienten mit Namen Eric Sanders gehabt zu haben. Ich überlegte, dass Sie vielleicht einen anderen Namen gehabt hatten, doch er versicherte mir, dass die Eckdaten Ihres Falles ihm völlig unbekannt waren. Das hat mich stutzig gemacht, und ich habe das Ehepaar Krämer – Ihre *Großeltern* – gefragt, was sie mir über den angeblichen Kollegen aus dem Saarland sagen könnten. Doch auch sie hatten nie Kontakt zu ihm gehabt.«

Schaffrath machte eine Pause, in der Eric gern etwas gesagt hätte, aber ihm fiel nichts ein. In seinem Kopf herrschte ein Vakuum.

»Ich habe mich beim zuständigen Jugendamt in Saarbrücken nach Ihnen und diesem angeblichen Kollegen erkundigt, doch dort weigerte man sich, mir Auskunft zu geben. Also habe ich recherchiert und versucht, etwas über das Feuer in Erfahrung zu bringen. Ich habe alles in Bewegung gesetzt, aber ich konnte nichts über ein Feuer finden, wie Sie es mir beschrieben haben. Weder in Saarbrücken noch in München.«

»Das ist ja wirklich seltsam.«

Schaffrath nickte. »Und es wird noch seltsamer. Ich habe mir vom Ehepaar Krämer Ihren Ausweis zeigen lassen. Dort war als Geburtsort München eingetragen, was die beiden selbst wunderte.«

»Aber ich dachte, ich sei aus Saarbrücken gekommen?«

Schaffrath nickte. »Ich sag's ja: sehr merkwürdig. Wie hießen Ihre Eltern?«

»Elisabeth und Gregor Sanders.«

Schaffrath nickte. »Das ist auch die Auskunft, die ich sowohl von dem angeblichen Kollegen aus Saarbrücken als auch vom Ehepaar Krämer erhalten habe.«

Eric dachte eine Weile nach. Es war nicht einfach, damit konfrontiert zu werden, dass Teile des eigenen Lebens eine Lüge waren, von der man nichts gewusst hatte.

»Haben Sie denn nicht die Polizei eingeschaltet?«

»Ich habe mir von den beiden die Adoptionsurkunde zeigen lassen und mich bei der Zentralen Adoptionsstelle des Saarlandes erkundigt. Dort hat man mir bestätigt, dass mit der Adoption alles in Ordnung war. So merkwürdig das alles auch war, gab es keinen Grund, die ärztliche Schweigepflicht zu verletzen, indem ich die Polizei einschaltete.«

Eric schüttelte den Kopf. Er hatte Probleme, das alles auch nur halbwegs zu verstehen.

Plötzlich drängten sich Leon und Paula wieder in den Vordergrund. »Ich versuche gerade zu begreifen, in welchem Zusammenhang das alles mit der Entführung meiner Frau und meines Sohnes stehen könnte.«

Schaffrath zuckte mit den Schultern. »Das kann ich Ihnen nicht sagen, junger Mann. Es scheint so, als ob nicht nur Sie selbst, sondern auch niemand anderes etwas über Ihr Leben vor Ihrem zwölften Geburtstag weiß.«

»Außer vielleicht diesem Kerl, der meine Frau und meinen Sohn entführt hat. Aber woher kann ausgerechnet er etwas wissen?«

»Tut mir leid, dass ich Ihnen nicht weiterhelfen kann.«

»Zumindest habe ich durch Sie jetzt erfahren, dass meine angeblichen Großeltern mich mein ganzes Leben lang angelogen haben.«

»Urteilen Sie nicht zu hart über sie. Sie haben Sie geliebt und hätten alles für Sie getan.«

Eric nickte. »Das weiß ich. Ich bin einfach nur enttäuscht, weil ich den Grund nicht verstehe, warum sie mir das Märchen erzählt haben, sie seien meine Großeltern.«

»Das müssten Sie Ihre Großmutter fragen.«

»Sie wird mir keine Antwort darauf geben können. Nicht mehr.«

»Es könnte sein, dass das so mit dem Jugendamt abgesprochen war. Vielleicht war man der Meinung, die Bindung zwischen Ihnen und dem Ehepaar Krämer sei nach dem traumatischen Erlebnis mit Ihren Eltern stärker, wenn Sie glauben, dass sie Ihre Großeltern seien.«

»Und wenn meine Erinnerung an die Zeit vor dem Feuer wieder zurückgekommen wäre? Dann wäre der Schwindel doch aufgeflogen, denn dann hätte ich gewusst, dass sie nicht meine Großeltern sind. Damit hätten sie rechnen müssen.«

»Das stimmt.«

Eric schüttelte erneut den Kopf und stand auf. »Wie auch immer, ich muss wieder los. Die Polizei hat mich gebeten, zu Hause zu bleiben. Für den Fall, dass sie etwas herausfinden.«

Er streckte Schaffrath die Hand entgegen. »Ich danke Ihnen für Ihre Hilfe.«

Auch der Psychiater erhob sich und schüttelte Eric die Hand. »Wenn Sie etwas herausfinden, lassen Sie es mich bitte wissen. Jetzt, wo ich mich wieder daran erinnere, interessiert mich dieser merkwürdige Fall immer noch, und ich wüsste zu gern, was dahintersteckt.«

»Ich werde Sie informieren«, versprach Eric, war mit seinen Gedanken aber schon wieder bei seinem Sohn und seiner Frau. Er hoffte, dass es ihnen gut ging und der Kerl ihnen nichts antat.

Und er dachte an die alte Frau, die im Pflegeheim saß und nicht seine Oma, sondern seine Adoptivmutter war.

20

Wieder im Auto, checkte Eric seine Mails, doch es war keine neue von P.K. dabei. Die gefälschte Seite unter seinem Namen bestand auf Facebook immer noch, aber der letzte Post lautete nach wie vor: ICH BIN SCHULDIG! ICH HABE EINEN MORD BEGANGEN! Es gab keine Kommentare darunter, und Eric sah auch, woran das lag. Die Kommentarfunktion war ausgeschaltet.

Er wollte gerade den Wagen starten, als Alessa, die Theaterregisseurin, anrief.

»Was ist los, verdammt?«, herrschte sie ihn an. »Bist du immer noch …«

»Meine Frau und mein Sohn sind entführt worden«, unterbrach er sie, woraufhin sie kurz verstummte und dann sagte: »Was?«

»Paula und Leon sind seit heute Morgen verschwunden. Die Polizei sucht nach ihnen.«

»Mein Gott, das ist ja schrecklich. Kann es nicht sein, dass sie irgendwo bei Freunden oder Bekannten sind?«

»Ich habe alle angerufen, die ich kenne.«

»Das tut mir schrecklich leid, Eric. Wenn ich etwas tun kann …«

»Kann sein, dass du meine Rolle neu besetzen musst. Ich weiß nicht, was die nächsten Tage bringen.«

»Mach dir darum keine Sorgen. Kümmere dich jetzt ausschließlich um deine Familie, okay?«

»Ja, danke.«

»Und wie gesagt, wenn ich irgendetwas tun kann …«

»Danke.«

Eric legte auf, startete den Motor und fuhr los. Er musste noch mal zu seiner Großmutter. *Zu der Frau, die ihn adoptiert hatte*, korrigierte er sich und wurde im gleichen Moment von einem Gefühl überwältigt, wie er es nie zuvor gekannt hatte. Dem Gefühl, keine leibliche Familie zu haben, bis auf seinen Sohn, der entführt worden war, damit er, Eric Sanders, herausfand, dass er absolut niemanden kannte, von dem er abstammte. Nicht die Mutter, nicht den Vater, nicht die Großeltern, Onkel, Tanten, Cousins … Er hatte das Gefühl, in diesem Moment völlig allein auf der Welt zu sein.

Mit einer hastigen Bewegung wischte er sich die Tränen aus den Augen. Er durfte jetzt nicht schwach werden. Er sah auf die Uhr. Viertel nach zwei. Ihm blieben noch etwas mehr als achtundvierzig Stunden, um hinter ein Geheimnis zu kommen, das – so viel spürte er schon jetzt – vielleicht besser ein Geheimnis bleiben sollte.

Kurz bevor er das Pflegeheim erreichte, erhielt er einen Anruf von einer unbekannten Nummer. Es war Lochmeier, der Kripobeamte, und er war offensichtlich nicht gerade bester Laune.

»Herr Sanders, wo sind Sie gerade?«

»Ich bin im Auto auf dem Weg zu meiner … Großmutter ins Pflegeheim.«

»Ich hatte Sie gebeten, zu Hause zu bleiben. Meine Kollegin stand vor Ihrer Tür, um mit Ihnen ein Phantombild zu erstellen.«

»Tut mir leid, ich habe es zu Hause nicht mehr ausgehalten.«

»Herr Sanders, wir sind auf Ihre Mithilfe angewiesen. Wollen Sie, dass wir den Verdächtigen finden oder nicht?«

»Natürlich will ich das. Ich fahre sofort nach Hause.«

»Beeilen Sie sich, sonst müssen Sie später ins Präsidium kommen.«

»Ich brauche zehn Minuten.«

Es dauerte lediglich eine gute halbe Stunde, dann blickte ein Gesicht vom Display des Polizeinotebooks Eric entgegen, das dem des Schwarzhaarigen verblüffend ähnlich war.

»Ja.« Eric nickte. »So sieht er aus.«

»Gut«, sagte die noch recht junge Beamtin. »Dann gebe ich das jetzt gleich an die Kollegen weiter.«

Sie klappte das Notebook zu, erhob sich und streckte ihm die Hand entgegen. »Vielen Dank für Ihre Mitarbeit.«

»Ja, sicher, gern«, antwortete Eric fahrig und begleitete sie zur Tür.

Zurück im Haus, griff er nach seinem Smartphone und checkte seine Mails. Als er die neue Nachricht von P.K. sah, schoss ihm eine heiße Welle durch den Körper. Er öffnete sie und las:

Eric!
Die ersten vierundzwanzig Stunden sind um. Beeile dich.
Ich meine es ernst.

Sonst stand dort nichts, aber am unteren Rand sah Eric, dass die Mail einen Anhang hatte. Er öffnete ihn. Und stöhnte auf.

Es war ein Foto, aufgenommen vor einer weißen Wand. Zwei Stühle standen Rücken an Rücken. Auf einem saß Paula, auf dem anderen Leon. Beide hatten Augen und Mund verbunden, die Hände waren hinter den Rücken gefesselt, die Beine an die Stuhlbeine. Obwohl er es die ganze Zeit über gewusst hatte, versetzte ihm die Bestätigung, dass sein Sohn und seine Frau in der Gewalt dieses Irren waren, einen derart harten Schlag, dass er zu Boden sank.

Ein paar Minuten saß er so da, starrte immer wieder das Foto an. Dann schloss er es und rief Lochmeier an. Als der Polizist sich meldete, sagte Eric: »Sanders hier. Er hat ein Foto geschickt. Er hat sie in seiner Gewalt.«

»Können Sie mir das Foto senden?«, erkundigte sich der Beamte sachlich. »Am besten über WhatsApp, falls Sie das haben.«

»Ja, habe ich. Ich schicke es gleich.«

Eric legte auf. Am liebsten hätte er sich zur Seite fallen lassen und sich nicht mehr bewegt.

Schließlich gab er sich einen Ruck und schickte das Foto per WhatsApp an Lochmeiers Handy.

Zehn Minuten später saß er wieder im Auto.

Als Eric das Zimmer der Frau betrat, die ihn hatte glauben lassen, sie sei seine Großmutter, fand er den Raum leer vor.

Er ging zurück auf den Flur und dann zum Stationszimmer, wo eine der Pflegekräfte, eine etwa vierzigjährige, rotblonde Frau, vor einem PC saß und Daten in eine Tabelle eintrug. Eric blieb am Eingang stehen. »Entschuldigung, können Sie mir sagen, wo Frau Krämer gerade ist? Ihr Zimmer ist leer.«

Die Frau sah zu ihm auf und lächelte. »Ja, sie wollte an die frische Luft. Sie sitzt draußen auf der Terrasse. Sie fühlt sich heute sehr gut.«

Eric bedankte sich und ging ein Stück den Flur entlang bis zum Speisesaal, der mit seinen vielen Tischen und den einfachen hellen Holzstühlen trostlos und steril wirkte. Nachdem er den großen Raum durchquert hatte, gelangte er durch ein Schiebeelement auf die Terrasse, wo einige der Bewohnerinnen und Bewohner unter Sonnenschirmen saßen, in kleinen Grüppchen oder allein. Am äußeren Rand entdeckte er Mathilde Krämer, die er trotz besseren Wissens immer noch Oma nannte.

Als er sie erreicht hatte, sah sie blinzelnd zu ihm auf. Eric zog sich einen freien Stuhl heran und setzte sich neben sie.

»Eric«, sagte sie.

»Ja, Oma«, antwortete er hoffnungsvoll. Sie hatte ihn erkannt, ein Zeichen, dass sie wirklich einen guten Moment zu haben schien. »Wie geht es dir?«

»Gut. Es ist sehr warm.«

»Ja, das ist es. Gut, dass du im Schatten sitzt.«

»Wo ist Paula?«

»Sie …« Kurz überlegte er, entschied sich aber, ihr nicht die Wahrheit zu sagen. »Sie ist in der Apotheke. Sie arbeitet.«

»Du hast mich schon lange nicht mehr besucht.«

»Doch, das habe ich, Oma. Ich war gestern hier.«

»Gestern?«

»Ja. Sogar zweimal.«

Sie dachte angestrengt nach, dann schüttelte sie den Kopf. »Nein, du hast mich schon lange nicht mehr besucht.«

»Oma.« Eric legte seine Hand auf ihre. Er musste es versuchen. Immerhin hatte sie ihm den Namen des Psychiaters genannt, also auch gewollt, dass er mit dem Mann redete und erfuhr, dass sie nicht seine Großmutter war.

»Kannst du mir eine Frage beantworten?«

Sie sah ihn an. »Eine Frage?«

»Ja. Ich möchte gern wissen, wer ich bin.«

Zwei, drei Sekunden verstrichen, dann huschte ein Lächeln über ihre faltigen Wangen.

»Du sagst komische Dinge.«

»Nein, ich meine es ernst. Ich weiß, dass ich nicht dein Enkel bin.«

Der Anflug des Lächelns verschwand. Stattdessen wurden ihre Augen feucht. *Sie hat mich genau verstanden*, dachte Eric.

Sie antwortete nicht. »Oma, bitte, es ist wichtig. Wer bin ich?«

Als sie sich abwandte und den Blick über das weite Feld, das an das Pflegeheim grenzte, in die Ferne richtete, überlegte er es sich anders. »Es stimmt nicht, dass Paula in der Apotheke ist. Sie ist entführt worden, und Leon auch. Wenn ich nicht erfahre, wer ich bin, wird der Entführer ihnen vielleicht etwas antun.«

Die Tränen schwappten über, liefen ihr über die Wangen und tropften auf ihre Bluse.

»Eric«, sagte sie leise. »Eric Sanders.«

»Aber wo war ich, bevor ich zu euch kam? *Wer* war ich davor?«

Mit einer unendlich langsamen Bewegung wandte sie sich ihm wieder zu, sah ihm in die Augen und sagte: »Ich weiß es nicht. Wollte es nie wissen. Du bist Eric Sanders.«

Er versuchte es noch einige Male, doch die alte Frau hatte sich wieder in ihre eigene Welt zurückgezogen.

Schließlich gab er auf und erhob sich. »Tschüs, Oma. Bis bald.« Er hatte sich schon abgewendet, beugte sich aber noch einmal zu ihr hinunter, gab ihr einen Kuss auf die Stirn und richtete sich wieder auf. Als er gehen wollte, sagte sie: »Saarbrücken.«

»Was?«

»Gerhard war in Saarbrücken. Er war seltsam, als er zurückkam.«

Aufgeregt ging Eric neben ihrem Stuhl in die Hocke. »Seltsam? Warum? Was hat er in Saarbrücken erfahren?«

In ihrem Blick lag eine Traurigkeit, wie Eric sie selten gesehen hatte.

»Er hat gesagt, es ist furchtbar. Mehr hat er mir nie erzählt.«

21

Er hat gesagt, es ist furchtbar, wiederholte Eric immer wieder in Gedanken, während er gleichzeitig versuchte, sich auf den Verkehr in der Münchener Innenstadt zu konzentrieren. Er war ratlos und hatte keine Idee, was er als Nächstes tun konnte. Sollte er Lochmeier anrufen und ihm erzählen, was er von Dr. Schaffrath erfahren hatte? Was würde dann geschehen? Die Polizei würde anfangen, in Saarbrücken zu recherchieren, und sie hatten wahrscheinlich andere Mittel als ein Psychiater. Was würden sie in seiner Vergangenheit finden? Etwas, das ihn für den Rest seines Lebens belasten würde? Das ihn vielleicht sogar noch ins Gefängnis bringen konnte? Doch wie sollte das möglich sein? Er wusste, er hatte sich nichts zuschulden kommen lassen.

Aber wusste er das wirklich?

Er griff nach seinem Smartphone und wählte die Nummer von Dr. Schaffrath, die dieser ihm gegeben hatte, damit Eric ihn informieren konnte, wenn er etwas herausfand.

Der Arzt meldete sich schon nach dem zweiten Klingeln.

»Hallo, Herr Dr. Schaffrath, hier ist noch mal Eric Sanders. Entschuldigen Sie bitte, dass ich Sie schon wieder störe, aber ich habe eine wichtige Frage.«

»Bitte, fragen Sie.«

»Ist es möglich, einen Menschen so zu manipulieren, dass er Dinge tut, die er eigentlich nicht tun möchte? Und dass er sich anschließend nicht mehr daran erinnern kann?«

»Hm … Nun, es gibt verschiedene Möglichkeiten der Einflussnahme. Zum Beispiel die Hypnose, die allerdings ihre Grenzen hat. Man kann einen Menschen in der Regel auch unter Hypnose nicht dazu bringen, etwas zu tun, das er grundsätzlich ablehnt.«

»Zum Beispiel einen Mord?«

»Ein krasses Beispiel, aber ja, ein Mensch, der bei Bewusstsein nicht imstande wäre, einen anderen Menschen zu töten, kann auch unter normaler Hypnose nicht dazu gebracht werden.«

»Unter *normaler* Hypnose?«

»Nun ja, es gibt Substanzen – dazu zählen gewisse tropische Stoffe –, die, wenn sie zusammen mit einer tiefen Hypnose eingesetzt werden, dazu führen können, dass der eigene Wille komplett ausgeschaltet ist.«

»Und dann wäre es möglich, dass zum Beispiel ich einen Mord begehe und anschließend nichts mehr davon weiß? Wie eine ferngesteuerte Marionette?«

»In der Theorie, ja.«

»Was heißt das, in der Theorie?«

»Das heißt, dass mir kein Fall bekannt ist, bei dem das in der Praxis durchgeführt wurde.«

»Aber theoretisch wäre es möglich.«

»Ja.«

»Danke«, sagte Eric nachdenklich. »Vielen Dank für Ihre Hilfe.« Dann legte er auf.

Was, wenn diese Methode bei ihm angewendet worden

war? Er war wegen der immer wiederkehrenden Albträume in seiner Jugend und auch als Erwachsener bei vielen Psychiatern und Psychotherapeuten gewesen. Er war so oft hypnotisiert worden, dass er es schon nicht mehr zählen konnte.

Was, wenn einer von denen tatsächlich … Ein Gedanke drängte sich in den Vordergrund seines Bewusstseins, und Eric setzte ihn sofort in die Tat um.

Er wählte die Nummer von Dr. Roberts, der zum Glück auch tatsächlich ans Telefon ging, denn Roberts arbeitete allein und schaltete während der Therapiesitzungen das Telefon grundsätzlich aus.

»Eric Sanders hier. Herr Dr. Roberts, kann ich zu Ihnen kommen?«

»Herr Sanders … tut mir leid, mein Terminkalender ist voll. Vielleicht …«

»Meine Frau und mein Sohn sind entführt worden. Die Polizei sucht nach ihnen. Der Entführer hat mir ein Foto der beiden geschickt. Ich bin mit den Nerven völlig am Ende.«

»Entführt? Mein Gott … Ja, gut, kommen Sie. Ich lege Termine um. Kommen Sie sofort.«

Auf dem Weg zu dem Psychotherapeuten rief Bastian, Erics Agent, an. »Na, wie ist der Stand der Dinge?«, fragte er auf eine Art, die klarmachte, dass er nicht wusste, was passiert war. Woher auch?

»Schlecht«, sagte Eric. »Paula und Leon sind entführt worden.«

»Was?«, stieß Bastian aus. »Das gibt es doch nicht …«

»Doch, es ist wahr. Bitte, Bastian, ich kann dir die ganze

Geschichte jetzt nicht erzählen. Ich bin fix und fertig. Die Polizei sucht nach ihnen und nach diesem Irren. Ich melde mich später bei dir, okay?«

»Ja, sicher, okay, … mein Gott, das ist ja …«

»Bis dann«, unterbrach Eric ihn und legte auf. Er mochte Bastian, aber im Moment konnte der Agent ihm nicht helfen.

Als Eric kurz darauf den gemütlichen Raum im Haus von Dr. Roberts betrat, blickte der Therapeut ihm sorgenvoll entgegen.

»Ich kann es immer noch nicht glauben, dass Ihre Familie entführt worden ist. Solche Dinge kennt man eigentlich nur aus dem Fernsehen. Gibt es denn schon eine Forderung des Entführers?«

»Ja.« Eric setzte sich auf einen der gepolsterten Stühle, die neben der Couch standen. »Die Forderungen hat er bereits gestellt, bevor er die beiden in seine Gewalt gebracht hat.«

»Was? Das verstehe ich nicht.«

Eric nickte. »Ich erzähle es Ihnen.«

Dr. Roberts deutete wortlos zu der Couch, doch Eric schüttelte den Kopf. Er zog es vor, auf dem Stuhl sitzen zu bleiben, und begann ohne Umschweife zu berichten.

Von den gefälschten Postings auf Facebook, den Mails von P.K. und den Botschaften, die der Schwarzhaarige ihm auf Zetteln hinterlassen hatte, bis zu seinem Besuch bei Dr. Schaffrath und dem anschließenden Gespräch mit seiner angeblichen Großmutter.

Als er fertig war und auf eine Reaktion von Dr. Roberts

wartete, blickte dieser eine Weile nachdenklich aus dem Fenster, bevor er sich Eric wieder zuwandte.

»Das mag für einen Psychotherapeuten eine seltsame Aussage sein, aber diese Geschichte klingt wirklich bizarr.«

Eric nickte. »Ich weiß. Erst habe ich gedacht, der Kerl ist ein Internet-Troll, der sich ein bisschen austobt und sich dann wieder ein anderes Opfer sucht. Als dann die Mails kamen und er mir sogar aufgelauert hat, war ich mir sicher, es mit einem schwer gestörten Menschen zu tun zu haben. Mittlerweile weiß ich nicht mehr, was ich denken soll. Er hat meine Frau und mein Kind entführt, und als einzige Forderung will er, dass ich in meiner Vergangenheit recherchiere und gestehe, was ich getan habe. Entweder er ist völlig irre und leidet unter Wahnvorstellungen, oder er weiß tatsächlich Dinge von mir, an die ich mich nicht erinnern kann.«

»Und was erwarten Sie von mir? Ging es Ihnen darum, sich das alles von der Seele zu reden, oder gibt es noch einen anderen Grund, warum Sie hier sind?«

So wie Roberts das sagte, schien er von Letzterem auszugehen.

»Können Sie feststellen, ob meine Erinnerungen manipuliert sind? Ob es etwas gibt, das ich getan habe, von dem ich aber nichts mehr weiß?«

Auf Roberts' Stirn zeigten sich Falten. »Es gibt meines Wissens keine spezielle Vorgehensweise für eine solch außergewöhnliche Situation, und ich persönlich kenne auch keinen einzigen vergleichbaren Fall.«

»Heißt das, Sie können es nicht?«

Als Roberts nicht gleich antwortete, beugte Eric sich

nach vorn. »Herr Dr. Roberts, meine Frau und mein Sohn sind in Lebensgefahr. Ich weiß nicht, was dieser Kerl vorhat, aber wenn ich eine Chance haben will, sie zu retten, dann muss ich wissen, was in meiner Vergangenheit geschehen ist. Können Sie mir helfen?«

Roberts wiegte den Kopf hin und her. »Wir könnten es probieren. Wir sind ja gemeinsam schon unter Einsatz einer leichten Hypnose zu dem traumatischen Erlebnis Ihrer Kindheit zurückgegangen und haben versucht, Ihre Erinnerungen an die Zeit davor wieder zu aktivieren.«

»Was nicht sehr erfolgreich war«, warf Eric ein.

»Wir stehen noch am Anfang, Herr Sanders. Das braucht Zeit.

Unser Bewusstsein verdrängt manchmal Erlebnisse, die wir als derart schlimm empfunden haben, dass sie unser Leben nicht nur negativ beeinflussen, sondern uns geistig ernsthaft krank machen könnten. Der Brand damals, bei dem Ihre Eltern ums Leben gekommen sind, ist so ein traumatisches Erlebnis. Sie haben mir selbst erzählt, dass Sie sich nicht an das Unglück erinnern können und nur durch Ihre Träume wissen, was damals vorgefallen ist.

Sollte es in Ihrem Leben eine weitere, vielleicht sogar noch belastendere Situation gegeben haben, halte ich es für möglich, dass Ihr Gehirn dieses Ereignis so tief in Ihr Unterbewusstsein verbannt hat, dass es noch nicht einmal mehr in Träumen existent ist.

In diesem Fall wird es wahrscheinlich auch unter Hypnose nicht gelingen, die verschütteten Erlebnisse wieder hervorzuholen, denn hier gilt das Gleiche wie bei Taten, zu denen Sie im Normalzustand nicht fähig wären: Ihr Unterbewusstsein lehnt sich dagegen auf und blockt den Beeinflussungsversuch ab.«

Eric musste sich konzentrieren, um Roberts folgen zu können, doch er glaubte, ihn verstanden zu haben.

»Also können Sie mir nicht helfen.«

»Das habe ich nicht gesagt.«

Eric hob beide Hände. »Jetzt verstehe ich gar nichts mehr.«

»Wir können etwas versuchen, begeben uns damit aber in einen Bereich, in dem die Meinungen in der traditionellen und der alternativen Psychotherapie deutlich auseinandergehen. Die Reinkarnationstherapie.«

»Sie meinen diese Sache mit vorherigen Leben? Wiedergeburt und so?« Eric schüttelte den Kopf und erhob sich. »Tut mir leid, da bin ich raus. Es geht um mein jetziges, wahres Leben und darum, dass mein Sohn und meine Frau in großer, echter Gefahr sind, und nicht um irgendwelchen esoterischen Schnickschnack. Ich hätte nicht gedacht, dass Sie …«

Dr. Roberts hob die Hand und sagte: »Darf ich Ihnen etwas erklären? Bitte!«

Eric überlegte einen Moment und setzte sich wieder. »Aber nur kurz. Ich muss versuchen, meine Familie zu retten.«

»Ich verstehe Ihren Einwand, allerdings geht es mir hier nicht um den Glauben an vorherige Leben. Die moderne Psychotherapie vertritt die These, dass manche Situationen, die wir erleben oder gar verschuldet haben, derart schrecklich sind, dass unser Unterbewusstsein uns vorgaukelt, sie hätten in einem vorherigen Leben stattgefunden, um uns von der Schuld zu entlasten und damit eine Auseinandersetzung mit der Situation überhaupt erst möglich zu machen.«

»Sie meinen, mein Gehirn tut so, als hätte ich schon einmal gelebt und als diese andere Person irgendetwas Schlimmes getan, wofür ich heute aber nichts mehr kann?«

Roberts nickte. »So kann man es ausdrücken.«

»Und was heißt das für mich? Und meinen Sohn und meine Frau?«

»Ich kann versuchen, Sie in dieses *vorherige Leben* zurückzuführen, in dem Sie das, was auch immer passiert ist, erlebt haben.«

»Und das soll funktionieren?«

»Es *kann* funktionieren, wenn die genannten Prozesse tatsächlich bei Ihnen stattgefunden haben.«

Eric musste nicht lange überlegen. Es stand zu viel auf dem Spiel, um auch nur die kleinste Chance verstreichen zu lassen. Er legte sich auf die Couch und schloss die Augen. »Also gut, versuchen wir's. Hypnotisieren Sie mich.«

»Es ist keine Hypnose, sondern ein Trancezustand, in den ich Sie versetzen werde. Das erreichen wir, indem Sie sich auf Ihren Atem konzentrieren.«

Roberts stand auf, ging zu seinem Schreibtisch und kam mit einer schwarzen Schlafmaske in der Hand zurück, die er Eric reichte, bevor er sich neben ihn setzte.

»Bitte, ziehen Sie die an und legen sich dann ganz entspannt auf den Rücken.«

Etwas in Eric wehrte sich dagegen, sich auf die Situation einzulassen. Aber wenn es möglich war, dass – wodurch auch immer – Teile seiner Erinnerungen ausgelöscht worden waren, warum sollte es dann nicht auch machbar sein, diese wieder zu aktivieren? Er musste es zumindest probieren.

»Liegen Sie bequem?«

»Ja.«

»Dann atmen Sie jetzt tief ein und aus und stellen sich dabei vor, wie der Sauerstoff bis in die kleinsten Verästelungen Ihrer Lunge transportiert wird. Ein … und aus. Ein … und aus. Es ist frische Luft, die Ihnen guttut und dafür sorgt, dass alle Ihre Muskeln sich entspannen. Ein … und aus. Ein … und aus.«

Nach einer Weile spürte Eric, wie Hände und Füße kalt wurden, er spürte sein Gewicht, das auf die Couch sank. Dann begann es, in seinem Körper zu kribbeln.

»Vor deinem inneren Auge siehst du eine Höhle.« Die einschmeichelnde Stimme schien direkt in Erics Kopf zu entstehen. »Geh hinein.«

22

Nach einer halben Stunde war das Experiment vorüber.

Es endete im virtuellen Zimmer eines Gebäudes, das Erics Elternhaus sein musste. Das Inventar stand in Flammen, alle Fluchtwege waren versperrt, und noch während die alles durchdringende Stimme ihn aufforderte, durch die Flammen zu gehen und zu schauen, was sich dahinter befand, raste ein Schatten von oben auf Eric zu, dann herrschte Dunkelheit, und die Reise in die Vergangenheit war beendet.

»Das ist beachtlich«, gestand Dr. Roberts, als Eric die Schlafmaske abgenommen und sich aufgesetzt hatte.

»Das war genau das, was ich auch in meinen Träumen immer sehe. Und es hat genauso geendet.«

»Ihr Unterbewusstsein hat um dieses Geschehen des Brandes herum eine Blockade errichtet, die so stark ist, dass sie undurchdringlich zu sein scheint.«

»Sieht so aus«, sagte Eric enttäuscht und stand auf. »Trotzdem danke für den Versuch. Ich muss jetzt wieder los. Ich kann nur noch hoffen, dass es der Polizei gelingt, meine Frau und meinen Sohn vor Sonntagnachmittag zu finden.«

»Waren Sie nach dem Unglück jemals wieder dort, wo Ihr Elternhaus gestanden hat?«

»Nein. Alle haben mir davon abgeraten. Ich weiß nicht einmal, wo das war. Meine Großeltern haben mir immer erklärt, es wäre wichtig für mich, dass ich nicht mehr mit der Situation konfrontiert werde.«

»Hm … da bin ich anderer Meinung, aber gut. Schade, dass Sie vergessen haben, wo das Haus gestanden hat. Es wäre möglich, dass Ihre Anwesenheit dort Schleusen in Ihrem Inneren öffnet, die jetzt fest verschlossen sind.«

Als Eric kurz darauf die Praxis verließ, ärgerte er sich über sich selbst, weil er Zeit mit diesem fragwürdigen Experiment verschwendet hatte.

Er setzte sich in sein Auto, rief Hauptkommissar Lochmeier an und erkundigte sich, ob es etwas Neues gab.

»Leider nein«, erklärte der Polizist. »Wir haben das Phantombild an alle Kollegen weitergegeben. Nach dem Unbekannten wird intensiv gefahndet. Auf dem Blatt mit der Nachricht an Sie, das wir mitgenommen haben, gibt es nur Fingerabdrücke von einer Person. Da Sie das Papier angefasst haben, gehen wir davon aus, es handelt sich um Ihre. Trotzdem brauchen wir Vergleichsabdrücke von Ihnen. Außerdem brauchen wir eine Liste aller Menschen, die Ihre Frau oder Ihren Sohn kennen. Am besten kommen Sie einfach auf dem Präsidium vorbei.«

»Ja, das mache ich, ich fahre gleich bei Ihnen vorbei. Und um die Liste kümmere ich mich, wenn ich zu Hause bin«, erwiderte Eric.

»Gut. Wir haben zwischenzeitlich auch alle Ihre Nachbarn befragt, aber wie es aussieht, hat niemand außer Ihnen den Mann heute Morgen in der Nähe Ihres Hauses gesehen.«

»Ich schätze, er hat sich versteckt, bis ich aus dem Haus gekommen bin.«

»Da ist noch etwas, das uns beschäftigt. Wann hat Ihre Frau mit Ihrem Sohn das Haus verlassen?«

»Ich habe noch geschlafen, aber normalerweise gegen halb acht.«

»Und wie spät war es, als Sie den Mann vor Ihrem Haus gesehen haben?«

Eric überlegte kurz. »Das muss etwa halb zehn gewesen sein, aber das können Sie doch sicher feststellen. Zehn Minuten später habe ich bei der Polizei angerufen.«

»Ihr Anruf ging um neun Uhr einundfünfzig ein, also hat Ihre Begegnung etwa um neun Uhr vierzig stattgefunden. Das bedeutet, der Mann hatte rund zwei Stunden Zeit, Ihre Frau und Ihren Sohn zu überwältigen, sie in ein Versteck zu bringen, sie zu fesseln und wieder zurückzukehren, um vor Ihrem Haus auf Sie zu warten. Das ist knapp.«

»Stimmt. Das bedeutet wohl, dass er sie nicht sehr weit weggebracht haben kann.«

»Ja. Und etwas anderes frage ich mich auch noch: Woher wusste er, dass Sie das Haus in der Zwischenzeit nicht schon verlassen haben?«

»Keine Ahnung.« Eric fühlte sich unendlich müde und ausgelaugt.

»Also gut. Dann sehen wir uns gleich«, sagte Lochmeier und beendetete das Gespräch.

Nachdem Eric seine Fingerabdrücke auf dem Präsidium abgegeben hatte, was zum Glück schnell gegangen war, fuhr er auf direktem Weg nach Hause. Er war verzweifelt. Die Zeit lief ihm davon, und er hatte nicht die geringste

Idee, was er unternehmen konnte. Sonntag fünfzehn Uhr. Was würde geschehen, wenn er bis dahin immer noch nicht mehr wusste?

Er hatte das Auto gerade in der Garage abgestellt und wollte aussteigen, als Dr. Schaffrath anrief.

»Herr Sanders, ich habe da etwas gefunden, das vielleicht interessant sein könnte.«

»Und was?« Alle Müdigkeit schien wie weggewischt.

»Ich habe alle Unterlagen aus Ihrer Patientenakte noch einmal genauer durchgesehen. Den Brief des angeblichen Saarbrücker Kollegen finde ich nicht mehr. Aber ich habe eine handschriftliche Notiz von mir selbst, dass das Feuer, in dem Ihre Eltern umgekommen sind, laut diesem Kollegen im März 1991 ausgebrochen war. Also habe ich mal nachgesehen, ob es ein Onlinearchiv von Saarländischen Zeitungen gibt, und ich wurde fündig. Der Zugang hat mich neununddreißig Euro gekostet, aber ich habe einen interessanten Artikel vom 3. März 1991 gefunden.«

»Ging es dabei um das Feuer?« Eric konnte seine Aufregung kaum unterdrücken. Würde er jetzt endlich etwas über diesen mysteriösen Brand erfahren? Über seine Eltern? Und warum war er selbst noch nicht auf die Idee gekommen, in Onlinearchiven zu suchen?

»Nein, nicht um ein Feuer. Darüber habe ich übrigens gar nichts gefunden. In diesem Artikel ging es um den Mord an einem kleinen Jungen.«

Eric hatte das Gefühl, sein Herz würde stehenbleiben.

Du hast ein Kind umgebracht.

»Ein Mord? An einem Jungen?«

»Ja. Das an sich ist ja leider nicht so ungewöhnlich. Etwas, das viel zu oft passiert. Aber dennoch war dieser Fall wohl etwas Besonderes.«

»Warum?«, fragte Eric mit dünner Stimme, denn irgendwo in einem Winkel seines Verstandes schrillte plötzlich eine Alarmglocke, und eine Stimme wisperte ihm zu, warum der Fall etwas Besonderes gewesen war.

»Wegen des Täters«, erklärte Schaffrath und machte eine für Eric fast unerträgliche Pause.

»Was war denn mit dem Täter?«

Bitte sag nicht, was ich denke, flehte Eric innerlich, doch genau das tat Schaffrath.

»Der Täter war selbst noch ein Kind. Ein Junge. Er war zur Tatzeit elf Jahre alt.«

23

Eric hatte keine Vorstellung davon, wie lange er das Telefon ans Ohr gepresst hatte, bis er wie aus weiter Ferne Schaffraths Stimme wahrnahm. »Herr Sanders, ist alles okay?«

»Ja … nein. Nein, es … ich weiß es nicht.« Eric war völlig durch den Wind. Er konnte keinen klaren Gedanken fassen. Nur dieser eine Satz stand wie ein Fanal vor ihm.

Du hast ein Kind umgebracht.

»Das muss letztendlich nichts heißen, aber angesichts der Mails, die Sie bekommen haben, ist es mir ins Auge gesprungen«, erklärte Schaffrath. »Und etwas ist sehr merkwürdig. Es gibt nur diesen einen Artikel. Er ist für ein solch außergewöhnliches Ereignis recht kurz – keine Namen, keine Ortsangaben, nichts, das den Fall näher beschreibt.«

»Das ist wirklich merkwürdig«, murmelte Eric, während seine Gedanken noch immer Achterbahn fuhren.

Du hast ein Kind umgebracht.

»Ja, das ist es. Und da ist noch etwas. Haben Sie sich nach Ihrem Besuch bei mir nicht die Frage gestellt, warum Ihre … Adoptiveltern nur ein paarmal mit Ihnen bei mir waren und danach mit Ihnen zu anderen Therapeuten gegangen sind?«

»Nein, aber jetzt, wo Sie es sagen … Ich war bei einigen Psychiatern und Psychotherapeuten.«

»Ich denke, als ich angefangen habe zu recherchieren, ist demjenigen, der das alles initiiert hat, aufgefallen, dass man einen Fehler begangen hat, indem man mir nicht auch von Anfang an die Geschichte mit Ihren Großeltern aufgetischt hat. Die Gefahr, dass Sie irgendwann von Oma und Opa sprechen und mich damit noch mehr stutzig machen würden, war wahrscheinlich zu groß.«

»Mein Gott, das hört sich ja an, als sei da ein Riesending mit mir durchgezogen worden.«

»Das weiß ich nicht, aber auf jeden Fall ist es ein merkwürdiges Ding. Was werden Sie jetzt tun?«

»Ich weiß es nicht«, entgegnete Eric wahrheitsgemäß.

Du hast ein Kind umgebracht.

»Kann ich etwas für Sie tun?«

»Nein, aber danke, dass Sie recherchiert haben.«

»Tut mir leid, doch das passte einfach zu den Mails von diesem Menschen. Ich habe eine Weile mit mir gehadert, ob ich Ihnen das sagen soll, aber Ihre Frau und Ihr Sohn sind entführt worden, und …«

»Es war absolut richtig und wichtig, mich zu informieren. Ich danke Ihnen dafür. Es ist nur … ein ziemlicher Schock zu hören, dass ich vielleicht … Sagen Sie mir bitte noch, in welcher Zeitung Sie diesen Artikel gefunden haben?«

»Die Zeitung heißt *Saar Extra*.«

»Danke. Ich muss jetzt auflegen, entschuldigen Sie bitte.«

»Kein Problem. Wie gesagt, wenn ich noch etwas tun kann …«

»Danke.«

Eric legte auf und lehnte den Kopf gegen die Kopfstütze des Autositzes. Noch bevor er auch nur annähernd Ordnung in seine Gedanken bringen konnte, klingelte sein Telefon schon wieder.

Die Nummer war unterdrückt.

»Eric!«, meldete sich eine Stimme, die er nicht kannte, von der er aber sofort ahnte, zu wem sie gehörte.

»Was wollen Sie von mir?«, sagte er hastig. »Warum tun Sie das?«

»Weil ich möchte, dass du zu deiner Schuld stehst.«

»Wenn Sie meiner Frau oder meinem Sohn etwas antun …«

»Eric! Lass die Sprüche. Hör mir lieber zu, ich will dir helfen. Allein löst du deine Aufgabe sowieso nicht.«

»Wenn Sie es wissen, dann sagen Sie mir doch einfach, was ich angeblich getan habe, und lassen meine Frau und meinen Sohn frei. Ich poste auf Social Media, was immer Sie möchten, aber hören Sie auf mit diesem Wahnsinn.«

»Du hast ein Kind umgebracht.«

»Einen kleinen Jungen?«, fragte Eric leise.

»Das habe ich dir schon geschrieben. Gestehe deine Schuld. Bis Sonntag, fünfzehn Uhr.«

»Warten Sie!«, stieß Eric verzweifelt aus, weil er befürchtete, der Fremde würde auflegen. »Sie sagten, Sie wollten mir helfen.«

»Ab jetzt ohne Polizei. Ich erfahre alles. Wenn du der Polizei von diesem Anruf erzählst oder ihnen sagst, was du tust, ist die Aufgabe beendet. Dann sind die beiden tot. Hast du verstanden?«

»Ja.«

»Fahr nach Saarbrücken.«

»Aber …« Eric verstummte. Der Entführer seiner Familie hatte aufgelegt.

Er betrat sein Haus, und dass er auf direktem Weg ins Wohnzimmer gegangen war, wurde ihm erst bewusst, als er sich auf einen Stuhl am Esstisch setzte. Er legte das Smartphone auf den Tisch und starrte es an, als könne er durch die Kraft seiner Gedanken erreichen, dass es klingeln würde. Dass es diesmal Paula war, die ihm sagte, dass der Entführer sie und Leon freigelassen hatte und er sie abholen solle.

Irgendwann löste er den Blick von dem Gerät und sah sich im Wohnzimmer um, das ihm nicht nur kalt und leer, sondern regelrecht fremd vorkam. Seine Frau und sein Sohn waren an einem anderen Ort, und da Eric nicht wusste, wo dieser Ort war, hätten sie nicht weiter von ihm entfernt sein können. Er fragte sich, ob er die beiden je wiedersehen würde, und spürte, wie etwas ihm die Luft zum Atmen nahm. »Leon«, flüsterte er leise, dann ließ er den Tränen freien Lauf.

Etwa eine Stunde später stopfte Eric ein paar Kleidungsstücke und seine Zahnbürste in eine Ledertasche. In der Zwischenzeit hatte er eine Liste mit allen Freunden und Bekannten, die ihm eingefallen waren, an Lochmeier geschickt.

Er hatte keine Vorstellung davon, wo er ansetzen und an wen er sich wenden konnte, aber es kristallisierte sich immer mehr heraus, wenn er auch nur den Hauch einer Chance haben wollte, etwas über seine Vergangenheit zu erfahren und damit vielleicht seine Familie zu retten, dann musste er nach Saarbrücken.

Er hatte die Tasche schon geschlossen und im Flur abgestellt, als er innehielt und einen Blick auf seine Uhr warf. Kurz vor sieben. Was tat er da nur? Selbst wenn er gut durchkam, würde er frühestens um Mitternacht im Saarland eintreffen. Was wollte er dann noch tun, außer sich ein Hotelzimmer zu nehmen und wahrscheinlich einen Großteil der restlichen Nacht wach in einem fremden Bett zu liegen? Er schüttelte über sich selbst den Kopf. Die Angst um das Leben seiner Familie brachte ihn offenbar dazu, vollkommen unsinnig zu handeln.

»Scheiße!«, entfuhr es ihm, dann warf er den Schlüssel, den er gerade aus dem Kästchen genommen hatte, achtlos auf die kleine Kommode im Flur und ging zurück ins Wohnzimmer.

Er würde sich in sein eigenes Bett legen, um vier Uhr aufstehen und dann losfahren, so dass er zwischen neun und zehn am Vormittag im Saarland ankommen würde. Dann hätte er den ganzen Tag für seine Recherchen, wo auch immer er versuchen würde, etwas über seine Kindheit herauszufinden. Und dabei vielleicht zu erfahren, dass er als Kind ein anderes Kind umgebracht hatte.

Er beschloss, die Chance auf ein paar Stunden Schlaf mit Rotwein zu erhöhen. Er ging in den Keller und dort in einen kleinen Raum, der als eine Art Vorratskammer diente, in der auf Regalen verschiedene Konserven und länger haltbare Lebensmittel sowie Getränke aller Art standen.

Mit einer Flasche *Montepulciano d'Abruzzo Riserva* kehrte

er kurz darauf ins Erdgeschoss zurück. Er kannte sich mit Rotwein nicht sonderlich gut aus, aber diesen Wein hatte er bei einem Empfang im Theater getrunken, und er hatte ihm so gut geschmeckt, dass er am nächsten Tag zwölf Flaschen davon bei einem Online-Weinhandel bestellt hatte.

Mit der geöffneten Flasche und einem Weinglas setzte er sich ins Wohnzimmer, goss das Glas etwa zwei Finger breit voll und trank einen großen Schluck.

Kaum hatte er sich zurückgelehnt, waren die düsteren Gedanken wieder da. Er dachte an seinen elfjährigen Sohn, der in diesem Moment irgendwo auf einen Stuhl gefesselt war und wahrscheinlich panische Angst hatte. Sein *elfjährigen* Sohn …

Leon war genauso alt wie dieser Junge, der im Saarland einem anderen Jungen das Leben genommen hatte. Die Vorstellung, dass Leon, dieses Kind, das selbst noch so viel Schutz brauchte, ein anderes Kind töten könnte, war so abwegig, dass Eric gar nicht in der Lage war, den Bogen bis zu seiner eigenen Kindheit zu spannen, als er elf Jahre alt gewesen war …

Eric schüttelte den Gedanken ab. Nein. Das war absolut unmöglich. Er war nicht dieser Junge aus dem Zeitungsartikel, dessen war er sich ganz sicher. Er war schon immer absolut friedliebend gewesen. Er hatte sich noch nie geprügelt, weil Gewalt ihm zutiefst zuwider war. Mit keiner Methode dieser Welt könnte man ihn dazu bringen, einem anderen Menschen etwas anzutun.

Ist es wirklich nur ein großer Zufall, dass der Schwarzhaarige behauptet, du hast ein Kind ermordet? Und dass er dich nach Saarbrücken schickt, wo genau zu dem Zeitpunkt, als du selbst elf

Jahre alt warst, ein Elfjähriger ein Kind getötet hat?, wisperte eine Stimme in seinem Kopf.

Eric trank den Rest des Weins mit zwei großen Schlucken und sprang auf. »Nein, nein, nein«, sagte er laut und begann, im Wohnzimmer auf und ab zu gehen. »Davon habe ich überhaupt nur erfahren, weil Schaffrath durch Zufall diesen Artikel entdeckt hat. Damit konnte dieser Irre nicht rechnen.«

Zu jedem anderen Zeitpunkt hätte er es als seltsam oder gar bedenklich empfunden, dass er mit sich selbst redete. In diesem Moment war es ihm egal.

Mit einem Ruck blieb er stehen, als sei er gegen eine unsichtbare Mauer gelaufen. War es denn wirklich Zufall gewesen, dass Schaffrath diesen Artikel gefunden hatte? War es nicht ein fast schon *zu großer Zufall*? Was, wenn Dr. Schaffrath …

»Blödsinn!«, sagte er laut, dann nahm er seine Wanderung quer durchs Wohnzimmer und zurück wieder auf und bemerkte, dass dieser Gedanke sich in seinem Kopf festgesetzt hatte. Als hätte er einen Song gehört, den er in Dauerschleife vor sich hin singen musste, formte sein Verstand wieder und wieder diese Gedanken: Was, wenn Dr. Schaffrath gewusst hatte, dass er zu ihm kam? Was, wenn es diesen angeblichen Artikel gar nicht gab? Was, wenn Schaffrath mehr wusste, als er zugab? Wenn er *alles* wusste?

»Also gut!«, murmelte Eric grimmig, ging ins Büro und schaltete den Computer an. Den Onlineauftritt von *Saar Extra* hatte er schnell gefunden, das digitale Archiv entdeckte er erst nach einer Weile, weil die Suchfunktion der

Seite keine Ergebnisse brachte und er erst nach fünf Minuten auf die Idee kam, dass das Archiv einen separaten Onlineauftritt haben könnte.

Was auf jeden Fall der Wahrheit entsprach, war der Preis von neununddreißig Euro, den man für die Recherche im Archiv zahlen musste. Nachdem Eric das über PayPal erledigt hatte, navigierte er ins Jahr 1991 und hatte wenig später den Artikel gefunden. Er war tatsächlich kurz und ungewöhnlich allgemein gehalten.

Elfjähriger tötet neunjährigen Jungen im Saarland

Es ist ein schreckliches Verbrechen, das am vergangenen Mittwoch im Saarland verübt worden ist, wie die Polizei erst jetzt bekanntgab. Dabei ist der neunjährige Dennis F. (Name von der Redaktion geändert) auf äußerst brutale Weise von dem erst elfjährigen Kai G. (Name von der Redaktion geändert) getötet worden. Der kindliche Täter ist in Gewahrsam und geständig. Nähere Angaben kann die Polizei zu diesem Zeitpunkt aus ermittlungstaktischen Gründen und aus Rücksicht auf das jugendliche Alter von Täter und Opfer nicht machen, wie der Pressesprecher der Polizei, Benno Klarius, erklärte.

Das war alles. Eric klickte auf die Suchmaske und tippte ein: *Neunjähriger ermordet*, was bis auf den Artikel, den er gerade gelesen hatte, kein Ergebnis brachte. Daraufhin versuchte er es mit verschiedenen anderen Begriffen und Konstellationen, was aber nichts am Resultat änderte. Also verließ er die Seite und probierte über Google die verschiedenen Wortkombinationen aus, mit und ohne Jahreszahl, doch auch hier fand er lediglich Berichte über andere Verbrechen an Kindern. Schließlich gab er auf.

Schaffrath hatte recht gehabt. Es gab nur diesen einen Artikel, was sehr seltsam war. Ein Fall wie dieser hätte normalerweise hohe Wellen in der Presse schlagen müssen, und das deutschlandweit, wenn nicht sogar international.

Eric verließ das Büro und goss sich im Wohnzimmer das Weinglas halb voll, bevor er sich setzte.

Dr. Schaffrath war ehrlich zu ihm gewesen, dessen war er nun sicher. Er nahm das Glas und trank es in einem Zug leer, als sei er kurz vor dem Verdursten. Dann schaltete er den Fernseher an und zappte durch die Programme. Er musste es irgendwie schaffen, sich zumindest für eine kurze Zeit abzulenken, um nicht völlig zu verzweifeln.

Eine Viertelstunde und zwei weitere halb volle Gläser Wein später, setzte die Wirkung des Alkohols ein, so dass Eric die Hoffnung hatte, schlafen zu können.

Er schaltete den Fernseher aus, ging aber noch nicht gleich ins Bett, sondern griff sich sein Smartphone und rief Dr. Schaffrath an. Er hatte dem Mann zumindest in Gedanken Unrecht getan, und es war ihm ein Bedürfnis, sich bei ihm dafür zu entschuldigen.

Es dauerte eine Weile, bis der Psychiater das Gespräch annahm.

»Ich bin's noch mal, Herr Doktor Schaffrath.« Lallte er? Vielleicht ein wenig.

»Herr Sanders, kann ich Ihnen doch noch helfen?«

»Ich möchte mich aufrichtig bei Ihnen entschuldigen.« Tatsächlich hörte Eric selbst, dass die Worte ein wenig unscharf klangen.

»Entschuldigen? Aber wofür denn?«

»Ich habe eben darüber nachgedacht, ob Sie vielleicht mit diesem Dreckskerl unter einer Decke stecken. Das tut mir aufrich… aufrichtig leid.«

»Das braucht Ihnen nicht leidzutun, Herr Sanders, in Anbetracht der Abfolge der Ereignisse ist der Gedanke aus Ihrer Sicht gar nicht so abwegig. Ich kann Ihnen aber versichern, dass ich Ihnen einfach nur helfen wollte und sonst absolut nichts weiß.«

»Das ist mir bewusst. Deshalb habe ich Sie angerufen. Entschuldigen Sie. Bitte.«

Eric gestand sich selbst ein, dass er mehr als nur angetrunken war. Das schien auch Dr. Schaffrath bemerkt zu haben. »Legen Sie sich ins Bett, Eric, und schlafen Sie eine Runde. Das können Sie brauchen, Sie machen gerade eine schwere Zeit durch.«

»Ja genau«, lallte Eric. »Gute Nacht.«

Nachdem er aufgelegt hatte, brauchte er eine Weile, bis er es geschafft hatte, die Weckfunktion des Smartphones zu aktivieren und die Weckzeit auf vier Uhr einzustellen, dann ging er ins Bett, wo sein angetrunkener Verstand ihm Bilder aus dem Leben seines Sohnes vorspielte. Irgendwann hatte er sich in den Schlaf geweint.

24

Er ist vom Feuer eingeschlossen. Es gibt keinen Ausweg. Die Möbel um ihn herum brennen bereits lichterloh, aus der undurchdringlichen Feuerwand vor ihm schlagen ihm fauchend Flammen entgegen. Sie lecken an seiner Kleidung, versuchen, sich daran festzubeißen und sie in Brand zu setzen. Er weicht ein Stück zurück, das Feuer folgt ihm, als würde es ein Eigenleben führen.

Er hat Angst, er möchte nicht sterben. Er ist doch noch ein Kind.

»Bitte, hilf mir«, hört er jemanden hinter sich. Er dreht sich um, schaut in die angstvoll aufgerissenen Augen eines Jungen, kleiner als er. Jünger. Vielleicht acht. Nein, neun. Der Junge ist neun Jahre alt, das weiß er, obwohl er ihn nicht kennt. Er fragt sich, wie der fremde Kleine in sein Elternhaus gekommen ist.

Der Junge hockt weinend auf dem Boden und reckt ihm die Hände entgegen. »Bitte, du musst mir helfen. Ich habe solche Angst.«

Panisch schaut Eric sich um, sucht nach einem Ausweg aus dieser Hölle, doch es gibt kein Entkommen. »Bitte, bitte, hilf mir doch«, jammert der Kleine wieder und zerrt an Erics Pullover. So panisch, dass Eric fast das Gleichgewicht verliert.

Eric schlägt die Hand weg, schreit den Jungen an. »Lass das!« Doch wieder greifen die kleinen Hände nach seiner Kleidung, zerren an ihm, drohen, ihn zu sich hinunter auf den Boden zu ziehen. »Du musst mir helfen, Eric. Ich bin's doch, Emil. Warum tust du denn nichts?«

Emil! Nun umklammert der Kleine Erics Beine mit beiden Armen so fest, dass Eric sich an der Wand abstützen muss, um nicht hinzufallen. An der brennenden Wand. Obwohl die Flammen über seine Hand züngeln, spürt er keine Schmerzen, aber er weiß, wenn er hinfällt, ist er verloren. Und der Junge – Emil – zieht weiter an ihm. Plötzlich wird Eric wütend. Er packt den Kleinen grob an den Armen und zerrt ihn auf die Beine. »Hilfst du mir jetzt?«, fragt der Junge, und Eric erkennt die aufkeimende Hoffnung in den großen Kinderaugen. Das macht ihn noch wütender. Er hat mit sich selbst genug zu tun.

Er schiebt den Kleinen an sich vorbei und auf die Flammen zu. »Nein!«, ruft Emil. »Bitte, was tust du denn?«

Nun ist die Feuerwand nur noch einen Meter vom Gesicht des Jungen entfernt. Er will sich aus Erics Griff winden, doch der hält ihn unerbittlich fest.

»Bitte, du tust mir weh!«, schluchzt Emil. »Bitte, bitte, lass mich los. Hilf mir doch.«

In einer aufbrandenden Woge aus Zorn stößt Eric den Kleinen in die Feuerwand. Die öffnet sich für einen Moment wie ein Maul, dann hat sie den Jungen verschluckt, der Emil heißt.

Ein erstickter Schrei ist das Letzte, was Eric von Emil hört.

Der Wecker riss Eric in die Realität zurück, und obwohl er sich benommen und todmüde fühlte, war er froh, dass dieser Albtraum geendet hatte. Er war anders gewesen als bisher. Zum ersten Mal sah er sich nicht allein der Feuersbrunst gegenüber. Aber wer war dieses Kind? Wer war *Emil*?

Eric gähnte, alles in ihm drängte danach, sich umzudrehen und wenigstens noch ein kleines bisschen liegen zu bleiben, doch er wusste, wenn er jetzt nachgab, würde er wieder einschlafen.

Unendlich langsam schob er die Beine unter der Decke heraus über die Bettkante und setzte sich auf. Mit beiden Händen rieb er sich über das Gesicht, um seine Lebensgeister in Schwung zu bringen.

Emil! Die Tatsache, dass der Junge ihm in dem Traum seinen Namen genannt hatte, fand Eric sehr merkwürdig. Etwas Ähnliches hatte er noch nie erlebt. Er nahm sich vor, später Dr. Schaffrath anzurufen und ihm von dem Traum zu erzählen. Eigentlich war ja Dr. Roberts sein Therapeut, aber nach der missglückten Aktion vom Vortag hatte Eric in ihn kein allzu großes Vertrauen mehr.

Während er ins Badezimmer schlurfte, wurden die Gedanken an den Traum verdrängt vom Bild seines Sohnes. Wie es Leon gerade gehen mochte? Und Paula? Eric hoffte, dass sich der Entführer wieder bei ihm melden würde. Dann konnte er sich von ihm versichern lassen, dass es den beiden gut ging, und *verlangen*, mit Paula zu reden.

»Verlangen«, murmelte er im Badezimmer seinem Spiegelbild zu. Aber was konnte er schon verlangen? Es gab nichts, mit dem er eine Forderung durchsetzen konnte.

Er sah fürchterlich aus. Dunkle Schatten unter den Augen ließen ihn zusammen mit der bleichen Gesichtshaut zehn Jahre älter aussehen, als er war. Selbst seine Haare schienen stumpf geworden zu sein.

Er blieb lange unter der Dusche stehen und stellte den Temperaturregler schließlich mit einem Ruck auf kalt. Als der eiskalte Schwall auf ihn traf, stieß er einen Schrei aus, fühlte sich aber gleich ein wenig besser.

Das Navigationssystem führte ihn über die A8, vorbei an Augsburg, Ulm und Stuttgart. Er hangelte sich von Baustelle zu Baustelle, kam aber recht gut durch, weil der Berufsverkehr noch nicht eingesetzt hatte. Das änderte sich kurz vor Pforzheim. Dort stand der Verkehr erst eine Weile, ehe es dann im Schritttempo an weiteren Straßenarbeiten vorbeiging.

Eric nutzte die Zeit, um mit seinem Smartphone die Adresse der Zeitung *Saar Extra* herauszusuchen. Er machte einen Screenshot.

Insgesamt verlor er eine halbe Stunde, bis er endlich an dem Punkt der Baustelle vorbeikam, an dem ein Auffahrunfall die rechte Spur blockierte, so dass der Verkehr sich über den ohnehin sehr engen linken Fahrstreifen daran vorbeizwängen musste.

Um halb zehn kam Eric in der saarländischen Landeshauptstadt an. Er fand einen Parkplatz in einem Parkhaus am Stadtgraben, ganz in der Nähe des Sankt-Johanner-Marktes.

Die Redaktion von *Saar Extra* befand sich in der Bahnhofstraße, die laut der Karten-App nur zweihundert Meter entfernt war.

Während Eric das Parkhaus verließ und sich auf den kurzen Weg machte, überlegte er, wie er die Sache angehen sollte. Er entschied sich für eine Halbwahrheit.

Minuten später stand er in der ersten Etage eines vierstöckigen Gebäudes einer jungen Frau gegenüber, die hinter einem halbrunden Tresen saß und ihn anlächelte. »Guten Morgen, was kann ich für Sie tun?«

»Mein Name ist Eric Sanders, könnte ich bitte einen leitenden Nachrichtenredakteur sprechen?«

»Worum geht es denn?«

»Um einen älteren Bericht in Ihrer Zeitung.«

Das Lächeln veränderte sich kein bisschen, was die Vermutung zuließ, dass es eine gut eingeübte Maske war. »Vielleicht kann ich Ihnen ja weiterhelfen, wenn Sie mir sagen, um welchen Artikel es geht und wie alt er ist?«

»Das ist recht persönlich, und ich würde das gern mit einem zuständigen Redakteur besprechen. Wenn möglich jemand, der schon lange hier beschäftigt ist. Es ist sehr wichtig.«

Das Lächeln verschwand mit einem Schulterzucken. »Heute ist Samstag, da wird hier nur in kleiner Besetzung gearbeitet. Ich sehe, was ich machen kann. Sie dürfen solange da vorn Platz nehmen.« Sie deutete auf eine graue Sitzgruppe in der Ecke.

Ich darf, dachte Eric. *Wie nett.*

Es vergingen etwa zwei, drei Minuten, in denen die junge Frau telefonierte, dann sah sie zu Eric hinüber und sagte: »Es kommt gleich jemand zu Ihnen.«

Dieser Jemand war ein großer, schlaksiger Mann mit einer grauen Wallemähne, der kurz darauf aus dem Aufzug neben dem Empfangstresen trat. Eric schätze ihn auf Mitte fünfzig. Er blieb vor Eric stehen und nickte ihm zu. »Guten Morgen. Mein Name ist Günther Baltus. Ich bin Chef des Nachrichtenressorts. Sie wollten mich sprechen?«

Eric stand auf und streckte dem Mann die Hand entgegen. »Eric Sanders. Ja, ich habe ein vielleicht etwas ungewöhnliches Anliegen, aber es ist sehr wichtig.«

Baltus zuckte mit den Schultern. »Worum geht's?«

Mit einem Blick stellte Eric fest, dass die junge Frau ihnen ihre volle Aufmerksamkeit widmete.

»Es ist sehr persönlich. Ich bin deswegen extra aus München hierhergekommen. Könnten wir vielleicht irgendwo anders hingehen?«

»Aus München? Warum haben Sie denn nicht einfach angerufen?«

Fahr nach Saarbrücken, hörte Eric wieder die Worte des Entführers.

»Weil mir ein persönliches Gespräch wichtig war.«

»Also, wenn Sie mir schon mal grob sagen könnten, worum genau es geht, dann weiß ich, ob ich Ihnen überhaupt weiterhelfen kann.«

Eric spürte Ärger in sich aufsteigen, riss sich aber zusammen. »Es geht darum, dass mein Sohn und meine Frau entführt worden sind und vielleicht sterben, wenn ich nicht etwas Bestimmtes in Erfahrung bringe«, sagte er leise und mit gepresster Stimme. »Und das betrifft einen Artikel, der im März 1991 ausschließlich in Ihrer Zeitung erschienen ist.«

Günther Baltus schien darüber nachzudenken, wie sein Gesichtsausdruck vermuten ließ, doch dann nickte er. »Also gut, kommen Sie.«

Sie fuhren eine Etage höher und gelangten dort über einen Flur, an dem zu beiden Seiten Türen in weitere Büros führten, bevor er in ein Großraumbüro mündete, in einen angrenzenden Besprechungsraum. Dort standen zehn

Stühle um einen länglichen Tisch herum, an den Kopfenden befand sich jeweils ein Monitor. In der Mitte des Tisches thronten die Lautsprecher einer Telefonanlage für Konferenzschaltungen, offenbar noch ein Relikt aus der Vor-Corona-Zeit, wo man Videokonferenzen via Internet noch nicht als massentaugliches Medium entdeckt hatte.

Zudem standen an drei Stellen des Tisches jeweils mehrere Flaschen Wasser und Säfte und einige Gläser. An den Plätzen lagen Blöcke und Stifte.

»Bitte, setzen Sie sich.« Baltus deutete in Richtung Tisch. »Wenn Sie etwas trinken möchten, dürfen Sie sich gern bedienen.«

Eric bedankte sich, nahm auf dem ersten Stuhl der Längsseite Platz und griff nach einem Apfelsaft. Er hatte seit dem frühen Morgen nichts mehr getrunken.

Nachdem Baltus sich ans Kopfende gesetzt hatte, schlug er die Beine übereinander und verschränkte die Hände im Schoß. »Also, Herr Sanders, worum genau geht es? Die Andeutung, die Sie gerade gemacht haben, klingt ja äußerst besorgniserregend.«

Eric trank einen Schluck, bevor er begann. »Es ist tatsächlich so, dass meine Frau und mein Sohn gestern entführt worden sind. Die Polizei in München arbeitet an dem Fall. Der Entführer hat mir eine Aufgabe gestellt, die ich bis morgen, fünfzehn Uhr, lösen muss. Er hat gedroht, meiner Familie andernfalls etwas anzutun. Es geht dabei um einen Artikel vom 3. März 1991. Der Mord an einem Neunjährigen, begangen von einem Elfjährigen.«

»Wo haben Sie den Artikel gefunden? Im Archiv?«

»Ja.«

»Hm … das wird schwierig. Ich glaube nicht, dass noch jemand hier ist, der damals schon für *Saar Extra* gearbeitet hat.«

»Und Sie können nichts darüber herausfinden?«

»Kaum. Aber ich kann Ihnen vielleicht trotzdem weiterhelfen. Mein Vorgänger in der Nachrichtenredaktion hat sich vor zwei Jahren zur Ruhe gesetzt. Ich weiß, dass er ewig dabei war. Ich glaube, er hat die Zeitung damals sogar mitbegründet.«

»Wissen Sie, wie ich ihn erreichen kann?«, hakte Eric nach.

»Ich habe seine Kontaktdaten, aber ich muss vorher nachfragen, ob ich sie Ihnen geben darf. Udo möchte in Ruhe gelassen werden, was ich ihm nicht verübeln kann. Warten Sie bitte einen Moment, ich bin gleich wieder da.«

Es dauerte nur ein paar Minuten, bis Baltus wieder zurückkam. Eric hatte die Zeit genutzt, um auf seinem Smartphone nachzusehen, ob es neue Mails von dem Entführer gab und ob sich auf Facebook etwas getan hatte, doch beides war nicht der Fall. Der Chefredakteur legte einen Zettel vor Eric auf den Tisch. »Das ist die Adresse. Er ist zu Hause. Als er hörte, was Ihnen passiert ist, sagte er, Sie können gleich zu ihm kommen.«

»Weiß er etwas über den Artikel?«

»Er konnte sich zumindest daran erinnern.«

Das schürte die leise Hoffnung in Eric, dass er bald mehr erfahren würde. Über den Mord damals, und vielleicht auch über sich selbst. Er nahm den Zettel und sah, dass Udo Christ in Saarlouis wohnte.

»Saarlouis? Wie weit ist das von hier?«

»Nicht sehr weit, etwa fünfundzwanzig Kilometer, fast nur Autobahn.«

Eric steckte den Zettel ein und stand auf. »Ich danke Ihnen für Ihre Hilfe.«

Baltus nickte und brachte Eric zum Aufzug, wo sie sich voneinander verabschiedeten.

Auf dem kurzen Weg nach unten kreisten Erics Gedanken wieder um einen Elfjährigen, der einen Neunjährigen umgebracht hatte. Und er dachte an Emil.

25

Udo Christ wohnte in einem anderthalbstöckigen Reihenhaus im Stadtteil Roden auf der rechten Saarseite. Mangels Parkplätzen stellte Eric seinen Wagen am Straßenrand direkt vor dem Haus ab und stieg aus. Der Mann, der Eric kurz darauf die Tür öffnete, war etwa Mitte sechzig, schlank mit einem kleinen Bauchansatz und trug eine Brille. Zwischen den grauen Haaren lugten hier und da noch ein paar dunkle Strähnen heraus.

»Sie müssen Herr Sanders sein«, begrüßte er Eric.

»Ja, danke, dass Sie sich die Zeit für mich nehmen.«

»Gern. Bitte, kommen Sie rein.«

Das Wohnzimmer, links von einem schmalen Flur, war in zwei kleine Bereiche eingeteilt, wovon der eine von einem Tisch mit vier Stühlen, der andere von einer Couch und einem Sessel dominiert wurde. Sie setzten sich an den Tisch.

»Günther hat mir erzählt, Ihre Frau und Ihr Sohn sind entführt worden?«

»Ja. Der Entführer sagte, ich muss bis morgen Nachmittag etwas herausfinden, wenn ich sie wiedersehen will.«

»Und das hat etwas mit dem Artikel von 91 über den Mord an einem neunjährigen Jungen zu tun.« Christ formulierte keine Frage, sondern eine Feststellung.

»Vielleicht, das weiß ich eben nicht.«

Christs Blick schien sich kurz in der Vergangenheit zu verirren, bevor er sich wieder auf Eric fokussierte.

»Es mag Ihnen seltsam vorkommen, aber ich erinnere mich auch nach über dreißig Jahren noch an den Artikel. Das war damals einer der ersten, die ich für *Saar Extra* geschrieben habe.«

Sofort wurde Eric hellhörig. »Sie haben ihn selbst geschrieben?«

»Ja, und ich weiß noch, dass das alles mysteriös war.«

»Erzählen Sie mir bitte davon«, bat Eric und versuchte, seine Aufregung zu verbergen.

Christ schüttelte den Kopf. »Ich bin Journalist. Bei uns funktioniert das andersherum. Erzählen *Sie* mir zuerst, worum es genau geht.«

Eric begriff, dass er mit diesem Mann offen reden musste, wenn er Hilfe von ihm erwartete. Also erzählte er ihm ohne Schnörkel, was geschehen war.

»Und er sagte, Sie hätten ein Kind ermordet?«, hakte der Journalist nach.

»Ja. Aber wie, wo und wann das war, müsse ich selbst herausfinden.«

Wie zuvor richtete sich Udo Christs Blick an Eric vorbei in die Ferne. Eric wartete geduldig.

»Ich habe ein recht gutes Gedächtnis für Ereignisse, aber ich kann mich beim besten Willen nicht an einen Brand mit zwei Toten erinnern. Und Sie sagten, das müsse in etwa zu der Zeit gewesen sein, als dieser Artikel über den Mord erschienen ist?«

»Ja. Aber bitte, können Sie mir mehr über diesen Kindermord erzählen?«

»Über die Umstände und die vergeblichen Versuche, meinen Job als Journalist zu machen, ja. Über die Tat an sich nicht.«

»Was heißt das?«

»Das heißt, dass wir die Meldung offensichtlich aus Versehen bekommen hatten. Keine andere Zeitung hat damals darüber berichtet, obwohl man angesichts des Dramas, das sich abgespielt haben muss, das absolute Gegenteil erwarten würde. Ich weiß gar nicht, wie viele Kolleginnen und Kollegen bei mir angerufen haben, weil sie mehr darüber erfahren wollten.

Letztendlich kam von der Polizei ein Dementi und der Hinweis, man hätte uns eine Falschmeldung geschickt.«

»Und? Haben Sie das geglaubt?«

»Nein. Die Sache hat mir keine Ruhe gelassen. Warum sollte die Pressestelle der Polizei eine Falschmeldung an eine Zeitung schicken? Ich vermutete eher, wie gesagt, ein Versehen. Und dass man versuchte, den Fall aus der Öffentlichkeit rauszuhalten.«

»Moment, Sie meinen, die Polizei hätte versucht, einen Mord zu vertuschen?«

Christ schüttelte den Kopf. »Das hätte die Polizei nicht allein entscheiden können. Wenn man so etwas vor der Öffentlichkeit geheim halten wollte, dann müssten Polizei und Staatsanwaltschaft zusammenarbeiten, und selbst dann wäre es zweifelhaft, ob nicht doch etwas durchsickert. Davon mal ganz abgesehen, dass sich die staatlichen Institutionen mit so einer Aktion gelinde gesagt in einer sehr dunklen Grauzone bewegt hätten.«

»Haben Sie damals etwas herausgefunden?«

»Nun, dass in der angeblich falschen Mitteilung, die wir von der Polizei bekommen haben, weder ein Datum noch ein Tatort gestanden hatten, machte es natürlich sehr schwierig. Ich begann, meine Kontakte im ganzen Saarland zu aktivieren, und bat alle, sich in ihren Regionen umzuhören, ob es irgendwelche seltsamen Vorfälle gegeben hatte. Außerdem habe ich versucht, meine Kontakte bei der Polizei anzuzapfen.«

»Und? Was kam dabei heraus?«

Bevor Christ antworten konnte, klingelte Erics Telefon, was sofort seinen Puls in die Höhe schnellen ließ. Es war aber nicht der Entführer, sondern Hauptkommissar Lochmeier. Der hielt sich nicht mit langen Vorreden auf, als Eric das Gespräch annahm, sondern sagte direkt: »Wir haben ihn!«

26

»Was?«, fuhr Eric überrascht auf. »Was ist mit meinem Sohn und meiner Frau? Sind sie frei?«

»Nein.«

»Aber warum nicht? Wenn Sie ihn doch haben?«

»Es ist … kompliziert. Wo sind Sie? Können Sie zum Präsidium kommen?«

»O Gott! Ist den beiden etwas passiert? Hat er ihnen etwas angetan?«

»Nein. Also, wir wissen es nicht.«

Eric versuchte zu verstehen, doch es gelang ihm nicht. »Aber was, zum Teufel, hat das zu bedeuten? Nun reden Sie doch endlich.«

»Herr Sanders, es ist am besten, wenn Sie wirklich hierherkommen.«

»Ich kann nicht kommen, ich bin nicht zu Hause.«

»Wo sind Sie?«

»Ich bin im Saarland, weil ich versuche, dort etwas herauszufinden.«

»Im Saarland? Was …«

»Herr Lochmeier, wenn Sie mir jetzt nicht augenblicklich sagen, was da los ist und wo meine Frau und mein Sohn sind, dann flippe ich aus.«

Am anderen Ende war deutliches Schnauben zu hören,

dann sagte der Ermittler: »Also gut. Über Ihren Ausflug unterhalten wir uns noch. Wir haben das Phantombild veröffentlicht. Daraufhin ist er identifiziert worden. Er hat sich widerstandslos von uns in seiner Wohnung festnehmen lassen und gibt zu, sich ein paarmal so postiert zu haben, dass Sie ihm begegnen mussten. Er heißt Dietmar Grünwald und ist Schauspieler. Er arbeitet am Münchner Volkstheater, hat dort aber nur kleinere Rollen.«

»Da war ich auch schon. Bevor ich zum …«

»Ich weiß, das hat er uns erzählt. Er sagt, am Montag habe ihn jemand kontaktiert und ihm tausend Euro geboten, wenn er ein wenig schauspielert. Alles, was er tun sollte, war zu bestimmten Zeiten an bestimmten Stellen auf Sie zu warten und Sie anzustarren. Und wegzulaufen, wenn Sie auf ihn zukämen. Und zweimal sollte er einen Zettel dalassen, den er vorher ausdrucken sollte. Einmal das mit der erfundenen Person und einmal den Text mit dem zusätzlichen Ansporn. Das war vor Ihrem Haus, als Ihre Frau und Ihr Sohn entführt wurden. Die Inhalte kennen Sie ja. Er behauptet, der Mann, der ihn kontaktierte, habe gesagt, es ginge darum, Ihnen einen bösen Streich zu spielen, damit Sie nicht abheben, weil Sie im *Tatort* mitgespielt haben. Und er sagte, dass er gern mitgemacht hat, weil er fand, dass Sie den Erfolg nicht verdienen.«

»Aber … diese Geschichte glauben Sie doch nicht wirklich, oder? Ich meine, zwei Menschen sind entführt worden, und er hat den Zettel hinterlassen, auf dem steht, wenn ich tue, was er sagt, geschieht ihnen nichts.«

»Er ist noch bei uns in Gewahrsam, aber seine Geschichte kommt uns recht glaubwürdig vor. Er hat uns die

Mails gezeigt, die er von dem Unbekannten bekommen hat, und den Umschlag mit den tausend Euro, der in seinem Briefkasten steckte.«

»Aber das heißt doch gar nichts. Das kann er alles selbst …«

»Zudem wäre es doch ziemlich dumm von ihm, sich Ihnen so offen zu zeigen, wenn er wirklich der Entführer wäre. Finden Sie nicht auch?«

»Vielleicht wollte er, dass Sie genau das denken? Ich …« Ein Anrufer klopfte an, und noch ehe Eric sah, dass die Nummer unterdrückt war, ahnte er, wer es war. »Ich bekomme einen Anruf, Moment.«

»Eric!«, sagte die Stimme. »Du bist also ganz nahe.«

»Was? Was soll das heißen? Was ist mit Paula und Leon?«

»Weißt du, was du getan hast?«

»Verdammt! Was ist das für ein Mist mit diesem Schauspieler?«, fuhr Eric ihn an.

»Mein Helfer ist also gefunden worden. Er weiß nichts. Er kann dich einfach nur nicht ausstehen. Ich musste ihm nicht einmal sagen, was du getan hast. Weißt du es denn mittlerweile?«

»Hat es etwas mit dem Mord an einem Neunjährigen zu tun?«

»Du kommst voran.«

»Und Sie wollen mir einreden, ich wäre das gewesen?«

»Das solltest du besser schnell rausfinden. Morgen um fünfzehn Uhr. Alle Einzelheiten. Tick, tack, tick, tack, tick, tack.« Dann war das Gespräch beendet.

Eric wechselte zu Lochmeier zurück, doch der hatte inzwischen aufgelegt.

»Einen Moment noch, bitte«, sagte er zu Udo Christ, der ihn beobachtete und nickte. »Kein Problem.«

Eric wählte Lochmeiers Nummer. Als der Polizist abhob, sagte er: »Ist dieser Schauspieler noch bei Ihnen?«

»Ja.«

»Dann haben Sie wohl recht. Der Kerl hat mich gerade angerufen. Also kann es Grünwald nicht sein. Aber vielleicht weiß er ja doch mehr über den Typen.«

»Wir verhören ihn noch. Was tun Sie im Saarland?«

»Der Entführer hat mich gestern angerufen und gesagt, ich soll ins Saarland fahren. Nach Saarbrücken. Offenbar hat hier irgendwo damals das Unglück stattgefunden, bei dem ich meine Eltern verloren habe.«

»Und warum sagen Sie uns nichts davon?«

»Weil er gedroht hat, meiner Familie etwas anzutun, wenn ich Sie informiere.« Eric entschloss sich, etwas anderes zu versuchen. »Ich habe eine Bitte. Ich schicke Ihnen gleich einen Artikel aus dem Jahr 91. Das ist sehr mysteriös. Angeblich ist die Meldung falsch und aus Versehen von der Polizei an eine Saarländische Zeitung übermittelt worden. Könnten Sie versuchen herauszufinden, was es damit auf sich hat? Irgendetwas scheint dieser Artikel mit der ganzen Sache zu tun zu haben.«

»Herr Sanders! Warum, zum Teufel …« Schnaufen. »Schicken Sie ihn mir. Ich sehe zu, was ich tun kann.«

»Danke.«

Eric legte auf und sagte zu Christ: »Es tut mir sehr leid, nur noch zwei Minuten.«

»Nein, nein, schon gut, machen Sie nur. Es geht immerhin um Ihren Sohn und Ihre Frau.«

Eric meldete sich im Archiv von *Saar Extra* an, navigierte zu dem Artikel und kopierte den Text in eine WhatsApp-Nachricht, die er gleich darauf an Lochmeier sandte.

»So, jetzt. Sie haben ja mitbekommen, dass sich gerade einiges tut.«

»War das eben die Polizei?«

»Ja. Sie haben einen Helfer des Entführers gefasst, wissen aber immer noch nicht, wo meine Frau und mein Sohn sind. Aber wo waren wir gerade stehen geblieben? Sie haben damals versucht, etwas über diesen Artikel herauszufinden. Auch bei der Polizei.«

»Ja, richtig. Das war fast noch seltsamer als der Artikel selbst. Jeder meiner Kontakte bei der Polizei, den ich ansprach, beteuerte, nichts über diesen angeblichen Mordfall zu wissen, und ich glaube, bei den allermeisten stimmte das sogar. Aber es waren zwei, drei darunter, die sich merkwürdig verhielten, so dass ich das deutliche Gefühl hatte, dass bei der Sache etwas ganz und gar nicht stimmte.«

»Und was war mit Ihren anderen Kontakten?«

Christ nickte. »Dazu komme ich jetzt. Ein Studienkollege von mir, der bei der *Saarbrücker Zeitung* arbeitete, hat sich zurückgemeldet und mir erzählt, dass kurz zuvor in der Redaktion ein Anruf eingegangen sei von jemandem, der behauptet hat, es müsse etwas Schlimmes in ihrer Straße passiert sein, das die Polizei vertuschen wolle. Er sagte, er wäre nachts aufgewacht und hätte Einsatzfahrzeuge der Polizei in der Nachbarschaft gesehen, dann seien ein Krankenwagen und später ein Leichenwagen dazugekommen. Und noch später habe man eine Blechkiste aus dem Haus getragen und in den Leichenwagen geschoben. Er habe sich Sorgen gemacht und bei der Polizei angerufen, aber dort habe man gesagt, es sei ein falscher Alarm gewesen. Der Mann hat das nicht geglaubt, denn was sollte ein Leichenwagen bei einem falschen Alarm? Also hat er versucht, mit der Familie zu reden, die in dem Haus wohnte, aber er hat dort niemanden mehr angetroffen. Mit unbekanntem Ziel verzogen. Da habe er eine Verschwörung gewittert und in der Redaktion der *Saarbrücker Zeitung* angerufen.«

»Und wie ging es weiter?«, fragte Eric nervös. Das klang doch zumindest nach einer Spur.

»Mein Kollege wollte der Sache nachgehen, wurde aber gestoppt. Der Chefredakteur sagte ihm, nach Rücksprache mit der Polizei habe sich das alles aufgeklärt und in ihrer Zeitung sei kein Platz für Verschwörungstheorien.«

»Wie hieß der Mann, der damals angerufen hat?«

»Das weiß ich nicht mehr, aber ich bin sicher, er lebt nicht mehr. Er war schon um die siebzig. Ich habe ihn besucht und habe mit ihm gesprochen.«

»Und was ist mit dem Namen der Familie, die so plötzlich verschwunden war? Und der Adresse?«

»Das war hier in Saarlouis. Ich bin sicher, die Adresse und die Namen noch in meinen alten Aufzeichnungen zu haben.«

»Wäre es sehr aufwendig für Sie, mir das herauszusuchen? Es wäre wirklich wichtig für mich.«

Christ schüttelte den Kopf. »Das ist überhaupt nicht aufwendig. Ich habe meine Notizen schon immer nach Jahren geordnet und bewahre sie alle in einem Schrank nebenan auf. Das ist so eine Berufskrankheit. Informationen hebt man auf, man weiß nie, wann man sie vielleicht noch mal braucht. Wie wir ja jetzt gerade wieder sehen.«

Christ stand auf und sagte: »Warten Sie einen Moment, ich bin gleich wieder da.«

Als er eine Minute später zurückkam, hielt er ein in braunes Leder eingebundenes Notizbuch in den Händen und legte es vor sich auf den Tisch. Auf dem Deckel stand in schwarzer Schrift: *1991*

»So, dann schauen wir mal.« Es dauerte nicht lange, dann hatte er die richtige Seite aufgeschlagen und strich mit dem Zeigefinger über das Papier.

»So, hier steht es. Er erzählte mir, die Familie, die plötzlich unbekannt verzogen war, hieß mit Nachnamen Kern.

Sie hatten zwei Kinder. Zwei Jungen. Der ältere war vierzehn.«

»Und der jüngere?«, fragte Eric, als Christ ihm eine zu lange Pause machte. Der ehemalige Journalist blickte von seinen Notizen auf und sah Eric mit einem seltsamen Blick an.

»Der war neun.«

27

Bis zur ehemaligen Adresse der Familie Kern brauchte Eric von Udo Christs Haus aus nur knappe zehn Minuten, in denen er vergeblich versuchte, sich nicht unablässig auszumalen, welch unvorstellbare Angst Leon gerade haben musste. Er widerstand dem Bedürfnis, erneut bei Lochmeier anzurufen und nachzufragen, ob man schon etwas Neues von diesem Schauspieler erfahren hatte, der offensichtlich aus purem Neid bereitwillig dabei geholfen hatte, Leon und Paula zu entführen. Wenn es Neuigkeiten gab, würde der Polizist sich bei ihm melden.

Die Reihenhäuser der Straße waren größtenteils schon älteren Baujahres und anderthalbstöckig, die meisten davon sehr schmal. Einige der Fassaden hätten dringend einen neuen Anstrich gebraucht.

Eric hielt vor dem Haus Nummer sechzehn an und betrachtete das Gebäude durch die Scheibe der Beifahrerseite.

Das Haus stach angenehm aus den anderen heraus. Die weiße Front sah frisch gestrichen aus, der kleine Vorplatz, der gerade noch als Stellplatz für ein Auto reichen würde, war gepflegt, auf den Simsen der beiden Fenster des Erdgeschosses standen Kästen mit bunten Blumen darin. Eine Treppe mit zwei Stufen führte zu der hölzernen Haustür, die allerdings deutlich älter und ziemlich ramponiert war und nicht so recht zum Rest des Hauses passen wollte. Erics Blick glitt gerade über die beiden rechteckigen Milchglaseinsätze im oberen Bereich der Tür, als plötzlich ein heller Blitz durch seinen Verstand raste, der das Bild vor ihm erst verschwimmen ließ und dann durch ein anderes ersetzte. Eric sah dasselbe Haus, aber die Front war nun schmutzig grau, die Blumenkästen waren verschwunden, und zwischen den Pflastersteinen des Vorplatzes wuchs Unkraut. Die Holztür war geöffnet, auf der obersten Treppenstufe stand ein Junge in kurzer Hose, blauem T-Shirt und Sandalen und winkte ihm zu. Allerdings konnte er das Gesicht des Kindes nicht erkennen, und noch bevor er sich darauf konzentrieren konnte, war es vorbei.

Eric rieb sich die Augen und betrachtete das Haus erneut, aber es blieb bei dem Bild mit der weißen Hauswand.

Hatte er gerade so etwas wie ein Déjà-vu-Erlebnis gehabt? Hatte ihm sein Verstand ein Bild aus seiner Vergangenheit gezeigt?

Verstört stieg er aus und ging zur Haustür. Der Name auf dem Klingelschild lautete Peters. Nur kurz zögerte er, dann drückte Eric auf den Klingelknopf.

Die Frau, die ihm öffnete, mochte Mitte fünfzig sein. Sie war schlank und trug eine Jeans, ein weißes Shirt und helle Sneakers. Die blonde Kurzhaarfrisur verlieh ihr ein fast knabenhaftes Aussehen. Sie sah ihn fragend an und sagte: »Ja, bitte?«

Eric versuchte ein Lächeln. »Entschuldigen Sie bitte, wenn ich störe, aber ich habe ein vielleicht etwas außergewöhnliches Anliegen. Ich glaube, ich kenne Ihr Haus von früher. Ich … ich habe durch ein Unglück die Erinnerung an meine Kindheit verloren und versuche gerade, sie wieder zurückzubekommen. Dürfte ich Ihr Haus bitte einmal von innen sehen? Sie würden mir damit sehr helfen.«

»Das ist … wirklich eine außergewöhnliche Bitte.« Sie strich sich mit den Händen unsicher über die Oberschenkel. »Ich kenne Sie ja gar nicht …« Dann schien sie einen Entschluss zu fassen. »Warten Sie bitte einen Moment, ich hole meinen Mann dazu, okay?«

Eric nickte. »Ja, sicher, das verstehe ich sehr gut. Ich danke Ihnen.«

Der Mann, mit dem sie gleich darauf zurückkam und bei dem es sich wohl um Herrn Peters handelte, sah Eric freundlich an. »Hallo. Meine Frau sagte, Sie kennen unser Haus von früher? Wann war das?«

»Vor 1991. Ein Freund hat damals hier gewohnt. Das war die Familie Kern.«

Peters nickte. »Ja, das kann sein, wir haben sie nicht kennengelernt. Wir haben das Haus vor sieben Jahren von einer anderen Familie gekauft, aber ich weiß aus den Unterlagen, dass früher eine Familie Kern hier gewohnt hat.« Er wandte sich zu seiner Frau um, die schräg hinter ihm stand. »Ich denke, wir sollten Herrn …« Sein Blick wanderte wieder zu Eric zurück.

»Sanders«, sagte er schnell. »Eric Sanders.«

»Also, Herr Sanders. Ich denke, das geht in Ordnung. Kommen Sie rein.«

Ein Flur endete an einer Tür, kurz davor ließ eine geöffnete Tür auf der rechten Seite den Blick in einen Raum mit einem Schrank und einer Garderobe zu.

Vom Flur ging es direkt in ein schlauchartiges Wohnzimmer, dessen gegenüberliegende Wand zum größten Teil von einem großen, bis zum Boden reichenden Fenster eingenommen wurde, vor dem ein Tisch mit mehreren Stühlen stand.

Auf der linken Seite gegenüber dem Tisch geht es eine Stufe hoch in die Küche, war sich Eric sicher, ohne es von seinem Standort aus sehen zu können.

»Bitte, gehen Sie ruhig rein«, sagte Peters. »Sie haben Glück, meine Frau hat gerade aufgeräumt.« Sein Gesicht verzog sich zu einem breiten Grinsen, das Eric erwiderte, obwohl ihm ganz und gar nicht danach zumute war.

Nach ein paar Schritten konnte er die Stufe sehen, die zur Küche führte.

»Und? Können Sie sich an etwas erinnern?«

»Ja, ich glaube, an die Küche. Ich wusste, dass es dort eine Stufe gibt«, erwiderte Eric, ein flaues Gefühl im Bauch.

»Na, das ist doch gut«, sagte Peters.

Eric sah das völlig anders, stimmte aber trotzdem zu. »Ja.«

Nachdem er am Kücheneingang angekommen war und einen Blick in den Raum geworfen hatte, wandte er sich um und sah am Esstisch vorbei auf eine Tür, die in einen Vorsprung eingelassen war. Die Treppe gleich hinter dieser Tür war sehr steil und bog im oberen Bereich ab. Eric wusste das und erschrak darüber. Das konnte kein Zufall mehr sein.

Peters schien seinen Blick zu bemerken und sagte: »Dahinter führt die Treppe nach oben. Dort ist unser Schlafzimmer, ein Ankleidezimmer, ein Bad und ein Raum, der früher wohl mal als Kinderzimmer genutzt wurde.« Peters sah seine Frau an. »Also, in unser Schlafzimmer lassen wir keinen Fremden, aber …«

»Kann ich bitte nur das Kinderzimmer sehen?«, bat Eric schnell. Peters wechselte erneut einen Blick mit seiner Frau, dann nickte er. »Ja, das können Sie. Also wie gesagt, jetzt ist es kein Kinderzimmer mehr. Wir nutzen es als Abstellkammer für Koffer und solche Sachen, die man nicht jeden Tag braucht. Kommen Sie!«

Peters ging voraus, öffnete die Tür und wartete, bis Eric aufgeschlossen hatte. »Wo wohnen Sie jetzt? Nicht mehr hier, oder? Sonst wären Sie ja wahrscheinlich schon früher zu uns gekommen.«

»Nein, ich wohne in München.«

Die Treppe war wirklich recht steil, die Stufen waren mit grauem Teppichboden belegt. Eric folgte Peters nach oben.

»Und warum kommen Sie ausgerechnet jetzt hierher?«

»Horst«, sagte seine Frau von unten, »nun stell mal nicht so viele Fragen.«

Peters war oben angekommen und sah an Eric vorbei nach unten. »Was denn? Wenn ich einen wildfremden Mann durch unser Haus führe, darf ich doch wohl ein paar Fragen stellen, oder, Herr Sanders?«

»Ja, natürlich«, versicherte Eric. Er stand nun mit Peters zusammen in einem rechteckigen Flur von etwa vier Quadratmetern, von dem drei Türen und die Treppe abgingen.

»Ich hatte mich schon damit abgefunden, dass die Erinnerung an meine Kindheit verloren ist, da hatte ich plötzlich ein Bild von diesem Haus vor mir, und ich sah auch den Straßennamen. Ich dachte, das muss etwas zu bedeuten haben, und versuchte es einfach. Danke noch mal, dass Sie mich reingelassen haben.«

Eric wusste nicht, ob diese Geschichte halbwegs glaubhaft klang, aber Peters schien sich damit zufriedenzugeben.

»Hier ist das Zimmer«, erklärte er und öffnete die Tür direkt vor sich. »Wie gesagt, der Raum ist unsere Abstellkammer.« Peters trat zur Seite und gab den Eingang frei.

Das Zimmer maß etwa drei mal vier Meter, auf der rechten Seite war in Kopfhöhe ein schmales, breites Fenster. Unter der Fensterbank, etwa in Schulterhöhe, begann eine cirka zwei Meter lange und ebenso tiefe Nische gleich unter der Dachschräge, in der mehrere Pappkartons standen.

Eric starrte auf diese Nische, als ihm so schwindlig wurde, dass er sich an der Fensterbank abstützen musste. Wie zuvor schon vor dem Haus, verschwamm das Bild vor seinen Augen, um kurz darauf in anderer Gestalt wieder da zu sein. Die Nische war nun mit einem Tuch abgehängt, und Eric stand auch nicht mehr davor, sondern saß darin wie in einer Höhle, und er war nicht allein. Der Junge, der neben ihm auf dem Boden hockte, schob ein kleines Blechauto über eine gewundene Straße, die auf ein großes Stück Pappe gemalt war, und imitierte Motorengeräusche und quietschende Reifen. Er lachte vergnügt und sagte etwas, das Eric nicht hören konnte. Es war nicht dunkel in der selbstgebauten Höhle unter der Dachschräge. Eine runde Lampe an der Seitenwand war eingeschaltet, die ein altmodisches Unterteil aus dunklem Holzimitat hatte und einen Schirm aus kleinen, quadratischen Glasstückchen.

Und dennoch sah Eric nicht die Gesichtszüge des kleinen Jungen. Wieder sagte dieser etwas, direkt an ihn gewandt, und dann noch mal. Eric verstand ihn nicht, konzentrierte sich auf die Stimme. »Herr Sanders? Ist alles okay?« Eric fuhr zusammen und blickte in Peters' Gesicht. Der Mann stand direkt neben ihm und hatte ihm eine Hand auf die Schulter gelegt. »Sind Sie in Ordnung?«, fragte er besorgt.

»Ja, ich … entschuldigen Sie, ich hatte gerade so etwas wie … Ich weiß nicht, was es war. Vielleicht eine Erinnerung.«

»Eine Erinnerung?«

»Ja, ich saß in dieser Nische und habe gespielt.« Eric schaute sich die Dachschräge genauer an, konnte aber die rechte Seite nicht sehen, weil dort mehrere Kisten aufeinandergestapelt waren. »Gibt es da drin eine Beleuchtung?«

»Ja, da an der Seite, wo die Kisten stehen, gibt es eine Lampe. Wir haben sie nie benutzt, deshalb stehen die Kisten davor. Warten Sie.«

Peters bückte sich, griff nach den oberen zwei Kisten, hob sie hoch und stellte sie auf dem Boden ab. Eine Lampe war zum Vorschein gekommen. Sie war rund, hatte ein altmodisches Unterteil aus dunklem Holzimitat und einen Schirm aus kleinen, quadratischen Glasstückchen.

28

Als Eric sich kurze Zeit später von den beiden verabschiedete und in sein Auto einstieg, war er verwirrt.

Wie konnte es sein, dass er Einzelheiten in diesem Haus kannte, ohne vorher dagewesen zu sein? Die einzig richtige Antwort lautete: So etwas war unmöglich.

Blieb also nur eine logische Schlussfolgerung: Er war in dem Teil seiner Kindheit, den er vergessen hatte, tatsächlich in diesem Haus gewesen. Als dort eine Familie namens Kern wohnte, die in der Zeit plötzlich verschwand, in der er seine Eltern bei einem verheerenden Hausbrand verloren hatte. Das allein war schon verwirrend genug. Noch komplizierter war allerdings die Frage, warum der Entführer von Leon und Paula Eric dazu zwang, sich mit den Jahren seines Lebens auseinanderzusetzen, an die er keine Erinnerung hatte. Und wie dieser Kerl von Ereignissen aus Erics Leben wissen konnte, die er selbst nicht kannte.

Und noch eine andere Erkenntnis drängte sich auf. Wenn er als Kind in diesem Haus zum Spielen gewesen war, musste er dann nicht auch irgendwo in der Nähe gewohnt haben? Also hatte auch der Brand in der Nähe stattgefunden, bei dem seine Eltern gestorben waren. Warum war es dann nicht möglich, irgendwo etwas über dieses verheerende Feuer zu finden?

Eric wurde bewusst, dass Peters noch immer in der geöffneten Tür stand und ihn anschaute. Offensichtlich wartete er darauf, dass Eric losfuhr. Also startete er den Motor und machte sich auf den Weg. Wohin, wusste er noch nicht. Einer Eingebung folgend, nahm er sein Smartphone zur Hand und wählte Dr. Schaffraths Nummer. Er vertraute dem Psychiater und hatte das Bedürfnis, ihm von den neuesten Entwicklungen zu berichten.

»Herr Sanders!«, meldete sich Schaffrath. »Wo sind Sie, und was gibt es Neues?«

Eric erzählte Schaffrath von seinen bisherigen Gesprächen im Saarland und schloss mit der Frage, ob er eine Erklärung dafür hatte, dass Eric im ehemaligen Haus der Familie Kern Dinge erkannte, die er eigentlich nicht kennen konnte.

»Dafür gibt es aus meiner Sicht zwei mögliche Erklärungen. Entweder sind es tatsächlich Bruchstücke aus Ihrer verschütteten Erinnerung, oder aber es sind Dinge, die Sie irgendwann auf einem Foto oder in einem Video gesehen haben, wovon Sie aber nichts mehr wissen. In diesem Fall könnte Ihr Gehirn Ihnen vorgaukeln, tatsächlich schon einmal dort gewesen zu sein. So oder so müssen Sie auf irgendeine Art Berührungspunkte mit diesem Haus gehabt haben. Tatsächlich oder virtuell.«

»Wenn ich nur wüsste, wo. Und wann.«

»Sie müssen versuchen, diese Familie zu finden. Und wenn Ihnen das nicht gelingt, versuchen Sie, wenigstens irgendwo ein Foto der Familie Kern aufzutreiben.«

»Wie soll ich das denn anstellen?«

»Lassen Sie sich was einfallen. Falls Sie wirklich schon

einmal in diesem Haus waren, halte ich es für möglich, dass der Anblick dieser Menschen eine weitere Barriere in Ihrem Gedächtnis löst. Wenn Sie die Gelegenheit hätten, mit Ihnen zu reden, bin ich fast sicher, dass das Ihre Erinnerung wieder abrufbar machen würde.«

»Ich habe keinen Schimmer, wie ich das anstellen soll. Ich kenne mich hier doch überhaupt nicht aus.«

»Aber dieser Journalist im Ruhestand kennt sich aus. Zudem weiß er mit Sicherheit, wie man am besten an Informationen kommt. Bitten Sie ihn, Ihnen zu helfen.«

Eric wollte abwehren und Schaffrath sagen, dass er nicht einfach so einen wildfremden Mann bitten konnte, mit ihm etwas über einen mysteriösen Teil seiner Vergangenheit herauszufinden, doch dann sah er das Gesicht seines Sohnes vor sich und stellte sich vor, was vielleicht geschehen würde, wenn er die Forderung des Entführers nicht erfüllte.

»Ich werde es versuchen. Vielleicht habe ich ja Glück, und er hilft mir tatsächlich.«

»Das halte ich für sehr wahrscheinlich. Wenn dieser Mann sein ganzes Leben lang recherchiert hat, wird er vielleicht froh sein, wie früher einem Geheimnis auf den Grund gehen zu können.«

»Danke, ich fahre gleich wieder zu ihm.«

»Tun Sie das. Ich werde in der Zeit mal alle Fakten durchdenken, die ich zu der Sache kenne.«

»Ich bin Ihnen sehr dankbar für Ihre Hilfe, Dr. Schaffrath.«

»Herr Sanders, dieser Fall ist nicht nur mit Abstand das Mysteriöseste, was ich bisher erlebt habe, sondern es hängt auch das Leben zweier Menschen davon ab. Von drei Menschen, Sie mitgerechnet. Da ist es für mich selbstverständlich, dass ich alles tue, um Ihnen zu helfen. Ich melde mich wieder bei Ihnen.«

»Danke!«

Udo Christ war kaum überrascht, als Eric wieder vor seiner Tür stand. »Kann ich noch mal mit Ihnen sprechen? Ich habe eine große Bitte an Sie.«

Auf dem Gesicht des Journalisten war keine Regung zu erkennen, als er sagte: »Ich habe mir schon gedacht, dass ich Sie bald wiedersehe. Kommen Sie rein.«

Als sie erneut am Tisch saßen, erzählte Eric von seinem Erlebnis im Haus der Familie Peters.

»Das klingt ganz danach, als wären Sie tatsächlich schon einmal dort gewesen.«

»Aber wenn ich wirklich dort zum Spielen war, muss ich auch im Umkreis gewohnt haben. Also muss es auch in der Nähe ein Feuer gegeben haben. Ich muss versuchen, in allen möglichen Archiven von saarländischen Zeitungen nach Berichten darüber zu suchen. Und bei *Saar Extra* fange ich an, da habe ich ja jetzt einen Zugang.«

»Das habe ich bereits getan«, erklärte Christ. »Es gibt nichts.«

»Sie haben schon nachgeschaut?«

Christ hob beide Hände. »Was wäre ich für ein lausiger Journalist, wenn mich eine solche Story kaltlassen würde?«

»Und Sie haben nichts gefunden?«

»Nein, nicht bei uns und nicht bei der *Saarbrücker Zeitung*. Und dort müsste auf jeden Fall etwas darüber zu finden sein.«

»Aber wie ist das möglich? Kann es sein, dass das vielleicht genauso vertuscht wurde wie der Polizeieinsatz bei der Familie Kern?«

Christ schüttelte den Kopf. »Nein, das ist unmöglich. So ein Polizeieinsatz mitten in der Nacht lässt sich vielleicht als Fehlalarm darstellen, aber einen Hausbrand dieses Ausmaßes, bei dem zwei Menschen umgekommen sind, kann man nicht vertuschen, denn das haben viel zu viele Menschen mitbekommen.«

Eric versuchte krampfhaft, eine logische Erklärung zu finden. »Ich bin völlig durcheinander und verstehe überhaupt nichts mehr.«

Beim Klingeln seines Smartphones zuckte er zusammen.

Es war wieder Dr. Schaffrath.

»Herr Sanders, sind Sie bei dem Journalisten?«

»Ja.«

»Wird er Ihnen helfen?«

Eric sah zu Udo Christ hinüber. »Ja, Herr Christ hilft mir.«

»Vertrauen Sie ihm?«

»Ähm … ja, schon.«

»Gut, dann stellen Sie auf Lautsprecher.«

Eric tat, was Schaffrath wollte, und legte das Smartphone zwischen den Journalisten und sich auf den Tisch. »Das ist Dr. Schaffrath, der Psychiater, von dem ich Ihnen erzählt habe. Er wollte, dass ich auf Lautsprecher stelle.«

»Hallo, Herr Christ«, sagte Schaffrath. »Schön, dass Sie Herrn Sanders helfen. Ich gehe davon aus, er hat Ihnen alles Wissenswerte zu dieser verzwickten Sache erzählt?«

»Guten Tag, Herr Dr. Schaffrath. Freut mich, Sie kennenzulernen. Ja, das hat er getan.«

»Gut. Ich habe das alles noch mal durchdacht und würde gern meine Gedanken dazu mit Ihnen beiden teilen. Sind Sie bereit?«

»Ja«, antworteten beide fast synchron.

»Also gut. Betrachten wir doch mal die Gesamtsituation. Sie, Eric, haben keine Erinnerung an Ihre Kindheit bis zu Ihrem zwölften Lebensjahr. Man hat Ihnen gesagt, dass Ihre Eltern bei einem Hausbrand ums Leben gekommen sind. Mir als dem ersten Psychiater, zu dem Sie in München gehen, gibt man einen Brief von einem nicht existierenden Saarbrücker Kollegen, in dem man mir erklärt, aufgrund des traumatischen Ereignisses hätten Sie eine Totalamnesie. Meine Recherchen ergeben, dass es weder zu dem angeblichen Kollegen noch zu einem Hausbrand irgendwelche Informationen oder Berichte gibt. Außerdem werden Sie von diesem Zeitpunkt an von mir ferngehalten, was im Nachhinein betrachtet mit meinen Recherchen zu tun haben könnte.

Ihre angeblichen Großeltern, die in Wahrheit Ihre Adoptiveltern sind, weigern sich, Ihnen zu sagen, wo das Haus gestanden hat, in dem Ihre Eltern gestorben sind. Angeblich, um Sie zu schützen, was meines Erachtens völliger Quatsch ist. Dabei fällt mir eine Frage zwischendurch ein: Haben Sie nie danach gefragt, wo sich die Gräber Ihrer Eltern befinden?«

»Doch, das habe ich schon als Kind getan. Sie haben gesagt, es gibt keine Gräber, weil meine Eltern eine Seebestattung wollten.«

»So was in der Art habe ich mir fast gedacht. Wie hervorragend das passt, nicht wahr? Das ist geradezu perfekt.

Keine Gräber, kein Haus, nichts. Und für alles eine plausible Erklärung. Aber machen wir weiter. Sie haben weder eine Erinnerung an diesen Brand noch an Ihr Leben davor. Nur Albträume von einem Feuer, die immer gleich ablaufen. Haben Sie in einem dieser Träume jemals die Gesichter Ihrer Eltern gesehen?«

»Nein.«

»Wissen Sie überhaupt, wie Ihre Eltern ausgesehen haben?«

»Ja, ich habe ein Foto. Das einzige, das den Brand überstanden hat. Eine Ecke ist sogar angekokelt.«

»Natürlich ist sie das. Schließlich war das Foto in einem brennenden Haus, wie die Ecke beweist.«

»Warum betonen Sie das so eigenartig?«

»Abgesehen von diesem Foto«, redete Schaffrath unbeeindruckt weiter, »haben Sie keinerlei Erinnerung daran, wie Ihr Vater und Ihre Mutter ausgesehen haben?«

»Nein.«

Christ schüttelte den Kopf, während der Psychiater fortfuhr: »Ist Ihnen nie aufgefallen, wie perfekt diese Erklärungen sind? Nichts von alldem muss bewiesen werden. Man nennt keinen Ort, um sie zu schützen, es gibt kein Grab wegen Seebestattung, ein Foto aus einem brennenden Haus hat natürlich eine angesengte Ecke.«

Schaffrath machte eine Pause, für die Eric ihm dankbar war. Er hatte das Gefühl, ein Wespennest in seinem Kopf zu haben. »Herr Sanders, horchen Sie in sich hinein. Was fühlen Sie, wenn Sie an Ihre Eltern denken?«

»Ich bin traurig, dass ich mich nicht an sie erinnern kann.«

»Ist da ein Gefühl von Liebe oder Wärme in Ihnen, wenn Sie an sie denken?«

Eric ließ sich mit der Antwort Zeit, bevor er sagte: »Ich weiß nicht, aber … nein, ich glaube nicht. Ich kann mich eben nicht an sie erinnern.«

Es entstand eine Pause von mehreren Sekunden, in der alle schwiegen, bis Schaffrath mit leiser Stimme sagte: »Soll ich Ihnen sagen, was ich glaube, Herr Sanders?«

»Ja, bitte«, erwiderte Eric, obwohl in seinem Kopf eine Stimme schrie: *Nein, bitte nicht!*

»Ich glaube, dass vor über dreißig Jahren eine Riesensauerei mit Ihnen gelaufen ist. Ich glaube, dass es gar keinen Hausbrand gegeben hat.«

»Was?«, stieß Eric aus, obwohl er sich eingestehen musste, dass der Gedanke tatsächlich nicht von der Hand zu weisen war. Allerdings zog er andere Fragen nach sich, und egal, wie die Antworten darauf ausfallen würden, Eric wusste, es würde schlimm sein.

»Aber was ist dann mit mir passiert? Und wo sind meine Eltern?«

»Das herauszufinden ist jetzt Ihre Aufgabe.«

»Und ich habe dazu nur noch bis morgen um fünfzehn Uhr Zeit.«

29

»Scheint ein kluger Mann zu sein, dieser Dr. Schaffrath«, bemerkte Christ, nachdem Eric aufgelegt hatte.

»Ja, das ist er«, sagte Eric tonlos, während in seinem Kopf ein Wirbelsturm tobte.

»Sie sind verständlicherweise gerade ziemlich durcheinander, schätze ich.«

»Das bin ich.«

»Okay, ich werde Ihnen auf jeden Fall helfen, wenn Sie das möchten.«

»Dafür bin ich Ihnen sehr dankbar.« Eric sah sich in dem kleinen Raum um. »Darf ich fragen, ob Sie allein hier leben?«

»Ja und ja. Meine Frau ist vor rund zehn Jahren ausgezogen, sie wurde irgendwann unerträglich. Seitdem lebe ich allein. Kinder haben wir keine.«

»Oh, das tut mir leid.«

Auf Christs Gesicht zeigte sich der Anflug eines Grinsens. »Mir nicht.« Er schlug mit der flachen Hand auf die Tischplatte. »Also, legen wir los. Wenn ich das richtig verstanden habe, läuft uns die Zeit davon. Ich schätze, unsere dringlichste Aufgabe ist es herauszufinden, wohin die Familie Kern damals so plötzlich verschwunden ist.«

»Und wie stellen wir das an?«

»Ich habe im Laufe meines Berufslebens eine ganze Menge Leute kennengelernt. Ich denke, einige von denen werde ich jetzt mal kontaktieren. Aber zuerst muss ich etwas anderes tun.«

Er stand auf und verließ den Raum. Als er zurückkam, hatte er ein ledernes Notizbuch in der Hand, das dem sehr ähnelte, in dem er die Notizen über die Familie Kern gefunden hatte. Allerdings sah dieses noch neu aus. Er legte es auf den Tisch, zog in der Kommode hinter sich eine Schublade auf und nahm einen schwarzen Stift heraus. Dann schrieb er auf die Mitte des Deckels *2024*, bevor er das Schreibgerät wieder in die Schublade legte.

»Mein erster und mit Sicherheit auch mein einziger Fall für dieses Jahr«, verkündete er. »Aber das Notizbuch muss sein. Mit alten Traditionen sollte man nicht brechen.«

»Verstehe«, murmelte Eric, während seine Gedanken gerade wieder um die altmodische Lampe im Haus der Peters kreisten.

Er wischte das Bild weg und richtete sich an Christ. »Was kann ich tun, während Sie sich an Ihre Kontakte wenden?«

»Ich weiß es nicht. Kennen Sie niemanden hier in der Region, den Sie nach der Vergangenheit fragen können?«

»Nein, aber mir kommt gerade ein anderer Gedanke. Vielleicht sollte ich mir einfach die Gegend um das ehemalige Haus der Familie Kern einmal anschauen. Möglicherweise kommt mir ja irgendetwas bekannt vor.«

»Tun Sie das. Und danach kommen Sie wieder zu mir. Ach, und wir sollten noch Telefonnummern austauschen. Falls irgendetwas Wichtiges passiert.«

Eric speicherte Christs Mobilnummer auf seinem Smartphone, während der Journalist die von Eric in sein neues Notizbuch schrieb. Anschließend verabschiedeten sie sich, und Eric machte sich wieder auf den Weg zur ehemaligen Adresse der Familie Kern. Unterwegs telefonierte er mit Lochmeier, bei dem es allerdings keine Neuigkeiten gab.

Dietmar Grünwald, der Schauspieler mit den langen schwarzen Haaren, blieb dabei, keinerlei persönlichen Kontakt zu seinem Auftraggeber gehabt zu haben und weder zu wissen, wer der Mann war, noch etwas von einer Entführung geahnt zu haben.

»Und Sie haben noch keine Spur von meinem Sohn und meiner Frau? Es kann doch nicht sein, dass niemand gesehen hat, wie sie entführt worden sind.«

»Im Moment haben wir leider noch keinerlei Hinweise, aber wir haben eine Sonderkommission gebildet und arbeiten mit allen verfügbaren Kollegen mit Hochdruck daran.«

»Rufen Sie mich bitte an, wenn Sie irgendetwas erfahren.«

»Natürlich. Was genau machen Sie eigentlich im Saarland?«

»Ich versuche, etwas über meine Vergangenheit herauszufinden, das mit der Entführung zu tun hat.«

»Und? Sind Sie schon fündig geworden?«

»Noch nicht.«

»Ich denke, es ist das Beste, Sie kommen zurück nach München.«

»Warum? Ich kann doch eh nichts tun. Hier kann ich wenigstens versuchen, die Forderung des Kerls zu erfüllen, indem ich etwas über meine Kindheit in Erfahrung bringe.«

»Also gut. Aber unternehmen Sie nichts auf eigene Faust, das gefährlich werden könnte. Ich werde die Kollegen in Saarbrücken anrufen und bitten, Sie zu unterstützen.«

»Nein, das bringt nichts, ich weiß ja selbst nicht, wonach genau ich suche. Wie soll mir die Polizei da helfen?«

Nach einem Moment des Schweigens sagte Lochmeier: »Also gut. Seien Sie vorsichtig.«

»Sicher. Ich melde mich wieder.«

Eric parkte seinen Wagen auf einem kleinen, geschotterten Platz, etwa hundert Meter von dem Haus entfernt, in dem nun die Familie Peters wohnte. Dann machte er sich zu Fuß auf den Weg, die Umgebung zu erkunden.

Ähnlich wie in der Straße, in der der Journalist wohnte, waren die Reihenhäuser auch hier recht schmal. Als Eric am Haus der Familie Peters vorbeiging, verlangsamte er seine Schritte und betrachtete noch einmal eingehend die Front des Gebäudes, doch dieses Mal erzeugte der Anblick weder Bilder noch Gefühle in ihm. Etwa hundert Meter weiter bog die Straße nach links ab, und statt kleiner Reihenhäuser fanden sich hier freistehende Gebäude auf großzügigen, überwiegend sehr gepflegten Grundstücken.

Eric war der Straße etwa hundertfünfzig Meter gefolgt, als eines der Anwesen auf der anderen Seite seinen Blick anzog. Er ging schräg über die Straße und blieb vor dem Grundstück stehen.

Das in einem sehr hellen Sandton gehaltene Haus hatte zwei Vollgeschosse und ein schiefergedecktes Dach. Das Gebäude stand etwas zurückgesetzt, so dass der mit Natursteinpflaster belegte Platz davor, zwischen der Doppelgarage, vor der ein weißes Mercedes Cabriolet geparkt war, und der weißen, doppelflügeligen Eingangstür, noch genügend Platz für ein weiteres Auto bot.

Über den Eingangsbereich ragte ein Vordach, das auf zwei weißen Säulen ruhte und auf dem sich ein Balkon mit weißem Geländer befand. Zu beiden Seiten des Gebäudes war der freie Bereich bis zur gut zwei Meter hohen Hecke, die das Grundstück eingrenzte, mit ebenso hohen weißen Zäunen abgesperrt. In dem Zaun auf der linken Seite gab es eine Tür.

Das Gebäude war eine ältere, aber gutgepflegte Villa, und Eric ging davon aus, dass wer auch immer dort wohnte, sicher eine Menge Geld dafür bezahlt hatte.

Während er so dastand und seinen Blick über alle Einzelheiten gleiten ließ, hatte er plötzlich das Gefühl, schon einmal hier gewesen zu sein und das Haus betrachtet zu haben. Anders als beim Haus der Familie Peters waren es jedoch keine konkreten Bilder.

Eric überlegte, ob er klingeln sollte, doch die Entscheidung wurde ihm abgenommen, denn die Haustür öffnete sich und eine etwa vierzigjährige Frau kam heraus. Die blonden Haare fielen ihr bis auf die Schultern, sie trug ein knielanges dunkelblaues Kostüm und Pumps, was ihr ein geschäftsmäßiges Aussehen verlieh.

Als sie Eric sah, rief sie ihm zu: »Kann ich Ihnen helfen?«

Eric setzte ein Lächeln auf und machte ein paar Schritte auf sie zu, damit er nicht schreien musste. »Entschuldigen Sie bitte, wenn ich Ihr Haus so anstarre, aber ich überlege gerade, ob ich schon einmal hier war. Das müsste Anfang der Neunziger gewesen sein. Stand das Haus damals schon?«

»Anfang der Neunziger?«, wiederholte sie und trat zu Eric. Aus der Nähe erkannte er, dass sie vielleicht eher Ende vierzig war, aber sehr gepflegt aussah. Sie lächelte Eric an. »Da müssen Sie ja noch ein kleines Kind gewesen sein.«

»Elf«, sagte Eric, woraufhin sie überrascht erwiderte: »Ich hätte auf drei oder vier getippt.«

»Danke, das ist sehr nett«, entgegnete Eric. »Stand das Haus denn damals schon?«

»Ja, wenn ich es recht in Erinnerung habe, ist es sechsundachtzig oder siebenundachtzig gebaut worden. Wir haben es erst vor fünf Jahren gekauft.«

»Wissen Sie denn, wem es damals gehört hat?«

»Nein, tut mir leid. Mein Mann weiß das vielleicht, aber der ist zurzeit nicht da.« Sie deutete auf das Cabriolet. »Und ich muss nun leider auch los.«

»Ja, sicher, entschuldigen Sie bitte die Störung.«

Den Blick, mit dem sie Eric daraufhin bedachte, konnte er nicht deuten. »Aber nicht doch. Ich habe mich gern mit Ihnen unterhalten. Irgendwie habe ich das Gefühl, Sie schon mal gesehen zu haben. Das muss erst vor kurzem gewesen sein.«

Eric verzichtete darauf, ihr zu erklären, dass das wohl im *Tatort* gewesen war, und zuckte stattdessen mit den Schultern. »Ich habe eben ein Allerweltsgesicht.«

Die Frau lächelte, dann wandte sie sich ab und stieg in ihr Auto.

Eric nickte noch einmal in Richtung des Wagens, dann ging er los. Herauszufinden, wer damals in diesem Haus gewohnt hatte, sollte für Udo Christ hoffentlich machbar sein. Eric zog sein Smartphone hervor und rief den Journalisten an, der ihm versicherte, die Information beschaffen zu können.

»In dem Teil der Straße haben damals ein paar recht vermögende Leute gewohnt. Aber wem genau jetzt welches Haus dort gehörte, weiß ich nicht mehr. Was die Recherche etwas schwieriger macht, ist, dass heute Samstag ist und alle Leute, die ich kenne und die in irgendwelchen Ämtern sitzen, frei haben. Aber ich bleibe am Ball.«

Eric bedankte sich und legte auf.

»Schönes Haus, nicht wahr?«, sagte ein Mann, der vor der Tür eines Hauses stand, an dem Eric am Rückweg vorbeikam. Er mochte um die sechzig sein, war etwa so groß wie Eric, aber etwas fülliger. Das wenige Haar, das ihm noch geblieben war, stand als stoppeliger grauer Kranz um seinen Kopf. Er trug Jeans und ein gebügeltes hellblaues Hemd.

Eric blieb stehen. »Ja, ich … ich habe das Gefühl, als Kind schon einmal hier gewesen zu sein, bin mir aber nicht sicher. Wissen Sie zufällig, wer Anfang der Neunziger in dem Haus gewohnt hat?«

Der Mann zeigte eine Reihe makelloser Zähne, von denen Eric bezweifelte, dass es seine eigenen waren. »Sicher weiß ich das. Das war Robert Klaff mit seiner Familie. Er war der Inhaber von *Klaff und Söhne*.«

»Klaff und Söhne?«, wiederholte Eric.

»Sie sind wohl nicht von hier, oder? *Klaff und Söhne* war das größte Haushaltswarengeschäft in ganz Saarlouis. Heute gibt es das nicht mehr. Aber damals haben die richtig viel Geld verdient.« Er nickte in Richtung des Hauses. »Sieht man ja. Das war damals schon 'ne Villa.«

»Und wo wohnt die Familie Klaff jetzt?«

»Keine Ahnung. Ich habe nichts mehr von denen gehört, seit sie weggezogen sind. Das muss Anfang der Zweitausender gewesen sein. So, nun muss ich aber wieder rein. Ich wollte eigentlich nur die Post holen, als ich Sie gesehen hab. Ich wünsche Ihnen noch einen schönen Tag.«

Eric nickte ihm zu. »Okay, ich danke Ihnen.«

Der Mann wandte sich ab und schloss kurz darauf die Haustür hinter sich.

Eric setzte sich wieder in Bewegung, lief aber nicht weiter die Straße entlang, sondern noch mal zurück zur Villa. Als er dieses Mal vor dem Gebäude stand, fiel sein Blick auf den Zaun auf der linken Seite. Er wusste nicht, warum, aber etwas zog ihn wie magisch an. Er ging darauf zu. Zwischen den weißen Holzlatten war jeweils etwa zwei Zentimeter Abstand, so dass Eric hindurchsehen konnte. Dahinter erstreckte sich der Rasen, der am Ende des Gebäudes in einen Garten mündete, von dem Eric aber nur ein kleines Stück erkennen konnte. Zwischen Hauswand und Rasen verlief ein schmaler Streifen mit weißem Kies, der in der Mitte des Gebäudes durch eine Vertiefung unterbrochen wurde, hinter der ein Kellerfenster lag. Es war mit einem gebogenen, schmiedeeisernen Gitter geschützt.

Diese Einbuchtung, das Fenster … Ähnlich wie zuvor im ehemaligen Haus der Familie Kern blitzte es vor Erics innerem Auge hell auf, und plötzlich sah er das Kellerfenster unmittelbar vor sich, so als stünde er direkt davor. Statt des weißen Kieses befand sich zu beiden Seiten ein Blumenbeet, das mit gelben, tennisballgroßen Steinen durchsetzt war. Das Gitter vor dem Fenster war verschwunden, dann sah Eric eine Hand, die einen der gelben Steine umschloss und ihn aufhob. *Seine* Hand.

Eric sah in allen Einzelheiten, wie der Stein die Scheibe durchschlug und sie regelrecht explodieren ließ. Dann war es, als habe er einen Schwindelanfall. Alles drehte sich, und er verlor die Orientierung … Als das Bild wieder klarer wurde, betrachtete er die zerstörte Scheibe, nun aber aus einer anderen Perspektive.

Das Fenster war jetzt ein Stück über seinem Kopf. Vor ihm auf dem Boden lag Glas. Er befand sich im Haus. In einem Kellerraum. Unter dem Fenster an der Wand stand eine Holzkiste. Er hatte sie dorthin geschoben, das wusste er.

Sein Blick fiel auf Hände, die Handflächen nach oben gedreht. Es waren kleine Hände.

In der einen Hand lag ein Bündel Geldscheine.

In der anderen ein Messer.

30

Das Bild verblasste, und Eric registrierte, dass er durch die Lücke im Zaun blickte. Ihm war speiübel, und er war völlig durcheinander. Er wandte sich in die Richtung, die ihn zurück zu seinem Auto bringen würde.

Was immer er in seiner Kindheit in dieser Gegend, im Keller dieses Hauses, gemacht hatte – es schien, dass sich tatsächlich zum ersten Mal, solange er zurückdenken konnte, der schwarze Vorhang ein kleines Stück lüftete und ihn Bruchstücke erkennen ließ. Aber waren das wirklich seine Erinnerungen, die er vor sich gesehen hatte? Mit einem Messer und Geld in den Händen?

Oder waren es eher Trugbilder, weil er glaubte, irgendetwas sehen zu müssen, das er als Kind angestellt hatte und das er am nächsten Tag gestehen konnte? Damit sein Sohn freikam? Und seine Frau. Aber woher kannte er diese Details?

Als hätte er genau auf diesen Moment gewartet, rief der Entführer an.

»Du besuchst die Orte deiner Kindheit«, sagte er, als Eric sich gemeldet hatte. »Das ist gut. Kommt die Erinnerung schon zurück?« Eric drehte sich hastig um und suchte die Umgebung ab. »Woher wissen Sie, wo ich bin?«

»Ich weiß alles. Ich weiß, was du getan hast, und ich weiß, wo du es getan hast.«

»Dann sagen Sie es mir doch endlich, verdammt«, rief Eric wütend. Er konnte sich einfach nicht mehr zusammenreißen, zu viel hatte sich in ihm angestaut. »Was soll denn dieses Spielchen? Wie krank sind Sie eigentlich? Nicht nur, dass Sie ein Kind und seine Mutter entführen und gefangen halten, es scheint Ihnen auch noch Spaß zu machen, mich zu quälen.«

»Immerhin habe ich kein Kind ermordet«, erklärte der Fremde mit kalter Stimme. »Zumindest *noch* nicht.«

»Ich warne Sie …«

»*Was* du getan hast, habe ich dir bereits mehrfach gesagt, fehlt nur noch das *Wo*.«

»Und? Wo habe ich es getan?«, hakte Eric nach.

»Du warst schon dort. Man hat damals alles renovieren müssen. Da war zu viel Blut. Kinderblut. Morgen um fünfzehn Uhr. Gestehe deine Schuld. Tick, tack, tick, tack, tick, tack.«

Das Gespräch war zu Ende.

Eric steckte das Telefon zurück in die Hosentasche, ging dann aber nicht bis zu seinem Auto, sondern hielt am Haus der Familie Peters an und klingelte.

Dieses Mal öffnete ihm der Mann. Als er ihn erkannte, sah er ihn skeptisch an. »Herr Sanders! Haben Sie noch etwas vergessen?«

»Ich weiß, es klingt unverschämt, aber könnte ich bitte noch mal in das Kinderzimmer?«

»Warum das denn?«

»Es ist … es kann sein, dass damals etwas Schreckliches in diesem Zimmer passiert ist, und es wäre enorm wichtig, dass ich mich daran erinnere.«

»Etwas Schreckliches? In unserem Haus? Was genau meinen Sie damit?«

»Das weiß ich eben nicht. Als ich vorhin dort oben war, habe ich gewusst, wie die Lampe in der Nische aussieht, bevor Sie die Kisten weggeräumt haben. Ich muss also schon mal dort gewesen sein. Aber ich glaube, dass mein Verstand die Erinnerung daran ausgeblendet hat, weil dort oben etwas Schlimmes geschehen ist.«

»Ich denke, Sie irren sich. Wenn dort oben tatsächlich etwas Schlimmes passiert wäre, dann wüssten wir davon.«

»Ich befürchte, dass etwas vertuscht worden ist.«

»Also jetzt wird es aber wirklich hanebüchen, finden Sie nicht auch?«

»Nein, ich …« Die Verzweiflung in Eric wurde größer. »Bitte! Bitte lassen Sie mich noch mal nach oben. Ich möchte mich einfach nur eine Weile dort auf den Boden setzen. Ich verspreche Ihnen, ich fasse nichts an. Und danach verschwinde ich auch wirklich. Es ist enorm wichtig für mich. Ich bitte Sie!«

Der Mann schien einen inneren Kampf auszutragen, schließlich nickte er. »Also gut, kommen Sie rein. Aber danach gehen Sie bitte und kommen nicht wieder. Ich helfe wirklich gern, aber das geht dann doch ein bisschen zu weit. Ein Raum, in dem *etwas Schreckliches* passiert ist, in unserem Haus. Tzzz! Zum Glück ist meine Frau für zwei Stunden unterwegs. Wenn sie diese Geschichte hören würde, würde sie nachts wahrscheinlich kein Auge mehr zutun.«

»Danke!«, sagte Eric erleichtert. »Danach lasse ich Sie in Ruhe, versprochen.«

Eric folgte Peters ins Haus bis zur Tür, hinter der die

Treppe nach oben führte. Dort blieb der Mann stehen. »Sie kennen ja den Weg. Und nur ins Abstellzimmer, okay? Von den anderen Räumen halten Sie sich fern.«

»Ja, natürlich.«

Eric stieg die steile Treppe nach oben und atmete tief durch, bevor er das ehemalige Kinderzimmer betrat und die Tür hinter sich schloss. Es sah alles so aus wie zuvor. Koffer in verschiedenen Größen standen an der einen Wand. In der Mitte des Raumes war ein Bügelbrett aufgestellt, darauf lagen einige Hemden und Shirts. Auf einer verchromten Stange in einem Regal hingen Kleiderbügel mit Jacken und Pullovern. Winterkleidung. Die beiden Kisten, die Peters auf Erics Bitte hin aus der Nische herausgenommen hatte, standen noch auf derselben Stelle, so dass Eric die alte Lampe sehen konnte.

Bei ihrem Anblick legte sich eine Schlinge um seinen Magen, die sich langsam zuzog.

»Also gut«, sagte er leise zu sich selbst und ignorierte das flaue Gefühl in seinem Bauch. »Dann los.«

Er setzte sich so auf den Boden, dass sein Blick auf die Lampe gerichtet blieb. Dann beugte er sich nach vorn und tastete die Wand hinter dem zusammengerafften, dunklen Stoff ab, der wohl, so wie Eric es vor seinem geistigen Auge gesehen hatte, als eine Art Vorhang zur Abtrennung der Nische benutzt worden war, und schaltete die Lampe an. Er hatte den Schalter vorher nicht gesehen, aber er hatte gewusst, wo er sich befand.

Dann setzte er sich wieder zurück und konzentrierte sich auf die Lampe.

Das Gefühl, diesen Raum zu kennen, wuchs von Sekunde

zu Sekunde. Eric sah keine Bilder vor sich, aber es stand außer Zweifel, dass dort, wo jetzt die Koffer an der Wand standen, früher ein Bett gewesen war. Nein, zwei Betten. Übereinander. In diesem Zimmer hatten zwei Kinder geschlafen. Philipp und Elias.

Eric erschrak. Wo kamen plötzlich diese Namen her? Er kannte niemanden, der Elias hieß. Einen Philipp gab es im Ensemble, aber Elias ... Der Junge aus seinem Traum fiel ihm wieder ein. Emil.

»Emil ... Elias«, sagte er leise und hörte dann, dass er aufstöhnte, zwang sich aber dazu, sich auf sein Gefühl zu konzentrieren.

Er rief sich die Bilder wieder in Erinnerung, die er bei seinem ersten Besuch kurz zuvor gesehen hatte. Die Nische, die auf Pappe gemalte Straße, das kleine Blechauto, mit dem der Junge ohne Gesicht gespielt hatte. Elias.

Er wusste, dass das der Name des Jungen war.

Eric schloss die Augen, doch das nützte nichts. Also stand er auf und drehte sich langsam um sich selbst. Sein Blick glitt über die Fenster oberhalb der Nische, die Wand mit der Tür und wieder zurück zu den Fenstern. Dort waren Vorhänge gewesen, nicht über die gesamte Breite, nur ein Stück an beiden Seiten. Sie waren blau gewesen, und sie hatten ein Muster gehabt. Rot. Feuerwehrautos. Leiterwagen. Und Feuerwehrhelme.

Eric fuhr sich über die Stirn. Sie war schweißnass. Er fühlte sich elend, aber er musste weitermachen.

Wieder schickte er seinen Blick auf die Reise. Zu der Wand mit den Koffern. Er *wusste*, dort hatte das Etagenbett gestanden, aber diesmal zeigte sich kein Bild.

Also sah er sich weiter um, betrachtete die Stirnwand, an der das Regal mit der Winterkleidung stand. Das Bügelbrett davor … es verschwand und machte Platz für zwei beige Sitzsäcke, zwischen denen ein heller Holzwürfel als Tisch stand.

Eric bemerkte, dass ihm der Schweiß von der Stirn lief. Er hob einen Arm und wischte ihn ab. Dann fuhr er sich mit beiden Händen über das Gesicht. Was war in diesem Raum geschehen? Hatte es hier tatsächlich Blut gegeben, wie der Fremde behauptete? Aber woher sollte es stammen? Von dem kleinen Elias, der mit dem Blechauto gespielt hatte?

Erneut richtete Eric den Blick dorthin, wo die Sitzkissen auf dem Boden gelegen hatten, und dann sah er es.

Das Bild durchschnitt seinen Verstand wie ein Messer und stand im Bruchteil einer Sekunde in voller Klarheit vor ihm.

Und das war Blut. Viel Blut.

31

Das Blut war überall. Die Sitzkissen waren voll davon, der Holzwürfel, der Boden und sogar das untere Bett. Ringsum waren dunkelrote Flecken, Spritzer und Schlieren. Und dazwischen, auf dem Boden, war Elias. Er lag auf dem Rücken, seine kurze Hose und sein T-Shirt waren blutgetränkt und an vielen Stellen aufgerissen. Seine Beine und Arme und sogar sein Gesicht, das jetzt zum ersten Mal Konturen hatte, waren übersät mit schrecklichen Wunden. Der kleine Körper lag leblos da. Der Anblick war mehr, als ein Mensch ertragen konnte. Von irgendwoher drang ein lauter Schrei in Erics Bewusstsein, der das schreckliche Bild vertrieb.

Eric begriff, dass er selbst es gewesen war, der geschrien hatte. Sekunden später wurde die Tür aufgestoßen, und Peters sah ihn entsetzt an. »Was ist passiert? Mein Gott, Sie sehen ja aus, als hätten Sie einen Geist gesehen.«

»Ich … ich habe etwas gesehen, das schlimmer war als ein Geist«, sagte Eric so leise, dass es nicht mehr als ein Flüstern war.

»Was denn?«

Eric drehte sich ein Stück weit um und starrte auf die Stelle am Boden, wo gerade noch der kleine, geschundene Körper gelegen hatte.

»Das Grauen«, sagte er, dann ging er an Peters vorbei

zur Treppe. Sein Kopf war völlig leer, er hatte das dringende Bedürfnis, dieses Haus so schnell wie möglich zu verlassen. Und nie wieder zurückzukommen.

Als er die Haustür erreicht hatte, packte Peters ihn von hinten am Arm. Eric wandte sich zu ihm um. Das Gesicht des Mannes wirkte wie versteinert.

»Ich möchte gar nicht wissen, was Sie glauben, da oben gesehen zu haben, aber ich möchte, dass Sie nie wieder herkommen.« Es klang wie eine Drohung, und das sollte es wohl auch sein.

Es war Eric egal.

»Sicher nicht«, sagte er, dann verließ er eilig das Haus.

Als er kurz darauf in sein Auto stieg, konnte er sich nicht mehr an den Weg dorthin erinnern, er hatte ihn wie in Trance zurückgelegt.

Er wollte Udo Christ anrufen, startete aber den Wagen und fuhr los. Erst als er an einer Ampel anhalten musste, fiel es ihm wieder ein, doch es war ihm egal. Er konnte sich gerade mit nichts anderem befassen als mit dem, was er gesehen hatte. Dieses viele Blut, der kleine Junge, dessen Körper mit Wunden übersät gewesen war. Und der offensichtlich Elias hieß.

Das konnte er sich nicht alles eingebildet haben. Nicht so detailliert und sogar mit dem Namen des Kindes. Aber was bedeutete das letztendlich? Dass der Entführer seiner Familie recht hatte mit der Behauptung, Eric habe ein Kind ermordet? Meinte er damit den Jungen namens Elias? Eric wünschte sich, dass der Kerl sich wieder bei ihm melden würde, damit er ihm seine Vermutung mitteilen konnte.

Erneut drängte sich ihm das Bild des kleinen Körpers auf, wie er dort auf dem Boden lag … bis ein aggressives Hupen ihn zurück in die Realität riss. Die Ampel stand auf Grün, und mit einem Blick in den Rückspiegel sah er den Fahrer hinter sich, der wild gestikulierte. Eric hob entschuldigend die Hand und gab Gas.

Vor dem Haus des Journalisten stand ein Auto an der Stelle, an der Eric zuvor geparkt hatte. Er stellte sein Fahrzeug dahinter ab und stieg aus.

Als Christ ihm die Tür öffnete, begrüßte dieser ihn mit den Worten: »Ich habe jemanden hier, der die Familie Kern gekannt hat.« Dann stutzte er und runzelte die Stirn. »Was ist los mit Ihnen? Schlechte Neuigkeiten? Sie sehen furchtbar aus.«

»Ich glaube, mich eben an etwas erinnert zu haben«, erklärte Eric matt. »Wenn ich das wirklich erlebt habe, sind das nicht nur schlechte, sondern grauenvolle Neuigkeiten.«

Die Frau, die am Tisch saß, war nach Erics Schätzung etwa siebzig Jahre alt. Sie hatte schwarz gefärbte Haare und für seinen Geschmack zu viel Make-up aufgetragen. Sie war mollig, ihre ausladende Oberweite berührte die Tischkante.

»Das ist Beate Brommenschenkel«, erklärte Christ. »Sie hat damals in der Nachbarschaft gewohnt und die Familie Kern ganz gut gekannt.« Und an die Frau gewandt: »Das ist Eric Sanders, von dem ich dir erzählt habe.«

Die Frau begrüßte Eric und musterte ihn auf eine seltsam eindringliche Weise.

»Die Familie Kern hatte doch zwei Jungen, nicht wahr?« Eric kam sofort zur Sache, während er sich der Frau gegenüber an den Tisch setzte.

»Richtig. Philipp und …«

»Elias?«, sagte Eric schnell.

Sie nickte. »Genau, der Jüngere hieß Elias.« Wieder bedachte sie Eric mit diesem sonderbaren Blick. »Udo erzählte mir, dass Sie keine Erinnerung an Ihre Kindheit haben.«

»Das stimmt«, bestätigte Eric und dachte an den Jungen, der in seinem Blut auf dem Boden lag. »Als ich elf war, gab es ein Feuer in unserem Haus, bei dem meine Eltern ums Leben gekommen sind. Ich … kann mich nicht mehr an den Brand erinnern und an nichts, was davor war.«

»Woher kennen Sie dann den Namen des Jungen?«

»Das weiß ich nicht«, gab Eric wahrheitsgemäß zu.

Sie zog die Brauen hoch. »Seltsam. Und wo war dieses Feuer?«

»Das weiß ich auch nicht.«

»Wie, das wissen Sie nicht? Wo gibt's denn so was? Auch wenn Sie Gedächtnislücken haben, wird Ihnen doch irgendjemand gesagt haben, wo Ihr Elternhaus gestanden hat.«

»Nein, man hielt es für besser, wenn ich das nicht weiß.«

Beate Brommenschenkel gab einen Zischlaut von sich. »So einen Quatsch hab ich ja selten gehört.«

Eric ging nicht darauf ein. »Was können Sie mir über die Familie Kern erzählen? Und vor allem über Elias?«

Sie tauschte einen Blick mit Christ, bevor sie sich wieder Eric zuwandte. »Der Vater hat im Ford-Werk gearbeitet, am Band. Schichtdienst. War nie krank, ein fleißiger Mann. Magdalena war in der Schokoladenfabrik in Fraulautern. Sie hat immer tütenweise Pralinen mitgebracht und an die

Kinder in der Nachbarschaft verteilt. Eine nette Familie. Wir waren gut befreundet. Bis sie irgendwann plötzlich verschwunden sind, einfach so, von einem Tag auf den anderen. Das war schon sehr sonderbar. Mein damaliger Nachbar, der Rudi, hat behauptet, er hätte nachts gesehen, dass Polizei da war und ein Leichenwagen. Aber das hat keiner geglaubt. Ich auch nicht, weil man davon ja was gehört hätte.«

»Und niemand hat eine Vorstellung davon, wo die Familie hingezogen ist? Haben sie denn vorher nie etwas gesagt, dass sie umziehen wollten?«

»Nein, kein Wort. Alle waren total überrascht.«

»Was ist mit den Kindern, den beiden Jungen? Hatten die Freunde?«

Erneut veränderte sich Beate Brommenschenkels Blick auf seltsame Art, als sie sagte: »Ich weiß, dass die beiden öfter einen Jungen zum Spielen zu Besuch hatten. Das war kurz bevor die Familie verschwunden ist.«

Da war wieder die Faust an Erics Magen. »Was können Sie mir über diesen Jungen sagen?«

»Ich hab den nur ein paarmal gesehen, aber ich erinnere mich trotzdem ganz gut an ihn, weil er ziemlich … komisch war.«

»Komisch?«, hakte Eric nach.

»Ja. Er tat immer so altklug. Er war nicht so, wie Jungs in dem Alter normalerweise sind.«

»Wo hat er gewohnt?«

Sie zuckte mit den Schultern. »Das weiß ich nicht.«

Natürlich nicht, dachte Eric. »Sonst noch was?«

Es folgte ein langer, intensiver Blick, der hinter Erics

Stirn zu dringen schien. Dann sagte sie: »Der Mund, und vor allem die Augen … dieser Junge könnten Sie gewesen sein.«

Eric war von der Aussage weniger überrascht, als er es noch wenige Stunden zuvor gewesen wäre. Dennoch versuchte er, sie als unwahrscheinlich abzutun. Er war sich allerdings nicht sicher, wen er damit überzeugen wollte. Beate Brommenschenkel oder sich selbst.

»Ich bin mittlerweile über vierzig, damals wäre ich elf gewesen. Denken Sie wirklich, Sie könnten mich heute noch erkennen?«

»Ich bin natürlich nicht sicher, aber vor allem Ihre Augen erinnern mich sehr an diesen Burschen. Auch wenn es schon lange her ist.«

An diesen Burschen … Wer immer dieser Junge gewesen war, wie es schien, hatte Beate Brommenschenkel keine allzu gute Meinung von ihm gehabt.

»Nehmen wir doch mal an, Sie wären wirklich der altkluge Bengel von damals – würde Sie das irgendwie weiterbringen?«

»Na ja, das würde bedeuten, dass ich damals wohl tatsächlich irgendwo hier in der Nähe gewohnt habe.«

»Bleibt immer noch das Rätsel um diesen Brand«, bemerkte Christ. »Ich habe noch mal alles durchforstet, aber ich konnte absolut keinen Hinweis auf ein solches Unglück mit zwei Toten zu dieser Zeit finden. Im ganzen Saarland nicht.«

Erneut dachte Eric an die Bilder, die er gesehen hatte und die vielleicht tatsächlich aus seiner Vergangenheit stammten.

»Mittlerweile halte ich es sogar für möglich, dass es diesen Brand überhaupt nicht gegeben hat.«

Der Journalist nickte. »Womit wir dann aber zu einer anderen Frage kämen: Was ist mit Ihren Eltern?«

»Ich habe keine Ahnung«, sagte Eric. Er hatte das Gefühl, dass mit jedem vermeintlichen Erinnerungsfragment und jeder neuen mysteriösen Situation, die er vor sich sah, nicht nur das Rätsel um seine Vergangenheit noch größer wurde, sondern auch der Wunsch in ihm wuchs, nichts über diese Zeit zu erfahren.

»Ich weiß ja nicht einmal mehr sicher, dass ich wirklich Eric Sanders heiße.«

»Ich konnte einiges über Sie finden«, erklärte Christ. »Aber alles dreht sich dabei um Ihren Beruf als Schauspieler, besonders in den letzten Tagen. Vor Ihrer Zeit als Schauspieler gibt es nichts über Sie.«

Das erinnerte Eric an den Fake-Account auf Facebook, doch das war ihm mittlerweile völlig egal. Das Einzige, was zählte, war, dass Leon und Paula nichts geschah.

Er bemerkte, dass Beate Brommenschenkel ihn erneut eindringlich musterte. Als sie sah, dass ihm ihr Blick aufgefallen war, sagte sie: »Ich bin mir ziemlich sicher: Sie sind der Junge von damals.«

32

Ein Anruf von Dr. Schaffrath riss Eric aus dem Gedankenstrudel, den Beate Brommenschenkel in seinem Kopf ausgelöst hatte.

»Hallo, Herr Sanders, was gibt es Neues?«, eröffnete der Psychiater das Gespräch.

Eric stand auf und nickte den beiden am Tisch entschuldigend zu, dann verließ er den Raum. Es hätte ihm nichts ausgemacht, wenn Christ das Telefonat mitgehört hätte, aber er wusste noch nicht, was er von dieser Frau halten sollte, und sein Gefühl sagte ihm, dass sie keine Einzelheiten erfahren sollte.

Im Flur angekommen, schloss Eric die Tür hinter sich und ging zur Haustür. Als er im Freien stand, erzählte er Schaffrath von seinen Erlebnissen in den beiden Häusern.

»Das klingt ganz danach, als wenn die Umgebung dort ihre Erinnerungen zumindest zum Teil wieder aktiviert.«

»Aber das würde bedeuten, ich war zumindest dabei, als dieser Junge, Elias, entweder schwer verletzt oder sogar getötet worden ist.«

»Vielleicht haben Sie gesehen, wie jemand ihm das angetan hat. Oder Sie haben ihn so in seinem Zimmer gefunden. Wer weiß, was damals passiert ist.«

»Ich habe Angst«, gestand Eric. »Ich fürchte mich davor,

dass noch mehr Erinnerungen in mir auftauchen und dass sie schlimm sind.«

»Das kann ich verstehen, aber es ist dennoch *Ihre* Vergangenheit, und ich denke, jeder hat nicht nur den Wunsch, sondern auch das Recht, seine Vergangenheit zu kennen.«

»Ja, vielleicht. Mir bleibt sowieso nichts anderes übrig, als so viel wie möglich herauszufinden, damit ich weiß, was ich morgen posten soll.«

»Ich verstehe. Ach, da ist noch was. Mir ist etwas eingefallen, das uns vielleicht weiterbringen könnte. Ich habe mich an eine Psychiaterin erinnert, die ich vor vielen Jahren bei einem Kongress hier in München kennengelernt habe. Das muss Mitte der Neunziger gewesen sein. Eine sehr kluge Frau. Sie hat damals einen vielbeachteten Vortrag über die Schuldfähigkeit jugendlicher Straftäter gehalten, und ich habe mich am Abend lange und sehr intensiv mit ihr über dieses Thema unterhalten, deshalb erinnere ich mich an sie. Sie stammt aus dem Saarland und hat dort viele Jahre in der Saarländischen Klinik für Forensische Psychiatrie in Merzig gearbeitet.«

»Merzig? Das ist doch irgendwo hier in der Nähe, oder?«

»Ja, etwa fünfzig Kilometer von Saarbrücken und fünfundzwanzig von Saarlouis entfernt. Ich habe ein wenig recherchiert und über andere Kollegen ihre Telefonnummer herausgefunden. Sie wohnt noch im Saarland. In Dillingen. Ich habe ihr auf die Mailbox gesprochen und hoffe, sie ruft mich bald zurück.«

»Okay. Aber ich verstehe noch nicht, wie sie mir helfen könnte.«

»Diese Forensische Psychiatrie gehört zum Klinikum

Merzig für Kinder- und Jugendpsychiatrie. Wenn damals wirklich etwas mit dem neunjährigen Jungen geschehen ist, dann ist es nicht unwahrscheinlich, dass derjenige, der ihm etwas angetan hat, in Merzig landete.«

»Okay, das ergibt Sinn.«

»Wie gesagt, ich hoffe, sie meldet sich bald. Ich sage Ihnen Bescheid, sobald ich was höre.«

»Ich danke Ihnen, dass Sie sich so in die Sache reinhängen, um mir zu helfen.«

»Wie gesagt, hat mich Ihr Fall schon damals interessiert. Da nutze ich doch jetzt gern die Gelegenheit, vielleicht weiterzukommen als vor über dreißig Jahren. Dahinter steckt auch ein gewisser Eigennutz, nämlich meine Neugierde.«

»Trotzdem, danke.«

Eric kehrte zurück, setzte sich aber nicht mehr an den Tisch. »Ich werde zusehen, dass ich irgendwo ein Hotelzimmer finde, es ist schon nach sechs.« Er wandte sich an den Journalisten. »Können Sie mir ein Hotel empfehlen?«

»Warum denn ein Hotel? Ich wohne hier allein und habe ein schönes Gästezimmer, das ich Ihnen selbstverständlich anbiete.«

Eric musste nicht lange überlegen.

»Das ist sehr nett, vielen Dank. Das nehme ich gern an.«

»Gut. Haben Sie eine Tasche oder einen Koffer dabei?«

»Ja, ich hole sie gleich aus dem Auto.«

»Dann mache ich mich wieder auf den Weg.« Beate Brommenschenkel erhob sich stöhnend.

»Danke, dass du extra hergekommen bist«, sagte Christ und stand ebenfalls auf.

»Ich bedanke mich ebenfalls«, ergänzte Eric, obwohl er nicht sicher war, ob er der Frau für das, was sie gesagt hatte, wirklich dankbar sein sollte.

Er ging hinter den beiden durch den Flur und holte dann die Tasche aus seinem Auto.

Das Gästezimmer war klein, aber gemütlich eingerichtet mit einem hellen französischen Polsterbett, einem grauen Nachttischchen und einem kleinen Schrank in der gleichen Farbe.

Eric hatte gerade seine Tasche geöffnet, als Dr. Schaffrath ihn wieder anrief.

»Eric«, sagte er und klang ein wenig kurzatmig, »ich habe gerade mit Dr. Dengel gesprochen.«

»Was? Wer ist Dr. Dengel?«

»Das ist die Psychiaterin, von der ich Ihnen eben erzählt habe. Sie müssen zu ihr. Am besten sofort.«

»Aber warum? Was hat sie denn gesagt? Weiß sie etwas?«

»Erst war sie sehr zurückhaltend, aber als ich ihr dann grob von Ihnen und Ihrer Geschichte berichtet habe, wurde sie plötzlich ganz seltsam.«

»Seltsam?«

»Ja. Dann hat sie mir eine Frage zu Ihnen gestellt. Eine konkrete Frage. Eric, wenn das nicht ein riesengroßer Zufall ist, dann …« Er stockte, nur sein keuchender Atem war zu hören.

»Was ist dann?«, fragte Eric nervös.

»Dann ist diese Geschichte vielleicht noch viel rätselhafter, als ich es für möglich gehalten hätte.«

»Warum? Was meinen Sie damit? Nun sagen Sie schon.«

»Sie hat mich gefragt, ob Ihnen beim Brand Ihres Elternhauses ein Balken auf den Kopf gefallen ist. Davon hatte ich nichts erwähnt.«

»Wie kann Sie das dann wissen?«

»Sie hat mir gegenüber nur Andeutungen gemacht, aber die allein reichen schon aus. Sie sagte, Einzelheiten kann Sie nur mit Ihnen besprechen, aber dazu müsse sie sich mit Ihnen persönlich unterhalten. Fahren Sie zu ihr, Eric. Jetzt sofort. Allein. Sie ist zu Hause und erwartet sie. Ich schicke Ihnen die Adresse gleich per WhatsApp.«

»Aber können Sie mir denn nicht wenigstens …« Eric verstummte. Dr. Schaffrath hatte aufgelegt.

Eric verließ das Gästezimmer und ging zu Udo Christ nach unten. Der Journalist hatte kein Problem damit, dass sein Übernachtungsgast noch mal aufbrechen wollte.

»Solange Sie mir anschließend genug Infos geben, dass ich mein Notizbuch damit füttern kann, ist alles gut«, erklärte er.

Eric brauchte zwanzig Minuten für die acht Kilometer bis zu der Adresse im Dillinger Stadtteil Diefflen.

Dr. Dengel bewohnte ein schickes Einfamilienhaus in einer ruhigen Straße. Der kleine Vorgarten mit Rosenstöcken und einem Steinbeet war sehr gepflegt.

Eric wusste nicht, was er erwartet hatte, aber als die Psychiaterin die Tür öffnete, war er überrascht. Die Frau war sicherlich schon siebzig, doch im Vergleich zu Beate Brommenschenkel wirkte sie geradezu jugendlich.

Sie war fast so groß wie er selbst, trug eine Leggins, die

sich eng um ihre schlanken, muskulösen Beine schmiegte, und darüber ein Top. Ihrem Gesicht hatten die Jahre mit einem Muster aus vielen kleinen Fältchen ihren Stempel aufgedrückt, und die Haare, die sie locker zu einem Dutt zusammengesteckt hatte, waren silbergrau. Aber dennoch sah sie für ihr Alter sehr fit aus.

Eine Gemeinsamkeit gab es allerdings zu Beate Brommenschenkel: Wie diese bedachte auch Dr. Dengel ihn mit einem merkwürdigen Blick, der für Erics Gefühl zwei, drei Sekunden zu lange auf ihm ruhte, bis sie sich einen Ruck gab und sagte: »Sie müssen Eric sein, richtig?«

»Ja, richtig. Bitte entschuldigen Sie, dass ich Sie am Samstagabend belästige.«

Sie winkte ab. »Kein Grund, sich zu entschuldigen.« Und geheimnisvoll fügte sie hinzu: »Es kann sein, dass ich mich eher bei Ihnen entschuldigen muss.«

Das verstand Eric nicht, aber er verzichtete darauf nachzuhaken und folgte ihrer Einladung, ins Haus zu kommen.

Dr. Dengel führte ihn in ein geräumiges, freundlich eingerichtetes Wohnzimmer mit einer Sitzlandschaft aus beigem Cord, an das sich eine moderne, offene Küche anschloss. »Bitte, setzen Sie sich. Möchten Sie etwas trinken? Ich habe mir eben eine Flasche Weißwein aufgemacht.«

Eric nickte. »Ich muss zwar noch fahren, aber ich denke, ein Glas wird gehen.«

Zwei Minuten später hatte er ein halb gefülltes Weinglas vor sich stehen.

»Dr. Schaffrath klang sehr aufgeregt, als wir telefoniert haben«, begann Eric. »Ich weiß ja nicht …«

»Er hat in Kurzform von Ihnen erzählt und wollte wissen, ob ich etwas über den Mord an einem kleinen Jungen im Jahr 91 wüsste. Und das weiß ich tatsächlich.«

Erics Herz schien kurz stehenzubleiben. »Das heißt … es gab tatsächlich einen Mord an einem Jungen?«

»Ja.« Sie griff nach ihrem Glas und trank einen Schluck, dann sah sie Eric ernst an. »Es wissen nur wenige Menschen davon, und die haben sich verpflichtet zu schweigen. Auch ich.«

»Aber Sie wissen, wer es getan hat?«, fragte Eric mit heiserer Stimme.

Die Psychiaterin sah Eric lange in die Augen.

Dann nickte sie.

33

»Man brachte uns damals diesen außergewöhnlichen Jungen. Ich war noch relativ neu in der Klinik. Der Chef selbst hat sich der Sache angenommen, ein sehr fähiger Psychiater. Ich kann mich noch gut an den Blick erinnern, mit dem dieses Kind seine Umgebung betrachtet hat. Neugierig und ruhig, als sauge er jedes Detail in sich auf. Er antwortete auf alle Fragen sachlich und distanziert höflich. Ich konnte einfach nicht glauben, dass dieser Junge einen Neunjährigen getötet haben sollte.«

Dr. Dengel griff erneut nach ihrem Glas und trank einen Schluck. Ihre Bewegungen wirkten dabei etwas fahrig. Die Erlebnisse von damals wiederzugeben schien sie sehr mitzunehmen. In Erics Kopf tobten grauenvolle Bilder. Der kleine Elias in seinem Blut auf dem Boden seines Kinderzimmers. Der Kellerraum mit den Glasscherben auf dem Boden. Geld in einer Kinderhand, ein Messer in der anderen.

»Er kam aus katastrophalen Verhältnissen. Das Jugendamt hatte ihn schon mit fünf Jahren aus seiner Familie rausgeholt. Der Vater ein arbeitsloser Alkoholiker, die Mutter im höchsten Maß gewalttätig. Sie hat dem Kind mehrmals Knochen gebrochen und ihn übel zugerichtet, bis das Jugendamt schließlich die Reißleine gezogen hat. Er hatte drei verschiedene Heime hinter sich, in denen er gewesen und aus denen er mehrfach getürmt war, als er hier eintraf. Er sagte, er könne sich nicht an das erinnern, was er getan hatte. Irgendwann hätte dieser Junge blutüberströmt vor ihm auf dem Boden gelegen.« Sie blickte eine Weile vor sich auf den Tisch, bevor sie weitersprach. »Jedenfalls war entschieden worden, den Fall unter Verschluss zu halten, weil Täter und Opfer noch Kinder waren.«

»Aber man kann doch einen Mord nicht einfach so vertuschen«, warf Eric ein, woraufhin Dr. Dengel nickte.

»Doch, das kann man. Oder besser, man konnte es in diesem Fall. Es gab ein Projekt, eine Zusammenarbeit zwischen Justiz- und Familienministerium und unserer Klinik. Dabei ging es um genau diese Problematik. Was tut man mit Kindern, die einen Mord begehen, für den sie einerseits nicht belangt werden können, weil sie per Definition schuldunfähig sind, die wegen der Tat aber andererseits trotzdem für immer gebrandmarkt sind und in den allermeisten Fällen keine Chance auf ein halbwegs normales Leben haben? Die Antwort der Projektgruppe lautete: Man verpasst ihnen eine neue Identität, ähnlich dem Zeugenschutzprogramm, und löscht ihre Erinnerung an die Tat.«

»Man löscht die Erinnerung?«

»Ja, man kann gezielt die Erinnerung an ein Ereignis durch Einsatz einer tiefen Hypnose unter Zuhilfenahme von bestimmten Substanzen löschen. Aber das wäre in diesem Fall nicht zielführend gewesen. Normalerweise sah das Projekt vor, der gesamten Familie einen neuen Lebenslauf und neue Namen zu geben, doch in diesem speziellen Fall war das nicht möglich, weil der Junge keine Familie im herkömmlichen Sinn hatte. Also hat der damalige Projektleiter sich etwas anderes ausgedacht. Wir haben die Erinnerung des Jungen nicht nur an seine Tat, sondern komplett gelöscht, und ihm mittels Hypnose ein Ereignis suggeriert, das diese Totalamnesie erklärt.«

Eric war wie paralysiert. »Aber … wie ist so etwas möglich?«

»Durch einen kleinen Eingriff am medialen Temporallappen. Das ist eine Struktur im menschlichen Gehirn, die etwa auf Höhe der Ohren zu finden ist. Sie ist sowohl für das Speichern als auch für das Abrufen von Wissen zuständig. Wird diese Struktur gezielt beschädigt, erzeugt das eine retrograde Amnesie. Das heißt, dass Erinnerungen, die vor diesem Eingriff gespeichert worden waren, nicht mehr zugänglich sind. Eine Totalamnesie.«

Dr. Dengel machte eine kurze Pause, bevor sie sagte: »In den siebziger Jahren gab es einen brachialen neurochirurgischen Eingriff, der entfernt mit dieser Methode verwandt ist, die Lobotomie.«

Erics Augen weiteten sich. »Darüber habe ich mal gelesen. Das war doch diese furchtbare Sache, bei der man Patienten mit einem Eispickel durch die Augenhöhle gestochen hat, um am Gehirn irgendwelche Regionen zu zerstören. Die Leute wurden dadurch zu apathischen Zombies.«

Dr. Dengel nickte. »Ja, wie gesagt, das war im Vergleich zu dem, was *wir* gemacht haben, eine Steinzeitmethode. Bei dem Eingriff, den wir vorgenommen haben, wurden gesichert keine anderen Bereiche in Mitleidenschaft gezogen, so dass die Amnesie isoliert auftrat und anders als bei der Lobotomie weder emotionale noch kognitive, sensorische oder motorische Funktionen geschädigt wurden.«

»Und so etwas ist erlaubt?«

Dr. Dengel wiegte den Kopf hin und her. »Ich sage es mal so: Es war das erste Mal, dass diese Methode angewendet wurde, und wir haben uns damit in einer Grauzone bewegt. Allerdings mit dem Segen aus zwei Ministerien. Aus diesem Grund gab es keinerlei Berichterstattung über die Tat und das Schicksal des kindlichen Täters. Die Chance für diesen Jungen auf ein normales Leben stand dabei im Vordergrund.«

»Aber der Junge selbst ist nicht gefragt worden?«

»Nein«, antwortete sie mit leiser Stimme. »Wie sollte ein elfjähriges Kind so etwas entscheiden?«

Bevor Eric die Gedanken, die sich in seinem Kopf nach vorn drängen wollten, nicht mehr zurückhalten konnte, beschäftigte ihn etwas anderes, das ihn wütend machte.

»Dieser Junge war ein optimaler Kandidat für Sie, nicht wahr?«

»Wie meinen Sie das?«

Eric beugte sich ein Stück nach vorn. Er war so aufgeregt, dass er kaum auf dem Stuhl sitzen bleiben konnte.

»Ich meine, er hatte keine Familie oder Verwandten im *herkömmlichen Sinn*, wie Sie es so schön beschrieben haben. Niemand, der sich für ihn eingesetzt hätte, um seine Interessen und seine körperliche Unversehrtheit zu schützen. Niemand, dessen Erlaubnis man sich einholen musste, bevor man am Gehirn dieses Kindes herumexperimentierte. Und zudem hatte er ein Verbrechen verübt, womit er auch noch rechtlos wurde.«

»Nein, so war das nicht«, widersprach Dr. Dengel. »Wir haben das alles doch für sein Wohl getan. Um ihm ein vernünftiges Leben ohne die Vorbelastung dieser fürchterlichen Tat zu ermöglichen.«

Jetzt drängten die Gedanken vehement nach vorn, und Eric konnte und wollte sie nicht mehr zurückhalten.

»Frau Dr. Dengel, welche Erinnerung haben Sie dem Jungen nach dem Eingriff suggeriert?«

Ein Schleier legte sich ihr über die Augen, als würde sie eine tiefe Trauer empfinden.

»Dass seine Eltern bei einem Brand ums Leben gekommen sind. Dass er dabei eine Kopfverletzung erlitten hat, die in Verbindung mit dem traumatischen Erlebnis seine Erinnerung ausgelöscht hat. Und dass er nun zu seinen Großeltern kommt, liebevolle und fürsorgliche Menschen, die sich um ihn kümmern würden.«

Dr. Dengel atmete tief durch, dann sah sie Eric an und sagte: »Dieser Junge damals, das waren Sie. Ich habe Sie gleich an Ihren Augen erkannt.«

34

Obwohl Eric schon im Verlauf des Gesprächs insgeheim damit gerechnet hatte, dass es genau darauf hinauslaufen würde, traf ihn die Information, jetzt, wo sie ausgesprochen war, wie ein Schlag mit einem Hammer.

Er starrte die Psychiaterin an, wollte etwas dazu sagen, irgendwas, aber sein Kopf war vollkommen leer. Nach einer Weile fluteten die Gedanken seinen Verstand mit einer solchen Geschwindigkeit, dass er es kaum schaffte, einen von ihnen aufzugreifen oder sie in eine sinnvolle Reihenfolge zu bekommen. Nicht nur seine Großeltern, sondern sein gesamtes Leben war eine einzige, große Lüge. Man hatte an seinem Gehirn herumgeschnitten und ihn zu etwas gemacht, das er nicht war. Das Bild seiner Eltern, das er seit seiner Kindheit im Portemonnaie mit sich herumtrug, zeigte wahrscheinlich irgendwelche wildfremden Menschen, denen er noch nie begegnet war. Die verkokelte Ecke des Fotos erschien ihm wie eine sarkastische Verhöhnung dessen, was man ihm angetan hatte.

Das alles wirbelte Eric durch den Kopf, aber was sich übergroß in den Vordergrund schob, waren die Worte, die er kurz zuvor in einer Mail gelesen hatte. Die er nicht geglaubt hatte, weil sie einfach ungeheuerlich waren. Und die sich jetzt als wahr herausstellten.

Er war ein *Kindermörder*.

Er hatte einen Menschen umgebracht, ein Kind. Einen kleinen, unschuldigen, hilflosen Jungen.

»Das muss ein ziemlicher Schock für Sie sein.« Dr. Dengel holte ihn in die Gegenwart zurück. »Es tut mir leid, dass Sie mit etwas so Schrecklichem konfrontiert werden, aber ich konnte und wollte Sie nicht anlügen. Seit dreißig Jahren trage ich dieses Geheimnis mit mir herum, und es ist mir von Jahr zu Jahr mehr zu einer Bürde geworden. Ich weiß nicht, ob das, was wir damals getan haben, richtig oder falsch war. Wir haben es in dem festen Glauben getan, Ihnen damit ein Leben zu ermöglichen, das ohne unser Zutun mit großer Wahrscheinlichkeit für Sie und vielleicht auch für andere zu einer Katastrophe geworden wäre.«

Eric sah sie an. Die Tränen, mit denen sich seine Augen gefüllt hatten, ließen ihr Gesicht verzerrt erscheinen. »Aber es wäre *mein* Leben gewesen.«

»Was wäre denn an diesem Leben Ihrer Meinung nach besser gewesen, wenn Sie gewusst hätten, dass Sie als Kind einem anderen Kind das Leben genommen haben?«

Eric wollte darüber in diesem Moment nicht nachdenken.

»Wie habe ich es getan?«

»Was meinen … oh. Ich verstehe. Ich denke, wir sollten Ihnen die Einzelheiten dazu ersparen. Diese Information würde nichts an der Tatsache ändern und Sie nur zusätzlich belasten.«

»Das ist mir egal. Ich will es wissen. Ich *muss* wissen, wie ich dieses neunjährige Kind umgebracht habe.«

Eric war sicher, dass er es schon wusste, aber er wollte

die Bestätigung von der Psychiaterin dafür haben, dass die Bilder, die er gesehen hatte, keine Hirngespinste gewesen waren, sondern ein Aufblitzen von Erinnerungsfragmenten.

Dr. Dengel schien mit sich zu kämpfen und das Für und Wider abzuwägen, bis sie schließlich sagte: »Mit einem Messer.«

»Und weiter?«

»Nichts weiter.«

Eric schüttelte verzweifelt den Kopf. »Hören Sie, ich muss wissen, ob das vielleicht ein Unfall gewesen ist. Können Sie nicht verstehen, wie wichtig das für mich ist? Ich kann einfach nicht glauben, dass ich bewusst ein Kind ermordet habe. Außerdem muss ich morgen Nachmittag auf meinen Social-Media-Kanälen Details darüber posten, was damals geschehen ist.«

»Dr. Schaffrath erwähnte so etwas. Und das wollen Sie wirklich tun?«

»Ja, natürlich, denn wenn nicht, wird der Kerl, der meinen Sohn und meine Frau entführt hat, ihnen etwas antun. Also, bitte: Wie genau ist dieser Junge gestorben?«

Sie schüttelte den Kopf. »Ich würde Ihnen gern helfen, aber mehr kann ich Ihnen dazu wirklich nicht sagen, weil ich selbst nicht mehr weiß. Die detaillierten Informationen zu der Tat kannten nur ganz wenige Menschen.«

»Der damalige Leiter der Klinik … wo finde ich ihn?«

»Sie finden Professor Deiland auf dem Saarlouiser Friedhof. Er ist vor acht Jahren gestorben.«

»Wer sonst weiß mehr über diese Sache?«

Dr. Dengel zuckte mit den Schultern. »Diese Information habe ich nicht. Wie schon gesagt, wurde das alles streng geheim gehalten. Wer im Einzelnen eingeweiht war, weiß ich nicht.«

»Was ist mit dieser Projektgruppe?«

»Wir haben nur mit zwei Leuten aus dieser Gruppe zu tun gehabt. Von dem einem Mann weiß ich nicht, was er danach gemacht hat. Ich kenne noch nicht einmal seinen Namen. Der andere war der damalige Oberstaatsanwalt. Der ist aber auch schon tot.«

»Es muss doch irgendwelche Aufzeichnungen geben.«

»Meines Wissens nicht.«

»Das heißt, ich habe keine Chance, mich mit jemandem zu unterhalten, der Details über damals weiß?«

Erneutes Kopfschütteln. »Zumindest kenne ich niemanden, der noch lebt.«

Eric griff nach seinem Weinglas und trank es in einem Zug leer. Dr. Dengel beobachtete ihn und wartete, bis er das Glas abgesetzt hatte. »Möchten Sie noch einen Schluck?«

»Ja, ich glaube, den kann ich brauchen.«

Nachdem sie die Flasche aus dem Kühlschrank genommen und ihre Gläser nachgefüllt hatte, setzte sie sich wieder hin.

»Ich möchte mich bei Ihnen entschuldigen für das, was ich getan habe«, erklärte sie in ihrer ruhigen Art. »Auch wenn ich nach wie vor der Überzeugung bin, dass es zu Ihrem Besten war, haben Sie natürlich recht, wenn Sie sagen, Sie hatten damals keine Chance, sich gegen das zu wehren, was wir mit Ihnen gemacht haben. Aber Sie dürfen bitte auch nicht vergessen, dass dieser Junge, der Sie damals waren, einen Menschen getötet hat und wir auf diese Art verhindert haben, dass er es womöglich wieder tut.«

Eric ließ sich mit seiner Antwort Zeit.

»Ich glaube Ihnen, dass Sie das damals in der Überzeugung getan haben, mir damit zu helfen. Und ja, mein Leben wäre ohne Ihr Eingreifen mit Sicherheit anders verlaufen, aber dennoch bin ich der Meinung, dass auch ein Ministerium sich nicht anmaßen darf, solche Entscheidungen ohne rechtlich einwandfreies Verfahren und richterliche Verfügung zu treffen. Was ist denn sonst der nächste Schritt? Zwangskastration im Schnellverfahren für Sexualstraftäter? Eine Lobotomie wie früher für erwachsene Täter, angeordnet durch einen Arzt? Wenn man sich auf diese Ebene außerhalb geltenden Rechts begibt, wo zieht man dann eine Grenze?«

Als sie nicht darauf antwortete, trank Eric sein Glas leer und stand auf. »Gibt es irgendeine Chance, dass ich mich wieder an alles erinnern kann?«

Auch Dr. Dengel erhob sich. »Wir dachten damals, dass das unmöglich sei, aber ich weiß es ehrlich gesagt nicht sicher. Allein dass Sie sich überhaupt an Bruchstücke von damals erinnert haben, hätte ich für höchst unwahrscheinlich gehalten. Operativ kann man definitiv nichts tun. Es kann allerdings sein, dass diese kleinen Erinnerungsstücke wie der Zipper eines Reißverschlusses funktionieren, den Sie Stück für Stück aufziehen können, um die darunter befindlichen Erinnerungen freizulegen. Aber ob das tatsächlich so ist …«

»Und wie könnte ich das machen mit diesem Reißverschluss?«

»Sie allein können das wahrscheinlich gar nicht, aber unter der Anleitung eines guten Therapeuten könnte es funktionieren.«

»Okay. Und? Würden Sie das tun?«

Dr. Dengel schüttelte energisch und ohne zu zögern den Kopf. »Ich? Auf gar keinen Fall.«

Eric nickte. Er hatte nichts anderes erwartet.

Kurz darauf standen sie vor der Tür und verabschiedeten sich voneinander. Als die Psychiaterin ihm die Hand entgegenstreckte und Eric sie ergriff, legte sie ihre zweite Hand auf seine. In ihrem Blick lagen Wärme und Wohlwollen.

»Ich bin sehr froh, dass Sie hier waren, aber ich gestehe, nicht sicher zu sein, ob es das Richtige war, Ihnen von damals zu erzählen. Es war auf eine gewisse Art egoistisch von mir, denn ich bin erleichtert, dass Sie jetzt wissen, was mit Ihnen geschehen ist. Nun müssen Sie selbst entscheiden, wie Sie mit diesem Wissen umgehen. Überlegen Sie es sich gut, ob Sie wirklich noch mehr erfahren möchten. Das alles ist lange her, und Sie sind nicht mehr der Junge, den man damals zu uns in die Klinik gebracht hat. Vielleicht ist es besser, Sie führen das Leben weiter, das Sie sich in über dreißig Jahren aufgebaut haben, unbelastet von Dingen, die so lange her sind und an denen nichts mehr zu ändern ist.«

»Das werde ich nicht können«, gestand Eric und zog seine Hand zurück. »Wie Sie wissen, werde ich alles, was ich jetzt erfahren habe, morgen öffentlich machen müssen. Dabei kann ich nur hoffen, dass es dem Entführer genügt, was ich herausgefunden habe. Allerdings frage ich mich, woher *er* so viel über mich wissen kann.«

»Das kann ich Ihnen nicht sagen.«

»Ja, das dachte ich mir. Danke, dass Sie so ehrlich zu mir waren.«

Eric wandte sich ab und hatte schon zwei Schritte gemacht, als er sich noch mal zu der Psychiaterin umdrehte.

»Wissen Sie, was aus der Familie Kern geworden ist? Sie sind nach dieser Nacht offenbar spurlos verschwunden.«

»Darüber hat man mit uns nicht gesprochen. Ich denke, das haben die Leute vom Justizministerium geregelt. Aber sicher weiß ich auch das nicht. Und ich kenne auch niemanden von denen.«

»Wenn ich das alles morgen öffentlich mache, werden wahrscheinlich einige Leute viele Fragen an Sie haben.«

Dr. Dengel winkte ab. »Was auch immer wir damals getan haben, erfolgte auf Anweisung von höchsten Stellen, obwohl ich überzeugt bin, dass alle Spuren, die in Ministerien oder zu Politikern hätten führen können, sauber verwischt wurden. Aber das alles ist mittlerweile aus rechtlicher Sicht sowieso verjährt. Ich bin sicher, das wird schnell im Sande verlaufen.«

»Wir werden sehen. Ich habe noch eine letzte Frage: Wie war mein Name?«

»Kai.«

»Und weiter?«

»Nichts weiter. Auch diese Information haben wir nicht bekommen. Sie wurden von allen Kai genannt, aber ich glaube ehrlich gesagt nicht, dass das Ihr richtiger Name war.«

»Kai …« Eric horchte in sich hinein, ob der Klang dieses Namens etwas in ihm auslöste, aber das war nicht der Fall.

Dr. Dengel hatte wohl recht. Kai war nicht sein richtiger Name gewesen.

»Ich danke Ihnen«, sagte er, dann drehte er sich um und ging.

Eric war noch keine fünf Minuten unterwegs, als er rechts ranfahren musste und sich aus der geöffneten Fahrertür auf die Straße übergab. Immer wieder hatte er das Bild des blutverschmierten Jungen vor Augen, den *er* mit einem Messer getötet hatte. Er bekam es nicht mehr aus dem Kopf.

Als sich sein Magen wieder beruhigt hatte, ließ er sich zurück in den Sitz fallen und schloss die Tür. Er hatte einen Menschen getötet. Er war ein Mörder.

Schlimmer noch. Ein *Kindermörder*.

35

Als Udo Christ Eric die Tür öffnete, sah er ihn erschrocken an. »Mein Gott, was ist denn mit Ihnen passiert? Sie sehen ja grauenvoll aus.«

Eric nickte und ging an dem Journalisten vorbei ins Haus, ließ sich auf einen Stuhl am Esstisch fallen und stützte den Kopf in die Hände. Irgendwann stellte Christ ein Schnapsglas vor ihm ab.

»Trinken Sie, das hilft.«

Eric war dankbar, dass der Journalist ihn nicht sofort mit Fragen löcherte. Er nahm das Glas und schüttete den starken Schnaps mit einem Ruck hinunter.

»Es ist alles wahr«, sagte er dann, woraufhin Christ sich setzte.

»Was genau meinen Sie?«

»Ich bin ein Mörder.«

Ohne eine Reaktion abzuwarten, stand Eric auf und lief nach oben, wo er seine Tasche aus dem Gästezimmer holte. Als er die Treppe wieder hinunterging, wartete der Journalist im Flur auf ihn. »Sie wollen zurück? Heute noch?«

»Ja. Ich muss in München sein, wenn ich veröffentliche, was ich jetzt weiß. Ich muss da sein, wenn er meinen Sohn und meine Frau freilässt.«

Christ nickte. »Das verstehe ich. Sie haben meine Telefonnummer. Falls es irgendetwas gibt, das ich hier noch für Sie tun kann, rufen Sie mich an, okay?«

»Ja, das mache ich.« Eric streckte ihm die Hand entgegen. »Ich danke Ihnen. Für alles.«

»Keine Ursache! Ich habe doch kaum was gemacht.«

»Trotzdem – danke.«

Wenig später saß Eric in seinem Auto und machte sich auf den Weg zurück nach München.

Die Fahrt wurde für ihn zu einem Albtraum. Es war ihm fast unmöglich, sich auf den Verkehr zu konzentrieren. Als es dunkel war, wurde es so schlimm, dass er immer wieder anhalten musste, um ein paar Schritte an der frischen Luft zu machen.

Die Gewissheit darüber, was er getan hatte, raubte ihm fast den Verstand, die unbeantwortete Frage, wie sein Leben nun weitergehen würde, ließ ihn verzweifeln.

Wenige Stunden zuvor wäre er ohne Zögern bereit gewesen, alles öffentlich zu posten, was der Entführer von ihm verlangte. Er hätte sofort jeden angeblichen Mord gestanden, in der Gewissheit, nichts dergleichen getan zu haben und alles wieder geraderücken zu können, sobald Leon und Paula frei waren.

Nun aber wusste er, dass er wirklich einen Menschen getötet hatte. Wenn er das am nächsten Tag postete, so wie der Kerl es verlangte, würde es das Ende seiner Karriere bedeuten und das Ende aller Freundschaften und Bekanntschaften. Niemand würde noch etwas mit ihm zu tun haben wollen. Einem Kindermörder. Wahrscheinlich würde sich sogar sein Sohn von ihm abwenden und ihn zusammen mit Paula verlassen.

Die Medien würden sich auf ihn stürzen und die Geschichte ausschlachten, zu einem riesigen Skandal aufbauschen, und ein Shitstorm würde über ihn hereinbrechen.

Und dennoch hatte er keine Wahl. Er musste es tun.

Eric nahm sich vor, gleich am frühen Morgen zu Dr. Schaffrath zu fahren und ihn zu bitten, ihn dabei zu unterstützen, seine Erinnerung wieder zurückzubekommen.

Vielleicht würde ihm das helfen zu verstehen, was dazu geführt hatte, dass er als Kind eine solche Tat begangen haben konnte.

Um halb zwei Uhr nachts war er zu Hause, ging auf direktem Weg ins Schlafzimmer, zog sich aus und legte sich ins Bett. Kurz bevor er einschlief, knipste er das Licht wieder an und griff nach seinem Handy. Er musste nachsehen, ob er eine neue Nachricht von dem Entführer bekommen hatte, aber das war nicht der Fall. Eric wusste nicht, ob er das als gutes oder schlechtes Zeichen werten sollte. Er schaltete das Licht aus und fiel in einen bleiernen Schlaf.

Um kurz nach sieben Uhr morgens wachte er auf.

Obwohl er traumlos durchgeschlafen hatte, fühlte er sich matt und antriebslos. Dennoch stieg er aus dem Bett, schlurfte ins Badezimmer und stellte sich unter die Dusche.

Seine Gedanken drehten sich um seinen Sohn und seine Frau, die an diesem Tag – so hoffte er – wieder unversehrt zu ihm zurückkehren würden. Und um das, was danach kommen würde. Noch immer hatte er keine Vorstellung davon, wie seine Zukunft aussehen könnte. Aber eines wusste er genau: Das Leben, wie er es bisher gekannt hatte, war vorüber.

Als er angezogen war, ging er in die Küche und machte sich eine Tasse Kaffee. Um zwanzig vor acht hielt er es schließlich nicht mehr aus und rief bei Dr. Schaffrath an.

Der Psychiater war tatsächlich schon aufgestanden und wollte als Erstes wissen, wie das Gespräch mit Dr. Dengel verlaufen war. Eric schilderte es ihm und hörte, wie Schaffrath zwischendurch sagte: »Das darf doch nicht wahr sein!«

Eric endete seinen Bericht mit der Frage, ob Schaffrath es für möglich hielt, dass er seine vollständige Erinnerung zurückerlangen konnte, und ob er bereit war, ihm dabei zu helfen.

»Mir ist der Eingriff, der offenbar bei Ihnen durchgeführt wurde, zumindest aus der Theorie bekannt«, erklärte Schaffrath. »Ich weiß nicht, ob wir Erinnerungen wieder aus Arealen Ihres Gehirns hervorholen können, zu denen diese Leute damals offenbar die Brücken zerstört haben. Aber ich kann mir vorstellen, wie Sie sich fühlen und wie brennend Ihr Wunsch sein muss zu erfahren, wer Sie waren. Ich bin bereit, es zu versuchen.«

»Danke!«, entgegnete Eric. »Kann ich gleich zu Ihnen kommen?«

»Möchten Sie nicht erst einmal alles sacken lassen, bevor Sie vielleicht mit weiteren Details konfrontiert werden?«

»Nein. Ich muss heute Nachmittag um fünfzehn Uhr etwas posten, von dem abhängt, ob mein Sohn und meine Frau freikommen. Je mehr Details ich weiß, umso größer wird die Chance, dass sie am Leben bleiben.«

Um kurz vor halb zehn lag Eric in Dr. Schaffraths Wohnzimmer auf der Couch. Er war entspannt und hatte sein

Umfeld völlig ausgeblendet, während er der ruhigen, monotonen Stimme lauschte, mit der der Psychiater zu ihm sprach, und sich von ihr lenken ließ.

»Wir gehen jetzt zurück in deine Kindheit. Zu der ersten Erinnerung, die du nach dem Feuer hast. Du bist elf Jahre alt. Schau dich um. Wo bist du?«

»Ich bin in einem Raum, um mich herum sind ein paar Leute.«

»Wer sind diese Leute?«

»Ich kenne nur zwei von ihnen. Einen Mann und eine Frau. Sie sind Ärzte.«

»Dreh dich um, siehst du die Tür?«

»Ja.«

»Öffne sie und verlasse jetzt den Raum. Wenn du hinausgehst, bist du in deinem Elternhaus. Sag mir, was du siehst.«

»Feuer! Überall ist Feuer! Ich …«

»Nein, du verlässt das brennende Haus und gehst zurück in die Zeit vor dem Brand. Was siehst du?«

Die Flammen verschwinden vor seinem inneren Auge. Und mit ihnen die Stimme des Psychiaters. Er befindet sich jetzt in einem schwerelosen Zustand, um ihn herum herrscht tiefe Dunkelheit. So tiefschwarz, dass er keine Vorstellung davon hat, wo oben und unten ist. Alles fühlt sich leicht an, und er fühlt sich auf eine sonderbare Art frei, trotz der Dunkelheit. Dann entdeckt er vor sich einen hellen Punkt, ein verwaschenes, schwaches Licht, das langsam größer und heller wird. Er treibt darauf zu. Oder kommt es zu ihm?

Es wird schnell größer, und schon im nächsten Moment hat das

Licht ihn verschluckt. Das Bild ändert sich, und er steht vor einer Hauswand. Unter ihm ist ein Schacht mit einem Kellerfenster, links und rechts davon Blumenbeete mit gelben Steinen darin. Er weiß, er hat diese Situation schon einmal erlebt. Aber das ist jetzt unwichtig. Er schaut sich um, hebt einen Stein aus dem Beet auf und wirft ihn ohne Zögern durch das Kellerfenster. Die Scheibe zerbricht, die Splitter regnen auf den Boden des Kellerraumes, wie er an dem prasselnden Geräusch hören kann.

Er schaut sich noch einmal kurz um, dann stößt er mit der Faust ein paar spitze Scherben aus dem Rahmen und steigt vorsichtig rückwärts durch das Fenster. Sekunden später hat er sich in den Raum hinabgelassen. Zielstrebig öffnet er die Tür des Kellerraums, in dem er sich jetzt befindet, durchquert einen weiteren und steht dann vor einer Treppe. Er steigt sie hinauf, öffnet eine nächste Tür und findet sich im Flur des Erdgeschosses wieder. Er kennt sich aus, er war schon ein paarmal hier, um mit dem jüngsten Sohn der Familie zu spielen. Florian heißt er, und er ist ein Nachzügler. Sein Vater ist schon sehr alt.

Er hat Florian durch Philipp und Elias kennengelernt. Die beiden Brüder haben ihn auf sein Drängen hin mit zu Florian genommen, weil er das Haus der reichen Leute von innen sehen wollte. Das alles weiß er in diesem Moment ganz selbstverständlich. Ebenso wie er weiß, dass es in einer Schublade in der Küche eine kleine Plastikbox gibt. Florian hat sie ihnen als ein großes Geheimnis gezeigt.

Er verlässt den Flur und geht in die Küche, zu der Schublade, und öffnet sie. Die Box ist noch da. Er nimmt den Deckel ab und greift nach den Geldscheinen, die sich darin befinden. Er weiß nicht, wie viel es ist, aber es ist ein ganzer Stapel Zwanziger und Zehner. Ein paar Fünfziger sind auch dabei.

Es ist eine Menge Geld.

Nachdem er die Schublade wieder zugeschoben hat, macht er sich auf den Rückweg. Neben der Kellertreppe steht eine Tür offen. Den Raum dahinter dominiert ein großer Schreibtisch. Er betritt den Raum, geht zu dem Schreibtisch und betrachtet die Gegenstände, die darauf liegen. Unnützer Bürokram, eine Uhr mit einem Pendel unter einem Glaszylinder, zwei Rahmen mit Bildern darin. Auf einem ist Florian mit seiner Mutter zu sehen.

Er zieht nacheinander die drei Schubladen auf, die sich auf der linken Seite des Schreibtisches befinden. In der untersten liegt ein Messer, dessen Klinge in einer hellbraunen, ledernen Hülle steckt. Sie muss groß sein. Oben ragt ein dunkler Holzgriff heraus. Er nimmt das Messer samt Hülle heraus, schließt die Schublade wieder und macht sich auf den Weg nach unten. Im Raum mit dem zerborstenen Fenster schaut er sich um, entdeckt in der Ecke eine hölzerne Kiste. Er steckt das Messer in die eine Gesäßtasche seiner Jeans, das Geld in die andere, dann schiebt er die Kiste unter das Fenster. Er tritt zwei Schritte zurück, zieht das Messer und die Geldscheine wieder aus den Taschen und betrachtet sie. Er ist reich. Und er hat jetzt ein Messer.

Als er auf die Kiste zugeht, wird es plötzlich wieder dunkel. Wie zuvor fühlt er sich schwerelos, doch anders als gerade eben noch gibt es kein Licht mehr, auf das er zutreibt. Nur diese bodenlose Schwärze.

Er weiß nicht, wie lange er so dahintreibt, bis es schlagartig hell wird.

Eric brauchte ein paar Sekunden, bis er registrierte, wo er war und dass die Helligkeit daher kam, dass er die Augen geöffnet hatte. Er drehte den Kopf und blickte in Dr. Schaffraths ernstes Gesicht.

»Erinnern Sie sich daran, wo Sie gerade waren?«

»Ja«, sagte Eric, »an jede Einzelheit. Ich war in einem Haus, und ich weiß auch, wo es steht. Ich war gestern dort. Habe ich etwas gesagt?«

Dr. Schaffrath nickte. »Sie haben alles genau beschrieben. Das Fenster, die Treppe, die Küche … das Geld und das Messer.«

Eric richtete sich auf und fuhr sich über die Haare. »Ich hatte gestern schon eine Art Flashback, als ich vor diesem Haus gestanden habe.«

Eric blickte Dr. Schaffrath fest in die Augen. »Ich glaube, ich habe damals wirklich dort eingebrochen.«

36

»Ich habe versucht, Sie weiter zurückzuführen, aber etwas in Ihnen hat blockiert. Das ist sicher auf die Manipulationen zurückzuführen, die an Ihrem Gehirn stattgefunden haben. Es grenzt schon an ein Wunder, dass Sie überhaupt Erinnerungen an die Zeit vor dem Eingriff haben. Ich schätze, das ist damals doch nicht so sauber und perfekt abgelaufen, wie Dr. Dengel es dargestellt hat, denn sonst könnten Sie sich nicht mehr an die Zeit davor erinnern.«

Eric stand noch ganz unter dem Eindruck des gerade Erlebten. »Es fällt mir schwer, zu glauben, dass ich das wirklich gewesen bin, der in dieses Haus eingebrochen hat.«

»Wenn es stimmt, was Dr. Dengel gesagt hat, und es sich bei dem Jungen damals wirklich um Sie gehandelt hat, waren Sie ein Kind, das aus sehr schwierigen Verhältnissen stammte und eine schwere Zeit mit Gewaltexzessen in verschiedenen Heimen hinter sich hatte. Gefühle wie Liebe oder Zuneigung haben Sie wahrscheinlich kaum kennengelernt, sondern im Gegenteil vermutlich recht früh lernen müssen, sich zur Wehr zu setzen, weil Sie auf sich allein gestellt waren. Das, was Sie vielleicht getan haben, wäre letztendlich eine logische Konsequenz davon.«

Als Eric darauf nicht reagierte, sagte Schaffrath ernst: »Eric, in Anbetracht der Umstände war das, was man damals mit Ihnen gemacht hat, wahrscheinlich wirklich zu Ihrem Wohl, auch wenn Sie das anders sehen. Alle Erfahrung, die ich in meiner langjährigen Praxis gemacht habe, spricht dafür, dass Ihr weiterer Lebensweg bei dem, was Sie in Ihrer Kindheit erlebt haben, sonst anders ausgesehen hätte.«

Eric sah zu Dr. Schaffrath hinüber. »Darüber werde ich mir Gedanken machen, wenn meine Familie wieder wohlbehalten bei mir ist. Im Moment ist es das Wichtigste für mich, so viele Details wie möglich in Erfahrung zu bringen.«

»Das verstehe ich.«

»Können wir es noch mal versuchen?«

Dr. Schaffrath schüttelte den Kopf. »Das wird nicht funktionieren. Nicht unmittelbar nach dem letzten Versuch. Wir kämen jetzt wahrscheinlich noch nicht einmal mehr bis zu Ihrer Kindheit zurück, weil eine gewisse Ermüdungserscheinung Sie blockieren würde.«

»Sind Sie sicher? Können wir es nicht wenigstens versuchen?«

»Tut mir leid. Wir würden damit riskieren, dass sich Türen für immer schließen, die wir gerade vorsichtig einen kleinen Spalt weit geöffnet haben.«

»Also gut, dann mache ich mich jetzt auf den Rückweg und rufe bei der Polizei an. Ich möchte wissen, ob es etwas Neues gibt.«

»Haben Sie sich schon einmal überlegt, woher der Entführer all die Dinge über Sie wissen kann?«

»Ja, und ich habe auch eine Vermutung.«

»Und die wäre?«

»Vielleicht weiß er davon, weil er es gesehen hat.«

Dr. Schaffrath nickte. »Genau zu dem Schluss bin ich auch gekommen. Es könnte sein, dass es sich bei dem Entführer um den älteren Bruder des getöteten Jungen handelt.«

»Oder um den Vater«, fügte Eric hinzu. »Und genau das werde ich auch Kommissar Lochmeier sagen.«

Bevor er den Beamten jedoch anrufen konnte, meldete sich der Entführer. Eric saß noch keine zwei Minuten im Auto, als sein Telefon klingelte.

»Ich hoffe für deinen Sohn und deine Frau, dass du mittlerweile weißt, was du getan hast«, begann der Mann das Gespräch und jagte Eric einen kalten Schauer über den Rücken. Er bremste ab und fuhr rechts ran.

»Sie hatten recht. Ich habe als Kind wohl tatsächlich einen Jungen getötet.«

»Sag seinen Namen.«

»Elias«, presste Eric hervor.

»Seinen vollen Namen.«

»Elias Kern.«

»Wie hast du ihn getötet?«

Eric musste schlucken. »Mit einem Messer.« Seine Stimme klang dünn und leise.

»Was war dein Grund, ein neunjähriges Kind zu erstechen?«

»Das … weiß ich nicht.«

»Das ist schlecht.«

»Vielleicht war es ja ein Unfall?«

»Das war es nicht. Du denkst wohl immer noch, dass du weiterhin ungeschoren mit einem Mord davonkommst. Ich versichere dir, ich werde dafür sorgen, dass das nicht so ist.«

»Bitte, lassen Sie meinen Sohn und meine Frau frei. Tun Sie ihnen nichts, sie können doch nichts für das, was geschehen ist.«

»Ein kleiner Junge konnte auch nichts für das, was du ihm angetan hast. Er war mindestens so unschuldig wie dein Sohn. Hat dich das interessiert? Nein. Warum sollte mich dann dein Kind interessieren? Ich werde die beiden freilassen, wenn das, was du schreibst, mir genügt. Und das sollte es besser. Ich klebe dir seit zwei Tagen an den Fersen und war seitdem nicht mehr bei ihnen. Sie haben nichts zu essen und nichts zu trinken. Gefunden werden sie niemals, das Versteck ist sicher. Wenn ich sie heute nicht freilasse, wird es eng für sie.«

»Hören Sie, ich werde alles öffentlich posten, was ich weiß. Genügt es Ihnen nicht, dass dann alle Welt erfährt, dass ich als Kind ein anderes Kind getötet habe? Reicht es Ihnen nicht aus, dass mein Leben damit zerstört ist?«

»Dein Leben?«, zischte der Mann, und es war das erste Mal, dass Eric die starken Emotionen in seiner Stimme wahrnahm. »*Dein* Leben ist zerstört? Ich will dir etwas von zerstörten Leben erzählen, Daniel Braun.«

Als Eric den Namen hörte, zuckte er zusammen. Sofort entstanden Bilder in seinem Kopf, ein heilloses Durcheinander an Eindrücken, ohne dass er einen davon klar erkennen konnte. Eines wusste er jedoch augenblicklich: dass das früher sein Name gewesen war.

»Ein ermordeter neunjähriger Junge ist ein zerstörtes Leben«, stieß der Entführer aus, von dem Eric nun zu wissen glaubte, wer er war. In seiner Stimme war die ungebremste Wut zu hören. Der Hass.

»Die Eltern dieses Jungen, die sich im Abstand von zwei Jahren beide umgebracht haben, weil sie den Gedanken nicht ertrugen, was mit ihrem geliebten Kind geschehen ist, *das* sind zerstörte Leben.« Er schrie so laut in den Hörer, dass es Eric in den Ohren weh tat.

»Die zerstörte Seele eines anderen Kindes, dessen kleiner Bruder ermordet wurde, auch *das* ist ein zerstörtes Leben. Also erzähl du mir nichts von deinem kleinen zerstörten Scheißleben, das man zur Belohnung für dieses abscheuliche Verbrechen gerettet und dem man eine sorgenfreie Zukunft beschert hat, während die Opfer deiner Tat verreckt sind. Wenn du noch ein einziges verficktes Wort darüber verlierst, werde ich mich vergessen und deine Frau zwingen, dabei zuzusehen, wie ich deinem Sohn langsam die Kehle durchschneide und ihn verbluten lasse wie ein kleines Schwein. Hast du das verstanden? Weißt du jetzt, was zerstörte Leben sind, Daniel Braun?«

»Philipp«, sagte Eric, ohne es bewusst zu wollen, und er sah die Absenderadresse der Mails vor sich, die er bekommen hatte. *P-k@cuvox.com*. P.K. … Philipp Kern.

»Philipp …« Der Entführer stieß den Namen aus, als sei er ein Schimpfwort. »So heiße ich schon lange nicht mehr. Aber du hast recht, ich bin es. Der einzige Überlebende einer vierköpfigen Familie, die du auf dem Gewissen hast, du verdammter Scheißkerl. Und wenn du jetzt denkst, dass die Polizei mich findet, nachdem du ihnen gesagt hast, wer ich bin, dann irrst du gewaltig. Die waren damals nämlich verdammt gründlich, und zwar nicht nur bei dir. Sie haben uns neue Identitäten gegeben und alle Unterlagen dazu vernichtet. Um uns zu schützen, wie sie sagten. Dabei wollten sie damit nur einen schützen, nämlich *dich*. Nur wegen dir mussten wir fast alles aufgeben. Unsere Namen, unser Leben, unsere Heimat. Lediglich meinem Vater war es zu verdanken, dass wir unseren Frieden …«

Er verstummte, um sich offenbar wieder unter Kontrolle zu bringen, denn seine Stimme klang deutlich beherrschter, als er sagte: »Nein, es gibt keinen Philipp Kern mehr. Und niemand wird herausfinden, wie ich jetzt heiße und wo ich wohne.«

Eric hatte den letzten Worten nur noch halb zugehört, denn in ihm wuchs die Ahnung, dass irgendetwas von dem, was Philipp gesagt hatte, wichtig war. Sehr wichtig. Aber Philipp hatte so viel geredet, dass er nicht wusste, was es gewesen sein könnte. Da war nur ein unbestimmtes Gefühl.

Aber war im Moment nicht alles, was er hörte, wichtig? Wie zum Beispiel die Antwort auf eine brennende Frage.

»Wie hast du mich gefunden?« Eric erkannte seine eigene Stimme kaum.

»Durch deinen Erfolg! Ich habe mein ganzes Leben lang nach dir gesucht und schon fast aufgegeben, da habe ich dich im *Tatort* gesehen. Ich habe dich sofort erkannt. Jede Kleinigkeit deines verdammten Gesichts hat sich in mein Gedächtnis eingebrannt. Vor allem der verschlagene Blick deiner Augen.«

»Warum hast du das mit meinem Account bei Facebook gemacht, wenn es dir doch um etwas ganz anderes ging? Und all das andere: Anwalt, Sterbeversicherung …«

»Ich wollte deine Aufmerksamkeit. Und ich wollte dir schon mal klarmachen, dass dein ganzes Leben ein Fake ist, bevor ich dir dabei helfe, dich daran zu erinnern, was du getan hast.«

»Aber damit hast du selbst dafür gesorgt, dass viele meiner Follower denken könnten, dass das, was ich nachher zu dem Mord veröffentliche, auch wieder von einem gefakten Profil gepostet wurde.«

Die sekundenlange Stille, die daraufhin folgte, deutete Eric als Zeichen, dass Philipp diese Möglichkeit tatsächlich nicht bedacht hatte.

»Na und? Wenn Leute sich bei dir melden, sagst du ihnen die Wahrheit. Ich warne dich! Wenn du lügst, beschäftige ich mich mit deinem Sohn. Mit einem Messer.«

»Philipp, es tut mir leid, was damals geschehen ist. Ich weiß nicht, was genau vorgefallen ist, aber ich kann dir versichern, es tut mir unendlich leid, und ich kann nicht verstehen, dass ich so etwas Schreckliches getan habe. Ich werde alles tun, was du verlangt hast. Wenn dieser Post veröffentlicht ist, wirst du dann meinen Sohn und meine Frau freilassen?«

»Gestehe, was du getan hast. Sag die Wahrheit und nenne seinen Namen. Die Welt soll endlich wissen, dass mein kleiner Bruder im Alter von neun Jahren von dir ermordet worden ist. Schreibe es so, dass nicht nur alle anderen, sondern auch ich dir glaube, dass du es ernst meinst. Dann werde ich sie bald freilassen. Aber vergiss nicht, ich weiß genau, was passiert ist.«

»Und woher weißt du das so genau?«

»Ich … ich war dabei. Und ich war wie versteinert, konnte nichts tun, um meinen kleinen Bruder zu retten.«

37

Eric brauchte eine Weile, bis er sich in der Lage sah, weiterzufahren. Nachdem er eine Zeitlang dagesessen und durch die Scheibe seines Autos gestarrt hatte, warf er einen Blick auf die Uhr. Kurz nach halb zwölf.

Bevor er wieder losfuhr, rief er Lochmeier an.

»Herr Sanders, wo sind Sie?«

»Auf dem Weg nach Hause. Ich weiß, wer meine Frau und meinen Sohn entführt hat. Er hat mich gerade noch mal angerufen.«

»Was? Und wer ist es?«

»Das ist ein wenig kompliziert. Er hieß als Kind Philipp Kern, hat aber mittlerweile einen anderen Namen.«

»Okay, und welchen?«

»Das weiß ich leider nicht.«

Lochmeier schwieg einen Moment, dann sagte er. »Wo wohnt er?«

»Ich … okay, ich versuche, Ihnen kurz zu erklären, was ich im Saarland erfahren habe.«

Dann berichtete Eric in Kurzform von dem, was Dr. Dengel ihm erzählt hatte. Lochmeier unterbrach ihn nicht, und erst als er fertig war, sagte er: »Das ist ja die größte Räuberpistole, die ich jemals gehört habe. Ich weiß nicht, wer diese Dr. Dengel ist, aber entweder hat sie Ihnen wissentlich einen Bären aufgebunden, oder aber sie ist selbst ein Fall für jemanden aus ihrem Berufsstand. Es ist absolut undenkbar, dass ein Mord von Behörden verheimlicht wird. Wir leben in einem Rechtsstaat, Herr Sanders, da ist so was schlicht unmöglich.«

»Ich weiß, dass sich die Geschichte abenteuerlich anhört, und glauben Sie mir, für mich als Betroffenen ist es noch mal eine ganz andere Sache, aber ich kann mich tatsächlich an Fragmente erinnern, die das bestätigen, was Frau Dr. Dengel gesagt hat.«

»Das hat die Frau Ihnen wahrscheinlich suggeriert.«

»Können Sie denn nicht trotzdem wenigstens mal im Saarland nachfragen, ob man 1991 einer Familie namens Kern aus Saarlouis eine neue Identität gegeben hat? Vielleicht im Rahmen eines Zeugenschutzprogrammes?«

Zwei, drei laute Atemzüge lang schien Lochmeier zu überlegen, dann sagte er: »Also gut, ich erkundige mich, aber ich kann Ihnen jetzt schon sagen, dass nichts dabei herauskommen wird.«

»Danke, das genügt mir. Melden Sie sich?«

»Ja. Und was haben Sie jetzt vor? Werden Sie den Forderungen des Entführers nachkommen? Wollen Sie wirklich veröffentlichen, dass Sie ein Kind getötet haben?«

»Ja, weil ich es tun muss, wenn ich meine Familie retten will. Und weil ich glaube, dass das damals tatsächlich geschehen ist, als ich selbst noch ein Kind war.«

»Kindermord … Ihnen ist klar, was Sie damit auslösen werden und was Ihnen an Wut und Hass entgegenschlagen kann? Gerade bei solchen Themen hat man schnell den Internetmob gegen sich.«

»Das ist mir klar. Aber was würde passieren, wenn ich es nicht tue?«

»Das weiß ich leider nicht. Vielleicht droht er nur.«

»Vielleicht, aber vielleicht macht er auch ernst. Er hat am Telefon gesagt, er könnte meine Frau zwingen, dabei zuzusehen, wie er meinem Sohn die Kehle durchschneidet und ihn verbluten lässt. Denken Sie, das Risiko würde ich eingehen?«

»Nein. Sie fahren jetzt nach Hause?«

»Ja.«

»Ich werde mit ein paar Kollegen zu Ihnen kommen, bevor Sie diesen Post veröffentlichen. Wenn der Entführer sich wieder bei Ihnen meldet, möchten wir dabei sein. Wir werden versuchen, ihn zu orten, aber wenn das Handy kein Smartphone mit GPS ist, geht das nur sehr ungenau auf etwa zwei Kilometer. Aber je nachdem, was er sagt oder verlangt, wollen wir gleich reagieren.«

»Okay.« Eric legte auf.

Er musste nach Hause und genau überlegen, wie er den Post formulieren würde, damit Philipp die beiden freiließ, ohne ihnen etwas anzutun.

Philipp ... Der Name war ihm vertraut, und er wusste auch, dass er der ältere Bruder von Elias war. Er musste damals vierzehn Jahre alt gewesen sein. Was Eric aber vollkommen fehlte, war ein Gesicht zu dem Namen. Ebenso wie er sich nicht an das Aussehen des kleinen Elias erinnern konnte. Das einzige Bild, das er von dem Neunjährigen hatte, der tot auf dem Boden seines Zimmers lag, war das eines blutüberströmten und von tiefen Wunden verunstalteten Gesichts.

Eric fasste den Entschluss, dass er, egal, was passierte, nicht aufgeben würde, bis er genau wusste, was damals geschehen war. Es war ihm mit Schaffraths Hilfe gelungen, sich daran zu erinnern, dass er offenbar in das Haus der Familie Klaff – sogar *der* Name war ihm wieder präsent – eingebrochen war und dort Geld gestohlen hatte. Und ein Messer.

Zu Hause ging Eric ins Büro und schaltete den Computer an. Obwohl er gerade mit ihm telefoniert hatte, sah er nach, ob es eine neue Mail von Philipp gab. Aber Fehlanzeige. Als Nächstes checkte er seinen Facebook-Account und suchte nach einer weiteren Seite mit seinem Namen, doch die gab es nicht mehr. Offenbar hatten der falsche Account und die gefakte Seite ihren Dienst für Philipp getan. Nun war er dran mit einem echten Post.

Eric richtete den Blick am Monitor vorbei an die Wand. Ihm war ein Gedanke gekommen, nein, eher das Gefühl, noch etwas von damals zu wissen. Es betraf Philipp und die Tatsache, dass er nicht bedacht hatte, dass er mit dem Fake-Account selbst dafür gesorgt hatte, dass viele Erics Geständnis ebenfalls für gefakt halten würden. Das war nicht gerade klug gewesen, sondern vorschnell und übereilt. Und Eric glaubte zu wissen, dass Philipp auch als Junge schon immer etwas impulsiv gehandelt hatte und sich erst hinterher Gedanken darüber machte, was er da eigentlich getan hatte. Vor allem seinem jüngeren Bruder gegenüber, von dem er schnell genervt war und dann schon mal die Beherrschung verlor. Eric schüttelte den Gedanken ab, er musste sich jetzt um seinen Post kümmern.

Er öffnete sein Schreibprogramm und starrte den leeren Bildschirm an. Wie sollte er beginnen?

Und vor allem, wie sollte er sich konzentrieren, wenn in seinem Kopf ständig die vielen schrecklichen Bilder auftauchten, die, anders als das Fake-Foto seiner angeblichen Eltern, die *wahre* Vergangenheit zeigten?

Er erhob sich, zog seine Geldbörse aus der Hosentasche und klappte sie auf. Mit spitzen Fingern fischte er das Foto mit der verkohlten Ecke aus einem kleinen Fach und zerriss es, ohne es noch einmal anzuschauen. Dann warf er die Schnipsel in den Papierkorb und starrte wieder auf den leeren Monitor. Eine Übersprunghandlung, das war ihm bewusst, aber er hatte das dringende Bedürfnis gehabt, sich von der Lüge auf diesem Foto zu befreien.

Erneut versuchte er, sich darauf zu konzentrieren, was er schreiben sollte. Nach einer Weile legte er die Finger auf die Tastatur und begann.

Hallo zusammen,
nachdem sich die Wogen um den Fake-Account gelegt haben, möchte ich euch heute ein Geständnis machen, das mir sehr auf der Seele lastet. Und ihr könnt mir glauben, dies ist kein Fake-Profil, sondern ich bin es tatsächlich.
Ich gestehe, dass ich als Kind im Alter von elf Jahren ein anderes Kind getötet habe. Ich gestehe, dass mir eine neue Identität gegeben wurde, weil ich zur Tatzeit wegen meines Alters schuldunfähig war. Ich gestehe, dass als Folge dieses fürchterlichen Vorfalls weitere Menschen ums Leben gekommen sind.

Eric setzte den Cursor um und ersetzte den *fürchterlichen Vorfall* durch *fürchterliche Tat*. Er durfte bei Philipp nicht den Eindruck erwecken, er wolle etwas verharmlosen.

Ich gestehe, dass ich mir meiner Tat bis vor einem Tag nicht bewusst … Nein, auch das würde Philipp wütend machen. Eric löschte den angefangenen Satz wieder und las noch einmal durch, was er bisher geschrieben hatte. Dann fügte er hinzu:

Ich fühle mich schrecklich angesichts der großen Schuld, die ich auf mich geladen habe, und bitte alle Menschen, die von meiner Tat in irgendeiner Weise betroffen waren oder sind, von ganzem Herzen um Entschuldigung.
Eric Sanders

Er las den Text ein weiteres Mal, dann speicherte er ihn ab und sah auf die Uhr.

Zwanzig nach zwölf. Er würde ihn nach einer Weile noch mal überarbeiten und vielleicht auch den Polizisten zeigen, wenn sie kamen.

Der Gedanke, einem Polizisten ein Mordgeständnis zu zeigen, fühlte sich seltsam an. Noch bizarrer war aber das Bewusstsein, einen Menschen getötet zu haben und dafür nicht bestraft worden zu sein.

Eric verließ das Büro und ging ins Wohnzimmer, wo er sich auf die Couch legte. Als er die Augen schloss, tauchten sofort die schrecklichen Bilder wieder auf, so dass er die Lider erneut öffnete und sich mit einem Ruck aufsetzte.

Er stand auf und begann, im Zimmer auf und ab zu gehen. Dabei blickte er alle paar Minuten auf die Uhr und wünschte sich, es wäre endlich so weit. Was auch immer sein Post bewirken würde, er wollte es hinter sich bringen.

Die Polizisten kamen um kurz nach zwei. Sie waren zu viert, drei Männer und eine Frau. Die Frau war Kriminalhauptkommissarin Kürenz, einer der Männer Lochmeier. Die beiden anderen waren jünger.

»Was haben Sie vor, wenn Philipp meinen Sohn und meine Frau freigelassen hat?«

»Philipp?«, fragte Kürenz nach und tauschte einen Blick mit Lochmeier. »Ist das der Name des Jungen aus der Familie damals? Kern?«

»Ja.« Eric wandte sich an Lochmeier. »Haben Sie schon etwas in Erfahrung bringen können?«

Der Polizist schüttelte den Kopf. »Nein, wir haben noch keine Antwort aus dem Saarland, aber wie ich Ihnen schon sagte, sollten Sie sich keine Hoffnung machen. Diese Geschichte kann nicht stimmen.«

Eric wollte nicht weiter darüber diskutieren. »Also, was geschieht, wenn meine Familie freigelassen wird?«

»Das hängt davon ab, ob der Entführer sich bei Ihnen meldet oder ob er sie einfach irgendwo aussetzt und verschwindet. Im zweiten Fall haben wir keine großen Chancen, ihn dabei zu erwischen. Aber das werden wir abwarten müssen. Wichtig ist, dass sie überhaupt freigelassen werden.«

Um zwanzig vor drei setzte Eric sich an seinen PC. Lochmeier hatte ihn ins Büro begleiten wollen, doch das hatte Eric abgelehnt.

»Ich werde den wahrscheinlich wichtigsten und emotionalsten Text meines Lebens schreiben müssen«, hatte er dem Beamten erklärt. »Dazu möchte ich erst mal allein sein.«

Er kopierte den Text aus dem Schreibprogramm in das Eingabefeld von Facebook und las ihn noch einmal durch, wobei er Sätze umformulierte oder ganz löschte, dafür aber Wörter oder Sätze an anderer Stelle ergänzte. Alles unter dem Gesichtspunkt, dass Philipp mit dem, was er lesen würde, so zufrieden war, dass er Leon und Paula freiließ.

Danach würde Eric sich auf die Suche nach ihm machen, das schwor er sich, während er die endgültige Fassung des Textes, der sein Leben verändern und seine Karriere wahrscheinlich zerstören würde, ein letztes Mal las.

Ihr Lieben,
hier schreibt Eric Sanders. Ja, ich bin es selbst. Wer das anzweifelt, kann mir gern eine Nachricht schicken, damit ich die Echtheit dieses Posts bestätige.
Ich möchte euch heute ein Geständnis machen, das mir sehr auf der Seele lastet. Es fällt mir zugegebenermaßen äußerst schwer, aber es muss dennoch sein.
Ich gestehe, dass ich als Kind im Alter von elf Jahren ein anderes Kind getötet habe. Einen Jungen. Elias Kern.
Ich gestehe, dass mir eine neue Identität gegeben wurde, weil ich zur Tatzeit wegen meines Alters schuldunfähig war. Ich gestehe, dass als Folge dieser fürchterlichen Tat weitere Menschen ums Leben gekommen sind.
Ich fühle mich schrecklich angesichts der großen Schuld, die ich auf mich geladen habe, und bitte alle Menschen, die von meiner Tat in irgendeiner Weise betroffen waren oder sind, von ganzem Herzen um Entschuldigung.
Eric Sanders

Er sah auf die Uhr. Fünf Minuten vor drei. Sein Herzschlag beschleunigte sich. Sollte er vielleicht doch noch das eine oder andere umformulieren? Was war, wenn das, was er geschrieben hatte, Philipp nicht ausreichte? Eric spürte, wie eine unbändige Wut in ihm aufstieg auf diesen Jungen von damals, der nun das Leben seines Sohnes und seiner Frau in Händen hielt. Der mit ihnen tun und lassen konnte, was er wollte. Und er schwor sich, egal, wie diese Sache ausgehen würde, dass Philipp nicht ungeschoren davonkäme.

Ja, so unvorstellbar es auch war, er hatte wahrscheinlich Philipps kleinen Bruder getötet. Aber er war damals selbst noch ein Kind gewesen. Ein Kind, das in seinem jungen Leben schon unendlich viel Leid ertragen hatte und dem vermutlich gar nicht bewusst gewesen war, was es tat.

Als Erwachsener hätte Eric niemals einem Menschen ein Leid zugefügt. Philipp dagegen war ein erwachsener Mann, und er wusste ganz genau, was er tat und wie sehr Paula und vor allem Leon, die völlig unschuldig waren, unter der Entführung leiden würden.

Eric zwang sich, diese Gedanken beiseitezuschieben, und blickte erneut auf die Uhr. Eine Minute vor drei.

Er bewegte den Mauszeiger auf den Button mit der Beschriftung *Posten* und klickte darauf. Dann tat er das auch auf seinen anderen Social-Media-Kanälen.

Eine Minute später brach die Hölle los.

38

Was ist das denn für ein armseliger Schwachsinn? Versucht da jemand, Aufmerksamkeit zu bekommen?, war der erste Kommentar, der geschrieben wurde, und wie sich gleich darauf herausstellte, war er einer der harmlosesten. Schlag auf Schlag ging es weiter.

Du hast ein Kind umgebracht? Was bist du denn für ein Irrer?

Du verdammtes Dreckschwein! Jetzt kann Facebook mich von mir aus sperren, aber das musste raus.

Und dich lässt man ins Fernsehen? Man sollte dich lebenslang wegsperren.

Hier und da meldete auch mal jemand Zweifel an, ob das wirklich der echte Eric Sanders geschrieben hatte, und tatsächlich bekam er auch Nachrichten mit entsprechenden Nachfragen, doch der Grundtenor blieb gleich. Man verachtete und hasste denjenigen, dessen *größter Fan* man tags zuvor noch gewesen war.

»Damit war zu rechnen«, sagte hinter ihm Lochmeier, und seine Kollegin fügte hinzu: »Sie müssen das jetzt an sich abprallen lassen. Wichtig ist im Moment nur, dass Ihre Familie wohlbehalten zurückkommt.«

Nach einer Viertelstunde rief Erics Agent an. »Du hast es also tatsächlich getan«, sagte Bastian und klang müde.

»Ich musste es tun«, entgegnete Eric und sparte sich den Zusatz, dass es zudem die Wahrheit war.

»Carsten Gill hat mich gerade angerufen.«

»Carsten Gill?« Eric kannte den Namen, konnte ihn aber gerade nicht einordnen.

»Der Chef der Produktionsgesellschaft, mit dem wir essen waren.«

»Oh!«, sagte Eric. Ihm war klar, was das Thema des Gesprächs gewesen war.

»Er war entsetzt und wollte wissen, ob es wahr ist, was er auf Facebook gelesen hat.«

»Und was hast du gesagt?«

»Die Wahrheit. Dass ich es nicht weiß. Aber das spielt auch keine Rolle. Du bist für sie kein Thema mehr.«

»Ja, das überrascht mich nicht.«

»Und ich gehe davon aus, für alle anderen auch nicht. Tut mir leid.«

»Ja, schon gut. Das ist mir im Moment ziemlich egal. Ich muss mich jetzt um meinen Sohn kümmern. Lass uns ein anderes Mal darüber reden.«

Eric legte auf, doch Sekunden später klingelte es erneut. Es war ein Journalist der größten Boulevardzeitung Deutschlands, zumindest behauptete er das. Er wollte wissen, was Eric zu diesem Post auf Facebook zu sagen hatte, der schon hundertfach geteilt worden war.

»Es ist wahr«, sagte Eric und versuchte herauszuhören,

ob der Anrufer vielleicht Philipp war, der mit verstellter Stimme sprach.

»Würden Sie mir ein kurzes Interview dazu geben, Herr Sanders?«

»Nein, nicht jetzt. Ich bestätige nur, dass das, was dort steht, der Wahrheit entspricht.«

Eric beendete auch dieses Gespräch und legte das Telefon neben die Tastatur. Er wollte es auf keinen Fall verpassen, wenn Philipp anrief.

Mittlerweile waren schon über dreihundert Kommentare unter seinen Post geschrieben worden, und man hatte ihn bereits einhundertelf Mal geteilt. Und das in zwanzig Minuten.

Er wurde als *Schwein*, *Irrer*, *Dreckskerl* und natürlich *Mörder* bezeichnet. Eine Userin schrieb:

Das ist ja wohl das Verabscheuungswürdigste, was ich jemals erlebt habe. Sanders benutzt einen Kindermord, um Aufmerksamkeit zu bekommen und seine Karriere anzukurbeln. Welch ein verkommenes Subjekt.

Als Antwort darunter von jemand anderem stand:

Da könnte man doch glatt auf den Gedanken kommen, dass auch der sogenannte Fake-Account von Herrn Sanders selbst erstellt wurde, um diese ekelhafte Show perfekt vorzubereiten.

Ein weiterer User, dem Namen nach ein Mann, drohte unverhohlen:

Vielleicht sollte jemand einfach mal die Adresse dieses Drecksacks hier posten, damit wir alle wissen, wohin wir uns wenden, um Sanders zu zeigen, was wir von Kindermördern halten?

Sonderbarerweise fühlte Eric eine nie gekannte Kälte in sich, sogar als er diese Kommentare las. Er hatte erwartet, dass er leiden und traurig sein würde, vielleicht auch wütend, aber in diesem Moment fühlte er … einfach nichts als Kälte.

Wahrscheinlich würde das dicke Ende später kommen, wenn er so richtig realisiert hatte, was gerade geschah.

Philipp hatte auch nach einer halben Stunde noch nicht angerufen, dafür Dr. Schaffrath. »Hat der Kerl sich schon bei Ihnen gemeldet? Ist Ihre Familie frei?«

»Nein, bisher noch nicht.«

»Er wartet die Reaktion der Leute ab.«

»Denken Sie?«

»Ja, natürlich. Es geht ihm darum, dass die ganze Welt erfährt, dass Sie seinen Bruder getötet haben. Er wird erst zufrieden sein, wenn er anhand der Reaktionen erkennt, dass man Ihnen die Tat glaubt und Sie dafür verabscheut.«

»Aber das sieht man doch wohl. Wie lange braucht er denn noch, um zu begreifen, dass sein verdammter Plan funktioniert?«

»Ich weiß es nicht. Sie dürfen nicht vergessen, dass auch er im Moment in einer Ausnahmesituation und sehr gestresst ist.«

»Das hört sich ja fast so an, als hätten Sie Verständnis für ihn.«

»Nein, so ist das nicht gemeint. Was er getan hat, ist verabscheuungswürdig, das steht außer Frage, und ich hoffe, er wird dafür zur Rechenschaft gezogen. Aber ich verstehe seinen Schmerz und auch sein Bedürfnis, Sie für den Tod seines kleinen Bruders zu bestrafen, weil es niemand anderes getan hat.«

Als Eric darauf nicht antwortete, fragte Schaffrath: »Aber wie kommen *Sie* klar?« Eric fand Schaffraths Erklärung zwar etwas befremdlich, beschloss aber, dem Psychiater gegenüber ehrlich zu bleiben.

»Es ist ganz … seltsam. Ich wundere mich über die Gleichgültigkeit in mir. Man beschimpft und bedroht mich, und es ist mir egal. Mein Leben geht den Bach runter, und ich bin weder wütend noch traurig darüber.«

»Ich schätze, das hängt damit zusammen, dass Sie gerade zu einhundert Prozent auf Ihre Familie fokussiert sind.«

»Sie meinen, alles andere kommt später?«

»Ja, davon bin ich überzeugt.«

»Mag sein.«

»Ich möchte Sie auch nicht länger aufhalten. Ich gehe davon aus, die Polizei ist in höchster Alarmbereitschaft?«

»Ja, sie sind zu viert hier, und viele andere warten auf den Einsatzbefehl. Sie scheinen alle recht nervös zu sein.«

»Natürlich sind sie das. Es geht um mindestens zwei Menschenleben.«

»Ja. Bis bald. Ich melde mich.«

»Noch immer nichts von dem Entführer?«, wollte Lochmeier wissen, der hinter Eric stand.

Eric überprüfte seinen Maileingang, in dem es einige neue Nachrichten gab, doch keine davon kam von P.K. Nachdem er sicherheitshalber die Anrufliste seines Smartphones auf entgangene Anrufe kontrolliert hatte, sagte er: »Nein«, und stand auf. Er wollte die Kommentare unter seinem Post nicht mehr lesen.

Vor Lochmeier blieb er stehen. »Ich verstehe nicht, dass er sich noch nicht gemeldet hat. Ich habe seine Forderung doch erfüllt. Halten Sie es für möglich, dass er den beiden trotzdem etwas antut?«

Lochmeier dachte kurz nach, ehe er sagte: »Ich weiß es nicht, aber die Erfahrung zeigt, dass Entführungsopfer in den allermeisten Fällen freigelassen werden, wenn die gestellten Forderungen erfüllt wurden. Jemanden zu entführen und mit seinem Tod zu drohen, um etwas zu erpressen, ist eine Sache, einen Menschen aber wirklich umzubringen, eine ganz andere. Da gehört schon deutlich mehr dazu.«

Wie ich ja wissen müsste, dachte Eric.

»Es sei denn, sie haben ihren Entführer gesehen«, ergänzte ein jüngerer Beamter, der gerade in den Raum kam und von Lochmeier mit einem strafenden Blick bedacht wurde.

»Ich denke, er wird sich bald melden«, fügte der Hauptkommissar rasch hinzu.

Die folgende Stunde erschien Eric wie eine halbe Ewigkeit. Er wanderte im Haus hin und her wie ein Tiger im Käfig und reagierte gereizt auf Fragen. Er weigerte sich, an sein Telefon zu gehen, wenn er die Nummer kannte, bis Alessa, seine Regisseurin, anrief.

»Was ist mit deiner Frau und deinem Sohn?«, fragte sie ohne Umschweife mit besorgter Stimme. »Sind sie wieder da?«

»Nein.«

»Mist. Hast du das, was da auf deinem Facebook-Account steht, wegen ihnen geschrieben? Hat dich jemand dazu gezwungen?«

»Ja«, antwortete Eric knapp, woraufhin sie einen weiteren, deftigen Fluch ausstieß. »Das ist bestimmt jemand, der dir deinen Erfolg neidet und deine Karriere zerstören möchte. Vielleicht sogar ein Kollege von einem anderen Theater.«

Damit hast du nicht einmal völlig unrecht, dachte Eric, sagte aber: »Du fragst gar nicht, ob es wahr ist, was da steht.«

»Was? Nein, natürlich nicht, wieso sollte … Eric? Nein! Nicht wirklich, oder? Das kann doch nicht …«

»Es stimmt. Ich wusste es selbst nicht, aber es entspricht offenbar der Wahrheit.«

»O mein Gott. Du? Das ist doch unmöglich … das muss ich jetzt erst mal verdauen. Nein, ich glaube das nicht. Lass uns darüber reden, wenn deine Familie wieder da ist. Ich melde mich.« Damit war das Gespräch beendet, und Eric fragte sich, ob sie sich wirklich wieder melden oder gleich mit der Theaterleitung über sein Engagement sprechen würde. Er schob diese Überlegung beiseite. Alessa hatte recht, im Moment gab es andere Dinge, die wichtiger waren.

Kurz darauf meldete sich Jürgen. Auch er erkundigte sich zuerst nach Paula und Leon und war entsetzt, als er hörte, dass sie sich noch immer in der Hand des Entführers befanden.

Als er schon Anstalten machte, das Gespräch zu beenden, sagte Eric: »Du fragst gar nicht nach dem Facebook-Post?«

»Nein, ich … ich denke, Paula und Leon sind jetzt das Wichtigste. Um diesen Idioten auf Facebook kannst du dich danach noch kümmern.«

»Der Post stammt von mir.«

Stille.

»Jürgen?«

»Ja, ich bin noch da. Aber … warum schreibst du denn so einen Blödsinn?«

»Das ist leider kein Blödsinn, sondern die Wahrheit. Ich weiß es selbst erst seit gestern.«

»Wie, was weißt du erst seit gestern? Dass du ein Kind ermordet hast? Bist du jetzt völlig durchgedreht?«

»Es ist wahr, Jürgen. Ich kann dir das auf die Schnelle nicht erklären, aber es stimmt.«

»Aber wie ist das möglich? Ich verstehe überhaupt nichts mehr. Du kannst mir doch nicht ernsthaft erzählen, dass du ein Kind umgebracht hast?«

»Doch, das habe ich wohl. Ich war damals selbst erst elf Jahre alt.«

»Eric, das ist ja schrecklich. Und alle wissen das jetzt. Warum hast du das bei Facebook gepostet? Das wird deine Karriere ruinieren. Und vielleicht noch viel mehr. Was wird Paula dazu sagen, wenn sie davon erfährt?«

»Dazu muss sie erst wieder hier sein. Ich habe das auf Facebook veröffentlicht, weil der Entführer es verlangt hat.«

»Ich verstehe immer weniger. Warum verlangt er so was von dir? Und wenn das alles wirklich stimmt und du selbst weißt es erst seit gestern, woher weiß *er* dann davon? Das ergibt doch alles keinen Sinn.«

Eric atmete durch und schloss die Augen.

»Weil er der Bruder des Jungen ist, den ich mit elf erstochen habe.«

39

Eine halbe Stunde später verabschiedeten sich die Polizisten.

»Was bedeutet es, dass Sie jetzt gehen?«, wollte Eric von Lochmeier wissen. »Glauben Sie etwa nicht mehr, dass er sich noch meldet? Denken Sie, er hat meinem Sohn und meiner Frau etwas angetan?«

»Nein, er wird sich bestimmt melden, Herr Sanders. Aber offensichtlich nimmt er sich Zeit. Vielleicht beobachtet er sogar das Haus oder lässt es beobachten, wer weiß? Es könnte sein, dass er warten will, bis wir weg sind. Deswegen verlassen wir Sie jetzt, aber ich habe eben mit dem Präsidium telefoniert. Ein Observierungsteam ist hierher unterwegs. Die werden Ihr Haus unauffällig im Auge behalten. Und wenn der Entführer sich bei Ihnen meldet, unternehmen Sie bitte nichts, ohne vorher mit mir gesprochen zu haben, okay?«

»Ja, sicher.«

Kurz darauf verließen die Beamten das Haus und fuhren weg.

Eric blieb noch einen Moment vor der Tür stehen und suchte die Umgebung ab, konnte aber niemanden entdecken, der das Haus beobachtete.

Als er sich umdrehte und wieder nach drinnen ging,

dachte er an das letzte Telefongespräch, das er mit Philipp geführt hatte. Und an dieses seltsame Gefühl, das ihn beschlichen hatte, nämlich dass Philipp während dieser Unterhaltung etwas Wichtiges gesagt hatte.

Es wollte ihm aber einfach nicht mehr einfallen. Es fühlte sich an, als schwebe die Lösung irgendwo vor ihm, entzog sich aber seinem Zugriff.

Eric ging ins Wohnzimmer und setzte sich auf die Couch. Keine Minute später stand er wieder auf und holte sich in der Küche ein Bier aus dem Kühlschrank. Er öffnete die Flasche und behielt sie in der Hand, während er zurück zum Wohnzimmer ging und dort wieder auf und ab lief.

Zur Untätigkeit verdammt zu sein, während er nicht wusste, ob es Leon und Paula gut ging, das machte ihn verrückt. Warum rief Philipp nicht an? Oder schrieb eine Mail. Eric blieb stehen. Die Mail. Er konnte zumindest versuchen, auf die letzte Mail von P.K. zu antworten.

Mit schnellen Schritten ging er ins Büro zurück. Als er vor dem Monitor saß, sah er, dass sein Post über achthundert Kommentare hatte, bevor er Facebook schloss und seine Mails überprüfte. Er öffnete die letzte Nachricht von P.K. und klickte auf *antworten*, dann schrieb er:

Philipp,
bitte melde dich bei mir.
Ich habe getan, was du verlangt hast, das hast du gesehen. Die Reaktionen sind so, wie du es sicher wolltest.
Melde dich! Bitte.
Eric

Er klickte auf *senden*, die Nachricht ging raus, doch nur zwei Sekunden später bekam Eric eine Mail zurück mit dem Betreff:

Undelivered Mail Returned to Sender.

»Scheiße!«, stieß er aus, obwohl er genau damit hatte rechnen müssen. Diese speziellen Mailadressen hatten eine sehr kurze Gültigkeitsdauer.

Er widerstand dem Drang, doch wieder Facebook zu öffnen, und stand auf. In dem Moment klingelte es.

Für einen kurzen Moment fühlte er sich wie gelähmt, dann lief er schnell und mit heftig klopfendem Herzen zur Haustür und öffnete sie. Vor ihm stand eine junge blonde Frau, die ihm ein Mikrophon mit einem roten Schaumstoff-Windschutz entgegenstreckte, auf dem das Logo eines bekannten Privatfernsehsenders zu sehen war. Ein Mann mit Bart schräg hinter ihr hatte eine Kamera auf der Schulter, deren dunkles Objektiv Eric anglotzte wie ein Zyklop. Ein weiterer Mann stand neben ihm.

»Herr Sanders, mein Name ist Eva Grünewald, ich habe ein paar Fragen an Sie. Was unsere Zuschauer am meisten bewegt, ist die Frage, ob es tatsächlich stimmt, dass Sie als Kind einen kleinen Jungen getötet haben.«

Einem Impuls folgend, wollte Eric ihr die Tür vor der Nase zuschlagen, doch dann hatte er wieder Philipps Worte im Ohr, der verlangte, dass er auf alle Fragen ehrlich antworten musste.

»Ja, das ist leider wahr.« Er bemühte sich um Haltung. »Ich habe es selbst nicht gewusst, weil man mir damals die Erinnerung daran genommen und mir eine neue Identität gegeben hat.«

»Wer hat Ihnen die Erinnerung daran genommen?«

Eric dachte an Dr. Dengel, an die aufrichtige Art, mit der sie bereute, was damals geschehen war. Er würde nicht ihren Namen nennen.

»Ich weiß es nicht. Alle Unterlagen darüber sind vernichtet worden.«

»Und von wem haben Sie dann erfahren, was damals passiert ist?«

»Dazu möchte ich nichts sagen.«

»Also gut. Aber wie erklären Sie sich, dass es keinen Fall eines ermordeten kleinen Jungen namens Elias Kern gibt?«

»Wie gesagt, die Unterlagen sind vernichtet worden. Man hat die Sache damals geheim gehalten.«

»Wer hat das geheim gehalten?«

Eric musste dem plötzlich aufkommenden Drang widerstehen, der Frau das Mikrophon aus der Hand zu reißen.

Stattdessen sagte er: »Das weiß ich nicht.«

»Wenn ein Mord vertuscht werden sollte, dann müssten das doch mehrere Stellen gemeinsam tun. Offizielle Stellen. Sie möchten uns also glauben machen, dass die deutsche Polizei zusammen mit der Staatsanwaltschaft und wahrscheinlich auch dem Justizministerium einen Mordfall an einem Kind vertuscht hat?«

»Ich möchte Sie gar nichts glauben machen.«

Eric sah an dem Kameramann vorbei, dass mehrere Leute auf der Straße standen. Nachbarn, die aus ihren Häusern gekommen waren; vielleicht auch schon weitere Journalisten.

»Herr Sanders, Ihr Post geht gerade viral. Ist es nicht eher so, dass Sie diesen ganzen Wirbel, den Ihr Beitrag innerhalb kürzester Zeit ausgelöst hat, vorausgesehen und bewusst inszeniert haben, um Ihre Karriere anzukurbeln?«

Eric ballte die Hände zu Fäusten. Er tobte innerlich vor Wut über die Unverfrorenheit dieser überheblichen Journalistin. Wie gern hätte er ihr entgegengeschleudert, dass sein Sohn und seine Frau gerade Todesängste ausstanden, während sie vor ihm stand und Unsinn verzapfte. Dass er ihr wünschte, *sie* sei anstelle seiner Familie in der Gewalt von Philipp.

»Glauben Sie wirklich, dass es die Karriere eines Schauspielers ankurbelt, wenn er gesteht, einen Mord begangen zu haben? Haben Sie nicht die Kommentare unter dem Post gelesen? Den Hass, der mir entgegenschlägt? Denken Sie eigentlich zwischendurch auch mal kurz nach, bevor Sie Fragen stellen?«

»Kein Grund, gleich beleidigend zu werden, Herr Sanders.«

»Beleidigend?«, schnaubte Eric. »Ich werde beleidigend? Und wenn Sie mir unterstellen, ich hätte einen in Wahrheit gar nicht stattgefundenen Mord gestanden, um Karriere zu machen, ist das keine Beleidigung? Verlassen Sie bitte sofort mein Grundstück, das Gespräch ist beendet.«

Damit wandte Eric sich um und schloss die Haustür.

Er war aufgebracht und wütend. Er war mit den Nerven am Ende und spürte den Drang, etwas zu zerstören, um dem Druck, der sich in ihm aufgestaut hatte, ein Ventil zu geben.

Stattdessen ging er ins Wohnzimmer und weinte.

40

Die Anrufe auf seinem Handy kamen mittlerweile fast im Minutentakt. Eric nahm jeden Anruf an, der eine ihm unbekannte Nummer anzeigte. Meist waren es Mitarbeiter von Zeitungen, Radio- und Fernsehsendern, die ein Interview mit ihm haben wollten. Wenn die Nummern unterdrückt waren, ließ das Erics Herz jedes Mal losgaloppieren, doch es waren nur Anrufe von Leuten, die ihm persönlich sagen wollten, dass er ein perverses Arschloch oder, in einem anderen Fall, ein genialer Marketingstratege war.

Um kurz vor fünf und dann wieder um halb sechs rief Eric bei Lochmeier an, doch auch bei der Polizei gab es nichts Neues.

Gegen halb sieben fasste er den Entschluss, nicht mehr länger untätig herumzusitzen. Er musste etwas unternehmen, wenn er nicht den Verstand verlieren wollte.

Erneut wählte er Lochmeiers Handynummer. Der Hauptkommissar nahm das Gespräch nach dem zweiten Läuten an.

»Ich kann nicht mehr hier warten und nichts tun«, erklärte Eric mit matter Stimme. »Ich muss etwas unternehmen, sonst drehe ich durch.«

»Ich kann verstehen, dass Sie aufgewühlt sind, Herr Sanders«, versuchte der Beamte ihn zu beruhigen. »Aber

Sie können im Moment nichts tun. Wir alle müssen uns in Geduld fassen, bis der Entführer sich meldet. Ich bin überzeugt, das wird er auch. Er lässt sich einfach noch Zeit. Vielleicht möchte er warten, bis es dunkel ist. Dann ist es einfacher für ihn, ungesehen zu verschwinden, wenn er die beiden freilässt. Sie müssen jetzt durchhalten.«

»Das kann ich aber nicht mehr. Stehen Ihre Kollegen noch irgendwo vor meinem Haus?«

»Ja.«

»Dann sagen Sie ihnen bitte, ich fahre jetzt nach Bogenhausen zu Dr. Schaffrath, einem ehemaligen Psychiater, der mir eventuell helfen kann, mich an meine Kindheit zu erinnern. Wenn es mir gelingt, die Erinnerungen an damals wieder abzurufen, weiß ich vielleicht, wie oder wo Philipp zu finden ist.«

»Sie sind also immer noch überzeugt …«

»Ja, das bin ich. Also, ich starte in fünf Minuten.«

Als Eric auf die Straße einbog, fuhr er kaum mehr als Schrittgeschwindigkeit, während sein Blick die Umgebung scannte. Er konnte weder ein Auto mit Personen darin entdecken, das irgendwo geparkt war, noch irgendwelche Leute, die betont unauffällig herumstanden. Wenn das Überwachungsteam der Polizei noch da war, dann verstanden sie ihren Job.

Während der Fahrt meldete sich Eric bei Dr. Schaffrath und kündigte sein Kommen an. Als er dem Psychiater sagte, dass es noch nichts Neues gab, hatte der ähnliche Erklärungen wie Lochmeier parat. Eric hörte nur halbherzig zu und beendete kurz darauf das Gespräch. Zehn Minuten später stand er vor Schaffraths Tür.

»Wir müssen es noch mal versuchen«, erklärte er dem Psychiater, kaum dass er dessen Wohnung betreten hatte. »Es *muss* irgendwie möglich sein, dass ich mich wieder an alles erinnere. Ich glaube, dass wir Philipp und meine Familie dann finden können.«

Schaffrath deutete auf die Couch. »Nun setzen Sie sich erst einmal. Möchten Sie etwas trinken?«

Eric schüttelte den Kopf. »Nein, danke. Bitte, können wir gleich anfangen?«

Eric sah Schaffraths Miene an, dass der Psychiater Bedenken hatte. »Ich bin ehrlich zu Ihnen, Eric. Ich habe Zweifel, dass das im Moment funktionieren wird. Ihre Gedanken drehen sich verständlicherweise um die Entführung Ihrer Familie. Sie fragen sich, ob es Ihrer Frau und Ihrem Sohn gut geht, wo sie gerade sind und wann sie endlich freigelassen werden. Es wäre wahrscheinlich sehr schwierig, Sie von diesem Gedankenblock wegzuziehen zu den Erlebnissen Ihrer Kindheit. Und ich stelle mir ebenfalls die Frage, ob auch nur der Versuch in diesem Moment wirklich sinnvoll wäre. Sollten wir nicht abwarten, bis Ihre Familie wohlbehalten zurück ist, und uns anschließend damit beschäftigen, Ihre Vergangenheit aufzuarbeiten, um dann der Polizei vielleicht wichtige Hinweise auf den Entführer geben zu können?«

Eric schüttelte den Kopf. »Und wenn er sie nicht freilässt? Dann haben wir wertvolle Zeit mit Abwarten verschwendet. Verstehen Sie denn nicht, dass in der Erinnerung an meine Kindheit und an diese Tat vielleicht der Hinweis darauf versteckt sein könnte, was Philipp mit meinem Sohn und meiner Frau gemacht hat und wo er sie gefangen hält? Ich weiß wieder, dass Philipp als Jugendlicher oft impulsiv und unüberlegt handelte. Vielleicht ist ihm ein Fehler unterlaufen und ich erinnere mich an etwas, das uns zu diesem Fehler führen könnte. Es ist zumindest eine Chance.«

Schaffrath sah Eric lange in die Augen, und Eric konnte in seinem Gesicht ablesen, dass er angestrengt nachdachte. Schließlich nickte der Psychiater. »Also gut. Aber noch einmal – ich gehe davon aus, dass es nicht funktionieren wird. Nicht zu diesem Zeitpunkt.«

»Dann haben wir es aber zumindest versucht. Wenn Philipp den beiden etwas antun würde und ich hätte die ganze Zeit nur untätig herumgesessen, wäre das noch schlimmer für mich als das, was ich mit meinem Post losgetreten habe.«

Zehn Minuten später lag Eric mit geschlossenen Augen auf der Couch und lauschte der einfühlsamen Stimme, die ihm dabei half, sich zu entspannen. Irgendwann verlor er jegliches Zeitgefühl.

»Wir sind wieder in dem Haus, in das du durch das Fenster eingestiegen bist. Du bist zurück im Keller, in der einen Hand hältst du ein Bündel Geldscheine, in der anderen ein Messer. An der Wand unter dem Fenster steht eine Holzkiste. Siehst du sie?«

Er sieht die Kiste, jede Einzelheit davon. Es ist eine umgedrehte Weinstiege. Auf dem oberen Querbrett, das nun zuunterst auf dem Boden liegt, ist in ebenfalls auf dem Kopf stehenden Druckbuchstaben WEIN AUS DEUTSCHEN LANDEN eingebrannt. Auf der rechten Seite ragen ein paar Holzsplitter heraus.

»Ja.«

»Gut. Was tust du jetzt als Nächstes?«

Daniel stopft das Geld in die linke und das Messer in die rechte Gesäßtasche, dann geht er zu der Kiste und steigt darauf. Das Fenster befindet sich knapp über seinem Kopf. Vorsichtig tastet er den Rahmen mit beiden Händen ab und spürt die zwei Stellen, an denen das Glas komplett herausgebrochen ist. Dort packt er zu und zieht sich ein Stück weit nach oben, während er sich mit den Füßen von der Kiste abstößt und die Schuhspitzen gegen die Wand stemmt. Es ist mühselig, und er hört sich selbst keuchen, aber schließlich schafft er es, sich so weit hinaufzuziehen, dass er den Oberkörper durch das Fenster schieben kann. Dann greift er mit beiden Händen um und hievt sich hinaus.

Kurz darauf liegt er keuchend vor der Hauswand auf dem Boden.

Er steht auf, klopft sich den Schmutz von der Kleidung und vergewissert sich, dass Geld und Messer noch da sind. Dann verlässt er das Grundstück. Er braucht keine Angst zu haben, dass die Familie überraschend auftaucht. Er weiß von Florian, dass sie alle weggefahren sind und nicht vor dem Abend zurückkommen werden.

Er wendet sich nach links und schlendert ohne Eile die Straße entlang. Als er das Haus der Familie Kern erreicht hat, geht er zur Tür und klingelt. Es dauert nur Sekunden, bis Philipp ihm die Tür öffnet. »Sind eure Eltern da?«, fragt er als Erstes, obwohl er die Antwort kennt. Beide arbeiten. Philipps und Elias' Vater hat Spätdienst und wird erst nach zehn Uhr abends nach Hause kommen. Ihre Mutter arbeitet bis sechs in der Schokoladenfabrik. Das sind noch drei Stunden.

Philipp schüttelt den Kopf. »Nee, die arbeiten.«

»Ich muss euch was zeigen«, sagt Daniel geheimnisvoll. »Was echt Irres!«

Sie gehen ins Haus und die steile Treppe nach oben, dann erreichen sie das Zimmer der beiden Brüder.

Als Daniel den Raum betritt, wird es plötzlich stockdunkel.

Er tastet mit den Händen nach allen Seiten, findet aber nichts, woran er sich abstützen oder festhalten kann. Auch der Boden unter seinen Füßen gibt plötzlich nach und verschwindet. Er stöhnt auf, dann hört er diese Stimme.

»Komm zurück, Eric. Du musst loslassen.«

»Nein!«, hört er sich sagen. Flehen. »Weiter, bitte.«

Die Stimme verstummt für einen Moment, dann ist sie wieder direkt an seinem Ohr. Einfühlsam, einschmeichelnd.

»Du bist im Haus der Familie Kern. Du stehst auf der obersten Stufe der Treppe und schaust auf die Tür des Kinderzimmers. Siehst du die Tür?«

»Nein. Alles ist dunkel.«

»In deinen Taschen hast du etwas, das du Philipp und Elias unbedingt zeigen möchtest. Du spürst diese Dinge, sie drücken durch die Hosentaschen gegen dein Bein. Du weißt, Elias ist in dem Raum. Du kannst es kaum erwarten, ihm und Philipp zu zeigen, was du mitgebracht hast. Schau genau hin. Siehst du die Tür jetzt?«

Er sieht sie.

»Ja.«

»Geh nun auf die Tür zu und öffne sie. Du musst das Zimmer betreten, um Elias und Philipp zu zeigen, was du in deinen Hosentaschen hast. Sie werden große Augen machen und dich bewundern. Aber du musst zuerst in dieses Zimmer gehen. Geh jetzt los.«

Er setzt sich in Bewegung, geht auf die Tür zu. Jeder Schritt fällt ihm unendlich schwer, es ist, als würde er durch einen zähen Teig waten, der seine Füße umschließt und auf der Stelle festhalten möchte. Aber er kämpft sich Stück für Stück auf die Tür zu.

Dann hat er sie erreicht. Er sieht seine Hand, wie sie sich auf die Klinke legt und sie hinunterdrückt. Die Tür öffnet sich. Dieses Mal ist der Raum dahinter nicht dunkel. Da ist Elias, der auf dem Boden mit irgendetwas spielt. Er schaut auf und lacht.

Daniel geht zu ihm und setzt sich auf eines der Kissen. Philipp schließt die Tür, kommt zu ihnen und lässt sich auf das andere Kissen fallen. »Was hast du denn Tolles? Nun zeig schon«, sagt er.

Daniel grinst verschwörerisch, dann zieht er das Geldbündel aus der Hosentasche und zeigt es den beiden.

Elias und Philipp bekommen große Augen. »Wow!«, sagt Philipp. »So viel Geld. Wo hast du das her?«

»Von Florians Eltern«, erklärt er stolz. »Florian hat es uns doch gezeigt. In der Küchenschublade. Ich bin durch den Keller eingestiegen. War ganz leicht.«

Während Philipp ihn bewundernd anglotzt, sagt Elias: »Du hast es gestohlen? Von den Eltern von Florian? Aber Florian ist unser Freund.«

»Ja, und?«, sagt Daniel und grinst Philipp an. »Das Geld gehört ja nicht ihm. Und seine Eltern haben genug davon.«

»Aber das ist nicht richtig. Man darf nicht stehlen«, quengelt Elias mit weinerlicher Stimme, woraufhin Philipp ihm auf den Arm boxt und sagt: »Halt den Mund, du Memme.« Und an Daniel gerichtet: »Gibst du uns was davon ab?«

Daniel zuckt mit den Schultern. »Klar. Was glaubst du denn?«

»Nein, das geht nicht«, jammert Elias. »Du musst das Geld zurückbringen.«

»Halt jetzt endlich den Mund«, blafft Philipp ihn an und boxt ihn erneut auf den Arm. »Hast du nicht gehört? Daniel gibt uns was ab. Damit können wir uns alles kaufen, was wir wollen.«

Während Daniel denkt, wie einfältig Philipp ist, fasst er hinter sich und sagt: »Ich hab da noch was.« Seine Hand umschließt den Schaft des Messers, er zieht es aus der Tasche und hält es den beiden hin.

Philipp starrt auf die lederne Schutzhülle und sagt: »Boah. Zeig her. Los, hol es mal raus.«

»Nein, nein!«, schreit Elias auf und rutscht ein Stück zurück. »Das ist gefährlich. Bring das wieder zurück.«

»Halt jetzt endlich deine Fresse«, herrscht Philipp seinen Bruder an. »Sonst setzt es Prügel.« Dann wendet er sich erneut Daniel zu, der die Klinge aus der Schutzhülle zieht. Sie ist gewaltig und so blank poliert, dass sie das Licht der kleinen Lampe in der Nische wie ein Spiegel reflektiert.

»Darf ich es mal anfassen?«, fragt Philipp. Seine Augen glänzen, als er auf den blanken Stahl starrt.

»Klar«, sagt Daniel.

»Nein, nicht.« Elias weint mittlerweile.

»Fresse!«, stößt Philipp aus, greift nach dem Messer und wiegt es bewundernd in der Hand.

»Du bist ein Dieb!«, sagt Elias zu Daniel und schaut dann seinen Bruder mit tränenüberströmtem Gesicht an.

»Leg das weg, Philipp! Und wenn du von dem Geld nimmst, erzähl ich alles Papa.«

Etwas Dunkles legte sich plötzlich über die Szene, als wolle sie die letzte Chance aufzeigen, die Erinnerung an das, was nun folgte, zu überdecken, bevor es zu spät war.

Wie aus weiter Entfernung hallten Rufe durch die Dunkelheit, oder waren es Schreie? Er schien sich wieder vom Boden gelöst zu haben und wegzutreiben aus dem Zimmer mit Elias und Philipp. Aber er wollte unbedingt dableiben und musste sich dagegen wehren, dass er sich immer weiter von der Situation entfernte. Er ruderte mit Armen und Beinen und konzentrierte seine ganze Willenskraft darauf, die Dunkelheit zu durchdringen. Und plötzlich veränderte sich alles um ihn herum. Ein heller Blitz durchschnitt Erics Bewusstsein … dann war alles wieder da. Bis ins kleinste Detail hatte er nicht nur die volle Erinnerung an seine gesamte Kindheit zurück, er kannte jeden Gedanken, den er gedacht hatte, spürte all den Schmerz, der ihm zugefügt worden war.

Und er sah in allen grauenvollen Einzelheiten, was damals im Kinderzimmer der beiden Brüder geschehen war.

Als er die Augen öffnete und in Dr. Schaffraths besorgtes Gesicht blickte, war er nahe daran, angesichts der geballten Erkenntnis den Verstand zu verlieren.

»Was haben Sie gesehen?«, fragte der Psychiater. »Sie haben plötzlich geschwiegen.«

Doch Eric gab ihm keine Antwort, sondern schloss die Augen wieder und versuchte, all das, was aus dem dunklen Verlies des Vergessens hervorgezerrt worden war und auf sein Bewusstsein einströmte, zu verarbeiten. Er versank völlig im Kopf eines elfjährigen Jungen, der in seinem kurzen Leben nichts als Schmerz und Einsamkeit, Wut und Hass erfahren hatte.

Er erlebte die Situation im Kinderzimmer ein weiteres Mal, aber dieses Mal nicht, als sei er mittendrin, sondern als sei er ein Betrachter einer komplett frischen Erinnerung.

Als er erneut die Augen öffnete, war er nicht mehr derselbe wie zuvor.

41

»Ich war es nicht!«, sagte Eric als Erstes mit krächzender Stimme, woraufhin Dr. Schaffrath erstaunt die Augen aufriss.

»Was? Aber ich dachte …«

»Ja, das dachten alle, und zuletzt sogar ich selbst, aber ich war es nicht.«

»Aber wer war es dann?«

»Es war Philipp!«

»Der Bruder des Jungen? Das verstehe ich nicht. Sagte Frau Dr. Dengel nicht, dass Sie es gewesen sind?«

Eric setzte sich auf und rieb sich mit beiden Händen über das Gesicht. »Das sollten auch alle denken.«

Als Dr. Schaffrath ihn weiterhin fragend ansah, fuhr Eric fort: »Ich habe es gerade noch mal erlebt und genau gesehen, was passiert ist, und … ich erinnere mich wieder an jede grauenvolle Einzelheit.« Eric atmete tief durch. »Ich war kein gutes Kind, Dr. Schaffrath. Ich habe so viel Wut auf die Welt gespürt, so viel Verachtung für alle Menschen um mich herum … Ich bin damals tatsächlich in dieses Haus eingebrochen und habe das Geld und das Messer gestohlen. Das war auch nicht mein erster Einbruch. Als ich dann bei Elias und Philipp zu Hause war, in ihrem Zimmer, habe ich es ihnen gezeigt. Philipp fand das toll und wollte von dem

Geld abhaben, aber Elias hatte ein ausgeprägtes Unrechtsempfinden. Er hat geweint und ständig gesagt, dass ich das Geld und das Messer zurückgeben muss. Philipp ist immer wütender geworden, er hat seinen Bruder geboxt und ihn angeschrien, er soll den Mund halten, aber Elias hat immer weiter gejammert und geweint.

Philipp wollte das Messer mal halten, und ich habe es ihm gegeben. Elias wurde immer nerviger, und ich habe gesehen, dass Philipp rot anlief vor Wut über seinen kleinen Bruder. Ich konnte das verstehen, ich war selbst genervt von dem Gejammer. Und dann hat Elias gesagt, wenn Philipp von dem Geld nehmen würde, würde er, Elias, alles ihrem Vater erzählen.«

Eric machte eine Pause und kniff die Augen nachdenklich zusammen. »Da hat sich Philipp plötzlich ohne Vorwarnung auf seinen Bruder gestürzt. Ich bin nach hinten gefallen, aber ich habe alles genau gesehen. Philipp …« Eric schluckte ein paarmal, bevor er weitersprach. »Er hat auf Elias eingestochen. Er war wie von Sinnen. Immer wieder hat er das Messer in den Körper seines kleinen Bruders gerammt. Und dabei hat er geschrien, er werde dafür sorgen, dass Elias ihn nicht verpetzen würde. Es war furchtbar. Dieses Geräusch, wenn er die Klinge aus dem Körper gezogen hat und wenn er wieder zustach. Elias hat schon längst reglos auf dem Boden gelegen, und überall war Blut, doch Philipp hat nicht aufgehört. Er war vollkommen weggetreten.«

Eric verbarg das Gesicht in den Händen und sagte: »Mein Gott!«

Als er wieder aufsah, hatte Dr. Schaffrath den Blick zu

Boden gerichtet. »Das ist ja grauenvoll. Aber warum dachte man dann, *Sie* seien es gewesen?«

Eric ließ sich mit der Antwort einen Moment Zeit. »Weil ich es so gesagt habe.«

»Sie haben das gesagt? Aber warum, in Gottes Namen, haben Sie das getan?«

Erneut vergingen einige Sekunden, in denen Erics Augen glasig wurden, bevor sich Tränen aus den Augenwinkeln lösten. Seine Stimme klang gepresst, als er weiterredete. »Als Philipp sich endlich beruhigt hatte, ist er zusammengebrochen. Wir haben beide geweint und waren völlig fertig. Und Philipp hat gejammert, dass er das nicht gewollt hat, dass es ihm unendlich leidtut, und Elias solle doch bitte wieder die Augen öffnen. Dann hat er mich angefleht, ihm zu helfen. Und er sagte, sein Vater würde ihn umbringen, wenn er nach Hause käme, und falls nicht, würde er für den Rest seines Lebens ins Gefängnis müssen, aber vorher würde er sich lieber selbst umbringen. Er … er hatte immer noch das Messer in der Hand und hat die Spitze an seinem Hals angesetzt. Ich glaube, er hätte wirklich zugestochen. Da habe ich ihm gesagt, dass ihm nichts passieren würde.«

Eric schwieg. Dr. Schaffrath wartete ab, ohne ihn zu drängen. Schließlich fuhr Eric fort: »Ich war zwar erst elf, aber ich hatte schon einiges hinter mir, wodurch ich bereits öfter Kontakt mit der Polizei gehabt hatte. Und im Gegensatz zu Philipp war ich recht clever. Philipp war vierzehn, das heißt, er war strafmündig. Ich wusste, dass mir mit elf Jahren nichts passieren würde, wenn ich die Tat auf mich nahm.«

Eric sah Schaffrath an.

»Und ich hatte nichts zu verlieren. Ich wurde sowieso von einem Heim ins nächste gesteckt. Was sollte also Schlimmeres kommen? Erst wollte Philipp das nicht, aber ich habe ihm klargemacht, dass das die einzige Möglichkeit ist, nicht ins Gefängnis zu kommen und von seinen Eltern verstoßen zu werden. Irgendwann hat er eingewilligt, und wir …« Eric zog die Nase geräuschvoll hoch. »Wir haben neben dem toten Elias auf dem Boden gesessen, und ich habe Philipp eingebläut, was er sagen sollte. Ich würde behaupten, dass ich mich an nichts mehr erinnern konnte, außer dass ich plötzlich sehr wütend geworden bin. Und so haben wir es dann seinen Eltern und der Polizei erzählt.«

»Mein Gott!«, entfuhr es Schaffrath. »Das ist ja eine unfassbare Tragödie.«

»Ja, das ist es«, pflichtete Eric ihm erschöpft bei.

Nach einer Weile, die sie beide gedankenverloren vor sich hingestarrt hatten, sagte Eric: »Jetzt wo ich weiß, was damals passiert ist, verstehe ich allerdings überhaupt nicht mehr, warum Philipp plötzlich in meinem Leben aufgetaucht ist und diese Geschichte wieder hervorkramt. Ich meine … es war doch aus seiner Sicht alles gut. Die schlimme Tat von damals ist nirgendwo aufgetaucht, alle haben neue Identitäten, und er konnte ein normales Leben führen, trotz dem, was er getan hat. Weil niemand davon wusste. Warum tut er das dann jetzt? Das ergibt doch überhaupt keinen Sinn.«

Schaffrath zuckte mit den Schultern und wiegte den Kopf hin und her. »Das ist schwer zu beantworten. Dafür kann es verschiedene Gründe geben. Einer wäre, dass er seine Tat nie verkraftet hat und er durch das, was er gerade tut, unbewusst genau das erreichen möchte, was jetzt geschehen ist. Dass Sie sich wieder erinnern und dass die Wahrheit ans Licht kommt. Vielleicht möchte er auf diese Art sein schlechtes Gewissen erleichtern.«

»Aber hätte er dann nicht einfach zur Polizei gehen und die Sache gestehen können?«

»Das ist schwierig, wenn es keine Unterlagen mehr zu dem Fall gibt. Man hätte ihn vielleicht einfach für verrückt gehalten.«

»So, wie man es jetzt bei mir tut?«

»Ich weiß, worauf Sie hinauswollen, aber ich fürchte, mit reiner Logik kommen wir in dem Fall nicht weiter. Es gibt natürlich noch eine andere Möglichkeit. Sie haben mir erzählt, dass er in dem Telefonat mit Ihnen sagte, seine Eltern hätten sich wegen des Todes ihres jüngsten Sohnes das Leben genommen. Philipp war damals in einer extremen Ausnahmesituation, in der er wahrscheinlich tatsächlich nicht mehr wusste, was er tat. Es ist möglich, dass er irgendwann angefangen hat, die Geschichte selbst zu glauben, die Sie beide sich ausgedacht und der Polizei erzählt haben. Einfach, um nicht für den Rest seines Lebens mit der Schuld klarkommen zu müssen. Diese Art des Verdrängens von Schuld ist gar nicht so selten.

Als er dann neben seinem Bruder auch noch seine Eltern verloren hat – wofür in seiner Sichtweise Sie verantwortlich wären –, hat er festgestellt, dass es unfair ist, dass Sie nicht dafür bestraft worden sind, seine Familie ausgelöscht zu haben. Als er Sie dann gefunden hat, hat er das übernommen, was der Staat damals versäumt hat: Sie zu bestrafen.«

»Das ist ja vollkommen verrückt. Salopp ausgedrückt

bedeutet das, dass Philipp als Dank dafür, dass ich damals seine Tat auf mich genommen habe, um ihm ein normales Leben zu ermöglichen, *mein* Leben nun zerstört.«

»Aus Ihrer Sicht gesehen, ja. Von seinem Standpunkt aus haben Sie es verdient.«

»Und was mache ich jetzt?«

»Schwer zu sagen, aber spontan rate ich Ihnen dazu, nichts davon an die Öffentlichkeit zu tragen, solange Ihre Frau und Ihr Sohn noch in seiner Gewalt sind. Er könnte das als Leugnung Ihrer Tat werten und seine Drohung wahrmachen.«

Eric stieß ein zischendes Geräusch aus. »Leugnung *meiner Tat*. Wenn es nicht so dramatisch und furchtbar wäre, könnte man über diese unfassbar verquere Art, die Sache zu sehen, fast lachen.«

»Wie gesagt: So oder so ist Philipp davon überzeugt, im Recht zu sein, und genau das macht die Situation sehr gefährlich. Was auch immer er tut, nach seinem Rechtsempfinden ist er Opfer, und Sie sind Täter.«

»Denken Sie, ich sollte der Polizei davon erzählen?«

»Ja, ich denke, das sollten Sie tun. Es ist für die Ermittler vielleicht wichtig für die Einschätzung der Lage. Wenn Sie möchten, begleite ich Sie.«

»Gern«, erwiderte Eric. »Wenn ich innerhalb kürzester Zeit zum zweiten Mal mit einer Geschichte dort auftauche, die nicht zu beweisen ist und sich völlig verrückt anhört, ist es vielleicht nicht schlecht, gleich einen Psychiater dabeizuhaben.«

42

Lochmeiers Reaktion auf das, was Eric und Dr. Schaffrath erzählten, fiel in etwa so aus, wie Eric es vermutet hatte.

»Lassen Sie mich das mal in ein paar Sätzen zusammenfassen«, sagte er, als Eric seine Geschichte beendet hatte und sich zurücklehnte. Sie saßen in einem Büro des Präsidiums, in dem zwei Schreibtische und mehrere Stühle standen. Außer Dr. Schaffrath, Eric und Lochmeier war noch Hauptkommissarin Kürenz anwesend, die während Erics Schilderung im Gegensatz zu ihrem Kollegen keinerlei Äußerungen des Zweifels von sich gegeben hatte.

»1991 gab es im Saarland, genauer gesagt in Saarlouis, einen Mord an einem neunjährigen Jungen. Umgebracht wurde dieses Kind von seinem eigenen Bruder, der zur Tatzeit vierzehn Jahre alt war, aber das Glück hatte, dass ein Elfjähriger anwesend war, der großzügigerweise die Tat auf sich genommen hat, weil er noch nicht strafmündig war und wusste, dass ihm nichts passieren würde. Der Name dieses Elfjährigen war Daniel Braun.

Sowohl über den Mord als auch über die Umstände, die dazu geführt haben, gibt es allerdings weder polizeiliche Akten noch irgendwelche Berichte oder Erwähnungen, die belegen, dass die Tat wirklich geschehen ist. Was wiederum bedeutet, dieses Tötungsdelikt an einem Kind wurde in einer groß angelegten Verschwörung unter Beteiligung mindestens der Polizei, der Staatsanwaltschaft und des Justizministeriums vertuscht. Ist das so weit richtig?«

»So, wie Sie es sagen, hört es sich zwar wirklich ziemlich verrückt an, aber ja, das ist richtig.«

Lochmeier schlug sich mit der Hand auf den Oberschenkel und stieß ein humorloses Lachen aus, während er mehrmals den Kopf schüttelte.

»Herr Sanders, ich halte Ihnen zugute, dass Sie sich im Moment in einer außerordentlichen Stresssituation befinden. Das ist der einzige Grund, warum ich Sie nicht zu einem Psychiater schicke.« Mit Blick auf Dr. Schaffrath fügte er hinzu: »Zu einem gerichtlich bestellten Psychiater.«

»Es ist zum Verzweifeln«, sagte Eric. »Ich weiß selbst, wie sich das alles anhört, aber ich kann Ihnen nur berichten, was damals geschehen ist. Wenn es keine Aufzeichnungen gibt, dann ist das nicht meine Schuld. Aber haben Sie vielleicht mal eine andere Überlegung angestellt? Warum, zum Teufel, sollten sowohl der Entführer meiner Familie als auch ich darauf beharren, dass damals ein Kind ermordet wurde und einer von uns beiden der Täter war, wenn es über diesen Mord gar keine Aufzeichnungen gibt? Warum sollten er oder ich uns in den Fokus der Polizei rücken wegen eines Mordes, der nie stattgefunden hat? Das wäre doch völlig verrückt.«

»Die Menschen machen verrückte Dinge, Herr Sanders. So verrückt, dass man es oft gar nicht glauben mag, dass es tatsächlich geschieht. Aber wenn ich Ihre Frage aufgreifen und eine spontane Antwort geben soll, möchte ich Ihnen eine Möglichkeit nennen: Aufmerksamkeit.«

»Was? Wissen Sie, welche Art von Aufmerksamkeit ich bekommen habe? Hass, Häme und sogar Morddrohungen. Eine Filmgesellschaft, die eine Hauptrolle mit mir besetzen wollte, hat einen Rückzieher gemacht, ich stehe vor dem Scherbenhaufen meiner Karriere, bevor sie richtig angefangen hat. Denken Sie wirklich, das ist etwas, was man anstrebt und wofür man sich eine solche Geschichte ausdenkt?«

»Ich wiederhole mich: Menschen tun manchmal Dinge, die kein bisschen logisch sind.«

»Und was ist mit meiner Familie?« Eric erhob sich und machte einen Schritt auf Lochmeier zu, der sich alarmiert aufrichtete. »Beschuldigen Sie mich etwa, auch an der Entführung meines eigenen Sohnes und meiner Frau beteiligt zu sein? Weil ich *Aufmerksamkeit* wollte?«

»Ich beschuldige Sie überhaupt nicht, Herr Sanders. Ich wollte Ihnen lediglich einen möglichen Grund dafür aufzeigen, warum jemand solche Dinge inszenieren könnte. Das wäre für mich zumindest plausibler als der Gedanke, dass in unserem Land der Mord an einem Kind von den Behörden vertuscht wurde.«

»Für mich klingt es völlig plausibel, dass man einer Familie auf der einen und einem Elfjährigen, den man sowieso nicht bestrafen kann, auf der anderen Seite nach so einem schrecklichen Vorfall ein normales Leben ermöglichen möchte.«

Bevor Lochmeier etwas erwidern konnte, kam eine junge Frau ins Büro, ging zu Hauptkommissarin Kürenz und sagte etwas so leise zu ihr, dass Eric nichts davon verstehen konnte. Anschließend reichte sie ihr einen Schnellhefter und verließ das Büro wieder.

Kürenz schlug den Schnellhefter auf und begann zu lesen. Als Lochmeier nach einer Weile ungeduldig fragte, was sie da erhalten habe, sah sie von den Unterlagen auf.

»Das ist das Ergebnis einer Recherche in Saarlouis, um die ich gebeten habe.«

»Aha. Und?«

»Es hat 1991 in Saarlouis eine Familie namens Kern gegeben, die von einem Tag auf den anderen spurlos verschwunden ist. Es handelt sich um ein Paar mit zwei Söhnen. Einer war neun und einer vierzehn Jahre alt. Es gibt auf dem Meldeamt eine Abmeldung, die aber seltsamerweise nicht unterschrieben ist. Eine neue Anmeldebescheinigung der Familie scheint nirgendwo in Deutschland zu existieren.«

»Wenn auf die Schnelle nichts über sie gefunden wurde, heißt das aber noch lange nicht, dass tatsächlich ein Mord vertuscht worden ist.«

Die Hauptkommissarin nickte. »Das stimmt, und es wird auch weiter nach dem Verbleib der Familie gesucht. Aber da ist noch etwas.«

Lochmeier verdrehte die Augen. »Und das wäre?«

»Es gibt eine Vermisstenmeldung eines damaligen Saarlouiser Kinderheimes. Am gleichen Tag, als diese Familie spurlos verschwand, wurde auch ein Junge dieses Kinderheims vermisst. Er tauchte nie wieder auf.« Sie warf einen Blick auf die Unterlagen, bevor sie sagte: »Der Name dieses Jungen war Daniel Braun.«

43

Die Stille, die plötzlich den Raum beherrschte, war drückend, aber dennoch war Eric erleichtert, dass es offenbar zumindest Hinweise auf die Existenz der Familie Kern gab. Und auf seine eigene.

»Okay, ich gebe zu, das ist jetzt merkwürdig«, sagte Lochmeier. »Der Sache müssen wir nachgehen.«

Eric sah zu Kürenz hinüber und sagte: »Danke!«

Sie schüttelte den Kopf. »Ich mache nur meinen Job.«

»Und dafür danke ich Ihnen«, erklärte Eric und sah danach Lochmeier an. Der hob die Hände. »Okay, wir bleiben an der Sache dran, aber vorrangig ist immer noch, Ihre Frau und Ihren Sohn zu finden.«

»Glauben Sie mir denn jetzt, dass der Entführer Philipp Kern ist? Wobei er allerdings mittlerweile einen anderen Namen hat.«

»Ich schließe es zumindest nicht mehr aus.«

»Fänden Sie es dann nicht auch hilfreich, wenn wir wüssten, welche neue Identität man der Familie Kern damals gegeben hat? Dann wüssten wir nämlich auch, wie Philipp jetzt heißt und wo er wohnt.«

»Ich sagte ja schon, wir bleiben an der Sache dran.« Lochmeier klang gereizt. Er schien sich schwerzutun damit, einzugestehen, dass er sich geirrt hatte.

»Ich fahre jetzt nach Hause. Denken Sie, er wird sich heute noch melden?«

»Ich weiß es nicht«, gestand Lochmeier. »Ich hoffe es. Denken Sie in jedem Fall daran, nichts zu unternehmen, ohne sich vorher mit uns abzustimmen.«

»Ja, ich denke daran.«

»Ich komme mit Ihnen nach draußen«, erklärte Dr. Schaffrath und erhob sich.

Als sie das Präsidium verließen, war die Dämmerung so weit fortgeschritten, dass die Beleuchtung auf dem Parkplatz vor dem Gebäude eingeschaltet war. Sie blieben stehen, und Eric streckte dem Psychiater die Hand entgegen. »Nochmals vielen Dank, dass Sie mir geholfen haben, obwohl Sie nicht daran glaubten, dass es funktioniert. Dank Ihnen weiß ich jetzt, wer ich bin.«

Schaffrath winkte ab. »Ich habe Ihnen nur Hilfestellung gegeben. Sie haben die Tür zu Ihren Erinnerungen selbst wieder aufgestoßen.«

»Wie auch immer, ich danke Ihnen.«

»Ich hoffe, Ihre Familie kommt bald frei.«

»Das hoffe ich auch. Und dass man Philipp findet. Ich denke, er braucht dringend Hilfe.«

»Wie geht es Ihnen jetzt, mit der Erinnerung an diese schlimme Sache, aber auch an Ihre Kindheit?«

Eric dachte eine Weile nach, bevor er antwortete.

»Ich weiß es noch nicht genau. Im Moment überwiegt die Sorge um meinen Sohn und meine Frau. Aber ich denke, ich werde mich noch eine Weile mit der Tatsache auseinandersetzen müssen, dass ich nicht der wohlbehütete kleine Junge war, der durch ein tragisches Unglück seine

Eltern verlor, sondern dass meine Kindheit geprägt war von Schmerz und Angst. Und dass meine Eltern schlimmer als ein Albtraum gewesen sind. Ich dachte mein ganzes Erwachsenenleben lang, ich hätte schon immer ein anständiges Leben geführt. Damit, dass ich als Kind gestohlen und betrogen habe, weil ich es wohl nicht anders kannte, werde ich irgendwie klarkommen müssen.«

»Letztendlich war es ein Segen für Sie, dass Sie bei Ihren angeblichen Großeltern aufgewachsen sind. So hatten Sie doch noch eine behütete Jugendzeit, die Sie gut auf Ihr späteres Leben vorbereitet hat.«

»Ja, das stimmt. Und jetzt, wo Sie sie erwähnen, habe ich das dringende Bedürfnis, mit dieser Frau zu sprechen, die ich all die Jahre für meine Großmutter hielt.«

»Dann sollten Sie das bald tun. Ich bin überzeugt, dass sie es immer gut mit Ihnen gemeint hat.«

»Falls sie mich erkennt. Aber jetzt ist es sowieso zu spät, ich besuche sie morgen früh. Ich hoffe, dass bis dahin meine Familie wieder gesund bei mir ist.«

Nachdem Eric sich von Dr. Schaffrath verabschiedet hatte, fuhr er nach Hause, wo er um zwanzig vor elf ankam.

Von Polizisten, die sein Haus observierten, konnte er noch immer nichts entdecken, aber er wusste, sie waren die ganze Zeit über da gewesen.

Im Haus fiel Eric auf, dass er schon lange nichts mehr gegessen hatte. Er machte sich ein belegtes Brot, nahm eine Flasche Bier aus dem Kühlschrank, setzte sich an die kleine Theke in der Küche und aß, während in seinem Kopf wieder und wieder die gleichen Bilder abliefen.

Als er aufgegessen hatte, stellte er das Geschirr in die

Spülmaschine, trank die Flasche leer und ging ins Wohnzimmer.

Etwa zehn Minuten nachdem er sich auf die Couch gelegt hatte, rief Philipp an.

44

»Ich bin nicht zufrieden«, begann Philipp das Gespräch.

»Was willst du denn noch?«, fuhr Eric auf. »Ich habe doch alles so gemacht, wie du es haben wolltest. Sogar Journalisten gegenüber habe ich zugegeben, dass ich Elias getötet habe.«

»Sie glauben es nicht alle.«

»Ja, ist das denn ein Wunder? Ich habe ein Verbrechen gestanden, von dem man noch nie etwas gehört hat und für das es keinerlei Beweise gibt. Es ist doch vollkommen klar, dass das nicht alle glauben. Egal, was ich geschrieben hätte. Aber dafür kann ich doch nichts. Und Paula und Leon schon gar nicht. Also lass sie jetzt bitte frei.«

»Wenn ich dir sage, wo du sie findest, wirst du allein dorthin fahren. Wenn du die Polizei benachrichtigst, werde ich deinen Sohn umbringen und deine Frau dabei zusehen lassen.«

»Ja, gut, ich komme allein. Wo sind sie?«

»Halte dich daran, es ist mir ernst.«

»Ja, verdammt. Nun sag mir schon, wo sie sind.«

»Fahr nach Neuried. Zum Parkplatz am Forstenrieder Wald. Du brauchst bis dahin etwa zwanzig Minuten. Wenn du dort angekommen bist, wartest du, bis ich dich wieder anrufe. Das tue ich in genau einer halben Stunde. Sieh zu, dass du dann dort bist. Du hast nur eine Chance. Dann sage ich dir, wie es weitergeht.«

Ein Klicken war zu hören. Philipp hatte aufgelegt.

Eric ließ das Telefon sinken und dachte fieberhaft nach. Wenn er nun spätabends wieder in sein Auto stieg, ohne Lochmeier zu benachrichtigen, würden die Polizisten vor seinem Haus ihm mit Sicherheit folgen. Wenn Philipp allerdings mitbekam, dass er die Polizei verständigt hatte, würde er vielleicht seine Drohung wahrmachen und Leon etwas antun.

Und dass er es mitbekommen würde, war nicht unwahrscheinlich, denn egal, wie sehr er Lochmeier auch bitten würde, ihm nicht zu folgen, würde der sich nicht davon abbringen lassen. Aber was auch immer er tat, er musste es sofort tun. Die Zeit lief.

Er wählte Lochmeiers Nummer.

Der Polizist nahm das Gespräch nach dem vierten Klingeln an.

»Sind Sie noch auf dem Präsidium?«

»Ja, ich werde heute Nacht hierbleiben. Warum?«

»Ich wollte sichergehen, dass ich Sie nicht störe, weil ich Ihnen nur sagen wollte, dass ich noch zu meiner Großmutter ins Pflegeheim fahre.«

»Jetzt? Um diese Uhrzeit? Warum denn? Da kommen Sie doch gar nicht mehr rein.«

»Ich kenne die Leute dort. Der Nachtdienst wird mich reinlassen. Ich muss versuchen, mit ihr über meine Kindheit zu sprechen. Können Sie nicht verstehen, dass ich wissen muss, wer ich eigentlich bin?« Eric merkte, dass er sehr schnell geredet hatte, und konzentrierte sich.

»Und das muss mitten in der Nacht sein?«

»Ja, weil ich nach wie vor glaube, dass das helfen könnte, meine Familie zu retten. Es ist mir wichtig.«

»Was ist, wenn der Entführer sich meldet?«

»Dann bin ich dort ebenso mobil erreichbar wie zu Hause.«

Lochmeier seufzte. »Also gut. Wenn Sie der Meinung sind, Sie müssen diese Phantastereien weiter verfolgen, dann tun Sie, was Sie nicht lassen können. Ich kann es Ihnen nicht verbieten, obwohl ich es für Blödsinn halte. Ich lasse das Observierungsteam aber vor Ihrem Haus, dass zumindest irgendjemand dort ist, falls Ihre Frau und Ihr Sohn auftauchen. Oder der Entführer.«

»Okay. Ich danke Ihnen.«

Eric legte auf und verließ kurz darauf das Haus, nachdem er aus der Schublade der Kommode im Flur eine Taschenlampe mitgenommen hatte.

Während der ersten Minuten der Fahrt blickte Eric immer wieder nervös in den Rückspiegel, um sich zu vergewissern, dass ihm kein Fahrzeug der Polizei folgte. Erst als er auf die A95 auffuhr und niemand hinter ihm war, nachdem er stark beschleunigt hatte und auf die Überholspur gewechselt war, beruhigte ihn das.

Wenn er Leon und Paula zurückhatte, würde er sich um Philipp kümmern, das stand für ihn fest. Aber erst einmal musste er die nächste Stunde überstehen.

Eric verließ die Autobahn an der Ausfahrt nach Fürstenried, fuhr über die Neurieder und Forstenrieder Straße und bog dann nach links in die Gautinger Straße ab.

Nach einem Stück durch ein Waldgebiet kam er an dem

Parkplatz an. Er stellte sein Auto auf dem leeren geschotterten Parkstreifen ab und wartete.

Es dauerte fünf lange Minuten, in denen Eric immer wieder angestrengt durch die Scheiben blickte und versuchte, in der Finsternis etwas zu erkennen. Dabei widerstand er dem Bedürfnis, die Taschenlampe einzuschalten. Er wollte nichts tun, was Philipp aufregen konnte.

Endlich klingelte das Smartphone. »Bist du da?«, fragte Philipp, was Eric zeigte, dass er ihn wohl nicht beobachtete. Es konnte natürlich auch eine Finte sein, aber so kompliziert würde Philipp wahrscheinlich nicht denken.

»Ja, bin ich.«

»Hör mir gut zu, ich sage es nur ein Mal. Steige aus und überquere die Straße. Folge dem Weg auf der anderen Seite und biege rechts ab, wenn er endet. Nach etwa sechshundert Metern kommst du an ein Schild, das links zum *Hexenhäusl* zeigt. Folge ihm.«

»Und dann?«

»Findest du deine Frau und deinen Sohn. Mich wirst du nicht aufspüren, versuch es also erst gar nicht. Und vergiss nie wieder, was du getan hast.«

»Warte, wenn ich diesem Schild …« Eric verstummte. Philipp hatte aufgelegt.

Leise fluchend nahm er die Taschenlampe vom Beifahrersitz und stieg aus. Nachdem er das Auto verschlossen hatte, schaltete er die Lampe ein und richtete den Lichtkegel nach vorn, wo er die Straße und den Weg, den Philipp beschrieben hatte, erkennen konnte. Dann senkte er die Taschenlampe ein Stück, um einige Meter vor sich auszuleuchten, und ging los.

Nach wenigen Minuten hatte er die Stelle erreicht, an der er nach rechts abbiegen sollte, und entdeckte das Holzschild, dessen Spitze nach links zeigte und auf dem in ausgebleichter schwarzer Farbe stand: *HEXENHÄUSL*.

Eric folgte dem Weg und stand kurz danach vor einer kleinen Holzhütte, die sich zwischen zwei Bäume duckte. Über der Tür hing ein weiteres Holzschild mit dem Namen der Hütte.

Eric richtete den Schein der Taschenlampe auf die Tür und ging darauf zu. Sein Herz raste, sein Atem ging in kurzen, schnellen Stößen. Ein Eisenriegel war quer über der Tür angebracht und endete auf der rechten Seite in einem massiven Vorhängeschloss, das in der Hüttenwand verankert war.

Eric streckte die Hand aus und rüttelte an dem Schloss, ohne Erfolg. Diese Tür würde er nur mit Werkzeug öffnen können. Er drückte das Ohr an das Holz, hielt den Atem an und lauschte angestrengt. Fünf Sekunden, zehn … Aus dem Inneren war nichts zu hören.

»Leon!«, rief er. »Paula! Könnt ihr mich hören? Leon! Seid ihr hier?« Er bekam keine Antwort.

War er an der falschen Stelle? Hatte er etwas von Philipps Anweisungen falsch verstanden?

Erneut rief er die Namen seines Sohnes und seiner Frau, doch wieder kam keine Reaktion.

»Scheiße!«, stieß er aus, machte einen Schritt nach vorn und klemmte sich die Taschenlampe zwischen die Beine. Dann griff er mit beiden Händen nach dem Schloss und rüttelte und zog mit aller Kraft daran, doch es gab nicht mal einen Zentimeter nach. Unbändige Wut schoss in ihm hoch, er trat gegen die Tür, und hämmerte mit der Faust dagegen, während er immer wieder den Namen seines Sohnes rief.

Irgendwann lehnte er erschöpft den Kopf gegen die Tür, ließ die Hände sinken und lauschte seinem keuchenden Atem.

Eric hatte kein Gefühl dafür, wie lange er so dagestanden hatte, bevor er sich wieder aufrichtete. Er musste um die Hütte herumgehen. Vielleicht gab es ja einen Hintereingang, der offen war. Er wandte sich nach rechts, ging an einem Baum vorbei und an der kurzen Seitenwand entlang.

Als er an der hinteren Ecke angekommen war und den Schein der Taschenlampe auf die Rückseite der Hütte richtete, sah er sie auf dem Boden liegen.

45

»Herr Sanders, fühlen Sie sich in der Lage, mir ein paar Fragen zu beantworten?« Lochmeier sah Eric sorgenvoll an, der auf einer Liege saß, die vor den geöffneten Türen des Krankenwagens auf dem Waldboden stand.

»Ja«, sagte Eric leise.

»Sind Sie sicher, dass Sie dazu fähig sind?«, fragte die Notärztin neben ihm.

»Ja. Wo ist mein Sohn?«

»Ihm geht es gut«, erklärte die Medizinerin mit sanfter Stimme. »Er ist nebenan im Wagen und wird von meinem Kollegen versorgt. Er hat keine Verletzungen, steht aber unter Schock. Eine Psychologin ist bei ihm.«

Eric nickte und sah Lochmeier an.

»Sie haben ja schon in groben Zügen berichtet, was passiert ist, aber können Sie es mir noch genauer erzählen?«

Eric nickte erneut und fuhr sich mit der Hand über das Gesicht. Er berichtete von Philipps Anruf und seiner Drohung, Leon etwas anzutun, wenn Eric die Polizei informierte. Von seiner Fahrt zum Parkplatz und seinem Fußweg zu der Hütte.

»Als ich die Tür nicht aufbekam, bin ich um die Hütte herumgegangen, um zu sehen, ob es einen Hintereingang gibt, und dann …« Erics Stimme brach, Tränen rannen ihm über die Wangen. Er versuchte weiterzusprechen, brauchte aber mehrere Anläufe, bis er seine Stimme wieder unter Kontrolle hatte.

»Sie lagen auf dem Waldboden. Nebeneinander, auf dem Rücken. Beide waren gefesselt. Ich bin zuerst zu Leon und habe nach seiner Halsschlagader getastet. Als ich seinen Puls gespürt habe, habe ich geweint vor Glück. Dann habe ich mich um Paula gekümmert, habe auch ihr einen Finger an den Hals gelegt.«

Eric verbarg das Gesicht in den Händen. Sein Körper wurde von Schluchzern erschüttert. Es dauerte eine Weile, bis er wieder zu Lochmeier aufsah und die Nase geräuschvoll hochzog. »Ich konnte nichts spüren. Keinen Puls. Ich habe es noch mal versucht und auf ihren Atem gelauscht. Da waren Blätter zwischen ihren Lippen, als hätte sie versucht, Laub zu essen. Dann habe ich ihr die Hand aufs Herz gelegt, aber auch da konnte ich nichts spüren. Ich habe meine Hand unter ihr Shirt geschoben, um ihren Herzschlag zu spüren. Dann erst ist es mir bewusst geworden.« Eric senkte den Blick, starrte auf den Waldboden zwischen seinen Füßen. »Ihre Haut. Sie war eiskalt.«

46

Eric verbrachte die Nacht zusammen mit Leon im Krankenhaus. Der Junge wurde genau untersucht. Er war stark dehydriert und stand unter Schock. Er würde zumindest ein paar Tage stationär im Krankenhaus bleiben müssen.

Lochmeier hatte Leon in der Klinik und gegen den Einspruch des Arztes im Beisein von Eric und der Psychologin kurz befragt und erfahren, dass Leon keine Ahnung hatte, wo Philipp sie gefangen gehalten hatte, weil seine Augen die ganze Zeit über verbunden waren. Auch über Dauer und Art des Transportes zu der Hütte im Wald wusste er nichts, da er betäubt gewesen war.

Am Morgen um acht Uhr betrat Lochmeier zusammen mit Hauptkommissarin Kürenz das Krankenzimmer, in dem Eric in einem Zustellbett bei Leon übernachtet hatte. Sie wurden von derselben Psychologin begleitet, die sich schon in der Nacht um Leon gekümmert hatte. Sie war Anfang vierzig und strahlte eine mütterliche Ruhe aus.

Während Lochmeier neben der Tür stehen blieb, ging die Psychologin zum Fenster, lehnte sich gegen die Fensterbank und nickte Eric zu. Kürenz trat an Leons Bett und sah ihn mit einem warmen Lächeln an. »Guten Morgen, Leon. Weißt du noch, wer ich bin?«

Der Junge nickte.

»Fein. Wie fühlst du dich?«

»Nicht gut«, antwortete Leon, woraufhin die Polizistin mit sanfter Stimme sagte: »Das verstehe ich. Du hast einiges durchgemacht.«

Sie deutete auf die Bettkante. »Darf ich mich kurz zu dir setzen?«

Als Leon nickte, setzte sie sich an den Rand des Bettes.

»Leon, mir ist klar, dass du sehr erschöpft bist, und ich würde dich auch gern in Ruhe lassen, aber du weißt, dass etwas Schlimmes mit deiner Mama passiert ist.«

Augenblicklich traten Tränen in die Augen des Jungen, doch er bemühte sich, tapfer zu sein. »Ja.« Er wandte den Kopf und sah zu Eric hinüber.

»Damit wir den Mann, der euch entführt und deiner Mama das angetan hat, finden können, brauchen wir deine Hilfe, verstehst du das?«

Leon riss den Blick von seinem Vater los, nickte und sagte so leise, dass Eric es eher ahnte als hörte: »Ja.«

»Das ist gut. Darf ich dir dann jetzt ein paar Fragen stellen?«

»Ja.«

»Kannst du dich noch daran erinnern, wie der Mann euch entführt hat?«

»Wir sind zu Mamas Auto gegangen, da hat er mir von hinten einen Lappen auf den Mund gedrückt. Der hat schlimm gestunken.« Leons Stimme klang monoton, fast roboterhaft. Erneut sah er kurz zu Eric, bevor er weitersprach. »Er hat zu Mama gesagt, dass wir in sein Auto steigen müssen und dass er mir sonst weh tut. Da war so ein Lieferwagen. Dann bin ich eingeschlafen.«

»Welche Farbe hatte der Lieferwagen?«

»Dunkel.«

»Weißt du auch, welche Marke es war?«

»Nein.«

»Okay. Und wann bist du wieder wach geworden?«

»Weiß nicht. Ich habe nichts mehr gesehen, und mein Mund war zugeklebt, und ich war an einem Stuhl festgebunden.«

»Hast du den Mann denn irgendwann mal sehen können?«

»Nein.«

»Aber seine Stimme hast du gehört?«

»Nur als er mir den Lappen auf den Mund gedrückt hat.«

»Und danach hat er nie etwas gesagt?«

»Er war nie da. Ich hatte Hunger und Durst, aber da war niemand.«

»Wie war es dort, wo ihr wart? Kannst du dich an irgendetwas erinnern?«

»Nein.«

»War es warm oder kalt?«

»Normal.«

»Gab es irgendwelche Geräusche?«

»Nein.«

»Denk bitte scharf nach, Leon. Irgendwas. Vielleicht eine Kirchturmglocke oder ein Zug?«

»Nein.«

»Und als er euch rausgeholt hat, wie war das?«

»Ich habe eine Tür gehört und Schritte.«

»Und dann?«

»Dann hat etwas an meinem Hals weh getan, und es ist ganz heiß geworden.«

»Was ist dann passiert?«

»Dann bin ich wach geworden, und die ganzen Leute waren da.«

Wieder ein Blick zu seinem Vater. »Und Papa.«

Leon konnte sich nicht mehr zurückhalten und begann hemmungslos zu weinen.

»Frau Kürenz«, sagte die Psychologin sanft. Als die Kommissarin zu ihr hinübersah, schüttelte die Frau den Kopf. Das Zeichen, dass es genug war.

Eric ging zu seinem Sohn, nahm ihn in die Arme und spürte, wie Leon in seiner Umarmung erstarrte.

»Weine ruhig«, sagte er sanft und streichelte Leon über den Kopf. Dann konnte auch Eric seine Tränen nicht mehr zurückhalten.

Irgendwann legte sich eine Hand auf seine Schulter. Als Eric sich aufrichtete, deutete Lochmeier an, er solle ihm nach draußen folgen.

»Ich gehe kurz raus«, sagte Eric zu Leon. »Ich komme gleich wieder zu dir.«

Vor der Tür vergrub Lochmeier die Hände in den Taschen seiner Jeans. »Wie fühlen Sie sich?«

»Beschissen«, antwortete Eric.

Lochmeier nickte. »Ich habe erste Ergebnisse aus der Rechtsmedizin. Ihre Frau ist erstickt worden. In ihrem Mund, in der Luftröhre und in der Lunge befanden sich Laub und Moos. Das Laub und das Moos stammen mit großer Wahrscheinlichkeit aus dem Bereich um die Hütte. So wie es aussieht, ist das auch der Tatort.«

Eric fuhr sich über den Kopf und krallte seine Finger in die Haare. »Das ergibt doch alles keinen Sinn. Warum hat er sie umgebracht? Und warum Paula, nachdem er gedroht hat, Leon zu töten, wenn ich nicht tue, was er verlangt?«

»Das wissen wir noch nicht. Ihre Frau und Ihr Sohn sind mit einem starken Betäubungsmittel außer Gefecht gesetzt worden. Eine mögliche Erklärung wäre, dass sie früher aufgewacht ist als gedacht und den Entführer gesehen hat.«

Eric sah Lochmeier an. »Und dann hat er ihr Laub und Moos in den Mund gesteckt, bis sie erstickt ist?«

Lochmeier presste die Lippen zu einem schmalen Strich zusammen und nickte. »So sieht es im Moment aus.«

Eine Weile starrte Eric auf den grauen Linoleumboden des Klinikgangs, dann sagte er mit leiser Stimme: »Ich werde Philipp Kern suchen. Und ich werde ihn finden.«

47

Eric saß in seinem Wohnzimmer und starrte vor sich hin. Es war später Abend, und er hatte sich schon Stunden zuvor von Leon verabschiedet, dem man ein leichtes Schlafmittel gegeben hatte, damit er zur Ruhe kam.

Den ganzen Tag über hatte er versucht, mit seinem Sohn zu reden, doch Leon hatte meist an ihm vorbeigestarrt und geschwiegen. Es würde lange dauern, bis er den Schock überwunden hatte.

Damit auch Eric nicht gestört wurde, hatte er sein Telefon in den Flugmodus gestellt und zur Seite gelegt.

Er hatte weder seinen Freund Jürgen noch Bastian, seinen Agenten, noch sonst jemanden angerufen und darüber informiert, was geschehen war. Dazu fühlte er sich im Moment nicht in der Lage. Zudem würden sowieso alle es spätestens aus den Zeitungen erfahren.

Erics Gedanken kreisten um Philipp Kern. Er *musste* ihn finden. Es war wichtig für sein weiteres Leben.

Lochmeier hatte versprochen, mit Hochdruck an dieser Geschichte von 1991 im Saarland dranzubleiben, aber Eric konnte nicht warten, bis die Polizei irgendetwas in Erfahrung bringen würde. Und ob überhaupt. Es musste eine andere Möglichkeit geben herauszufinden, welche neue Identität die Familie Kern damals angenommen hatte.

Er zermarterte sich den Kopf, ließ all die Bilder nochmals Revue passieren, die er von damals vor sich gesehen hatte, und kam doch keinen Schritt weiter. Er hatte alle Mails von Philipp und alle Posts, die er unter Erics Namen bei Facebook gepostet hatte, zusammenkopiert und ausgedruckt und war sie immer und immer wieder durchgegangen, um irgendetwas zu finden, das Rückschlüsse auf Philipps Identität zuließ. Nun lagen die Blätter vor ihm auf dem Tisch, bereit, auch zum hundertsten Mal geprüft zu werden.

Als Erstes ging Eric in Gedanken die Telefonate mit Philipp durch, soweit er sie in Erinnerung hatte. Vor allem das letzte Telefonat, in dem er das deutliche Gefühl gehabt hatte, dass Philipp unbewusst etwas herausgerutscht war, das von großer Wichtigkeit sein konnte. Er musste sich daran erinnern, was das gewesen war.

Philipp hatte gesagt, dass ihre Eltern sich im Abstand von zwei Jahren beide das Leben genommen hatten, weil sie den Gedanken nicht ertrugen, dass einer ihrer Söhne ermordet worden war.

Und dass seine Seele zerstört gewesen war. Dass Eric ein geschenktes Leben hatte und er Paula zwingen wollte, dabei zuzusehen, wie er Leon die Kehle durchschnitt und ihn verbluten ließ, wenn Eric nicht tat, was er verlangte. Dann hatte er Erics wahren Namen gesagt, Daniel Braun, und dass er selbst nicht mehr Philipp hieß. Dass die Behörden damals gründlich gewesen waren und der Familie Kern neue Identitäten gegeben und alle Unterlagen dazu vernichtet hatten.

Er hatte Eric vorgehalten, dass sie nur wegen ihm fast alles aufgeben mussten. Ihre Namen und ihre Heimat. Und dass es lediglich seinem Vater zu verdanken war, dass sie ihren Frieden hatten.

Ein Ruck ging durch Eric, und er schlug sich an die Stirn. *Ihren Frieden …* Wie hatte er das nur übersehen können? Warum war ihm das nicht sofort aufgefallen? Weil er zu dem Zeitpunkt noch nicht wieder über alle Erinnerungen verfügt hatte, gab er sich selbst die Antwort.

Der Frieden … so hatte Philipps Vater das Wochenendhaus genannt, das er von seinen Eltern geerbt hatte. Eric war einmal an einem Sonntag mit der Familie dort gewesen. Es war ein großzügiges, aus Stein gebautes Haus in Rehlingen-Siersburg, etwa fünfzehn Kilometer von Saarlouis entfernt. Das Haus stand im Wald auf einem großen Grundstück, das bis zum Ufer der Nied abfiel. Zu erreichen war es über einen Sandweg, der so schmal war, dass man bis zu einer der Ausbuchtungen zurückfahren musste, wenn ein anderes Auto entgegenkam.

Wir verbringen das Wochenende in Frieden, war ein beliebtes Wortspiel von Philipps Vater gewesen.

Philipp hatte am Telefon gesagt, dass sie alles verloren hatten, aber es seinem Vater zu verdanken war, dass sie ihren Frieden hatten. Das konnte nur bedeuten, dass der Alte es irgendwie geschafft hatte, das Erbe seines Vaters trotz neuer Identität zu behalten. Aber wäre das nicht extrem fahrlässig von den Behörden gewesen, wo sie alles andere so perfekt inszeniert hatten?

Vielleicht war das Haus ja auch irgendwann verkauft worden, und der alte Kern hatte es unter seinem neuen Namen erworben?

Wie auch immer. Ganz egal, wo die Familie Kern und

Philipp unter ihrer neuen Identität wohnten oder gewohnt hatten. Eric wusste nun, wo er ihn vermutlich antreffen würde. Und wie er Philipp einschätzte, konnte es durchaus sein, dass er sich gerade jetzt, nach dem, was er getan hatte, aus Sentimentalität genau dort aufhielt.

Eric sprang auf und sah auf die Uhr. Kurz nach elf. Wenn er jetzt losfuhr, würde er gegen vier Uhr morgens dort sein. Das war gut. Worauf sollte er warten? Mit Leon konnte er telefonieren oder ihm ausrichten lassen, dass er erst später kommen würde. Kurz dachte er daran, die Polizei zu informieren, aber falls sich Philipp wirklich im Frieden aufhielt, war es besser, wenn Eric ihm allein gegenüberstand.

Er verließ das Haus durch die Hintertür und ging in den kleinen Holzschuppen, der auf der rechten Seite des Gartens angebaut war und den er als Werkstatt nutzte.

Eine Viertelstunde später fuhr er los.

48

Es war kurz nach halb vier, als Eric sein Auto am Rand einer Lichtung abstellte. Von dort aus mussten es noch etwa zweihundert Meter bis zu dem Haus sein.

Der Mond war fast voll und stand an einem sternenklaren Himmel, so dass Eric die Taschenlampe, die er vorsichtshalber eingepackt hatte, auf dem Beifahrersitz liegen ließ.

Bevor er sich auf den Weg machte, griff er nach den langen Kabelbindern, die er aus seiner Werkstatt mitgenommen hatte, und steckte sie in seine Gesäßtasche. Dann ging er los und stellte fest, dass er hellwach war.

Während er sich dem Wochenendhaus näherte, dachte Eric, dass es faszinierend war, wie klar er sich plötzlich an Einzelheiten seiner Kindheit erinnern konnte, die fast sein ganzes Leben lang im Dunkeln verborgen gewesen waren.

Selbst dieser Weg, den er nur ein einziges Mal, auf der Rückbank im Auto von Philipps und Elias' Vater sitzend, gesehen hatte, kam ihm bekannt vor. Das mochte damit zusammenhängen, dass diese Erinnerungen für ihn neu waren und es sich anfühlte, als hätte er das alles erst wenige Tage zuvor erlebt.

Eric schüttelte die Gedanken ab. Er musste sich auf das konzentrieren, was vor ihm lag. Wenn Philipp sich tatsächlich in diesem Haus aufhielt, durfte er sich keinen Fehler erlauben.

Das Gebäude lag erwartungsgemäß im Dunkeln. Auf dem kleinen, geschotterten Platz auf der linken Seite stand ein dunkler Kleinbus mit Kölner Kennzeichen.

Da war so ein Lieferwagen, hatte Leon gesagt. *Dunkel.*

Das mochte noch nichts heißen, aber dennoch …

Eric verbarg sich hinter einem Baum und überlegte, wie er vorgehen sollte. Zu versuchen, in das Haus einzudringen, war keine Option. Schließlich war es trotz des dunklen Wagens immer noch eine reine Vermutung, dass Philipp sich dort befand. Und dass das Haus ihm überhaupt gehörte.

Wenn er wartete, bis drinnen jemand wach wurde, konnte das noch Stunden dauern. Also entschloss er sich, das Aufwachen zu beschleunigen.

Nachdem er sich versichert hatte, dass die Kabelbinder noch in seiner Gesäßtasche steckten, überquerte er den Sandweg und durchstöberte das vom Mondlicht gut beleuchtete Unterholz. Als er gefunden hatte, wonach er suchte, ging er zu dem Fahrzeug und sammelte vom Boden Steine auf.

Schließlich trat er vor das Haus und begann, die haselnussgroßen Schotterstücke gegen das linke Fenster der Vorderfront zu werfen. Falls das Haus nicht umgebaut worden war, befand sich dort das Schlafzimmer.

Es dauerte nicht lange, bis im Inneren eine Lampe angeschaltet wurde. Mit wenigen Schritten war Eric hinter dem Fahrzeug verschwunden und duckte sich so, dass er das Fenster sehen konnte, ohne selbst von dort aus gesehen zu werden.

Eine Gestalt tauchte hinter der Scheibe auf, der Statur nach ein Mann.

Eine Weile stand der Mann so da, drehte den Kopf mal zur einen, dann zur anderen Seite. Dann hob er die Arme, legte die Hände auf das Glas und drückte sein Gesicht dagegen. Schließlich schien er aufzugeben und verschwand wieder im Raum. Kurz darauf wurde die Lampe ausgeschaltet.

Eric wartete ein paar Sekunden, dann ging er erneut vor das Haus und warf mit Schwung alle Steine, die er in der Hand hatte, gegen das Fenster. Dann machte er einen Satz nach vorn und stellte sich neben die Eingangstür.

Den dicken Ast, den er gefunden hatte, hielt er mit erhobenen Armen über dem Kopf. Er hatte richtig vermutet, denn es dauerte nur Sekunden, bis die Haustür aufgerissen wurde und der Mann neben Eric auftauchte. Er war ein wenig kleiner, aber deutlich dicker als er selbst. Ohne zu zögern, ließ Eric den Ast auf den Kopf des Mannes niedersausen, woraufhin der laut aufstöhnte und zu Boden fiel. Sofort war Eric über ihm, kniete sich auf den Rücken und bog die Arme nach hinten. Mit einem schnellen Griff zog er die Kabelbinder aus der Tasche und band damit die Handgelenke des Mannes zusammen, wobei der wieder aufstöhnte. Er schien von dem Schlag benommen, aber nicht bewusstlos zu sein. Eric fischte sein Smartphone aus der Jeans und schaltete die Taschenlampenfunktion an.

Dann drehte er den Mann auf den Rücken und richtete den Schein direkt auf dessen Gesicht. So konnte Eric ihn deutlich sehen, ohne Gefahr zu laufen, dass der Mann ihn sah und beschreiben konnte, falls es nicht Philipp war.

Eric brauchte nur Sekunden, um sicher zu sein. Eine breite Nase, eine Narbe über der linken Braue, die schmalen Lippen …

Unter ihm, auf dem Boden vor dem *Frieden* seines Vaters, lag der Mann, dessen Name früher einmal Philipp Kern gewesen war.

49

»Wie, zum Teufel, hast du mich gefunden?«, stieß Philipp mit rauer Stimme aus.

Er saß vor Eric auf einem Holzstuhl im etwa dreißig Quadratmeter großen Hauptraum des Hauses, der als Wohn- und Esszimmer sowie als Küche diente. Eric hatte Philipps Benommenheit ausgenutzt, ihn auf die Füße gezerrt und im Haus die gefesselten Hände hinter seinem Rücken mit weiteren Kabelbindern an dem Stuhl fixiert und die Unterschenkel an den Stuhlbeinen festgebunden.

Eric stieß ein kurzes, bitteres Lachen aus. »Weil du noch genauso unüberlegt bist wie früher. Du hast mir am Telefon erzählt, dass ihr es deinem Vater verdankt, dass ihr euren *Frieden* habt.«

»Mist«, entfuhr es Philipp.

»Scheiß drauf«, sagte Eric kalt. »Ich bin hier, um ein paar Dinge mit dir zu klären.«

Eric ahnte, wenn er jetzt direkt auf den Mord an Paula zu sprechen kam, dann würde er wahrscheinlich die Tür für ein Geständnis über den Tod von Elias zuschlagen.

»Fangen wir mit deinem Bruder an, den *du* damals erstochen hast, weil er dir mit seiner Nörgelei auf die Nerven gegangen ist. Ich habe die Schuld auf mich genommen und dich vor dem Knast bewahrt. Wie kommst du dazu, jetzt zu behaupten, ich sei es gewesen, du undankbarer Scheißkerl.«

Auf Philipps Stirn zeigten sich Falten. »Was redest du denn da? *Du* hast Elias umgebracht. Mit dem Messer, das du gestohlen hast.«

»Nein, das habe ich nicht. Ich weiß wirklich nicht, was in deinem Schädel vor sich geht.«

»Das ist nicht wahr«, schrie Philipp und versuchte aufzustehen, was die Kabelbinder allerdings verhinderten. »Du Mistkerl. Ich sehe dich noch genau vor mir, wie du das blutige Messer in der Hand hältst.«

»Weil ich es dir abgenommen habe, nachdem du Elias erstochen hast.«

»Das ist nicht wahr, du lügst, du Mörder. Du hast meinen Bruder ermordet.«

Eric zog sich einen Stuhl heran, stellte ihn einen Meter vor Philipp ab und setzte sich darauf. »Philipp«, sagte er mit ruhiger Stimme, »hör mir zu.«

»Mein Name ist Martin.«

»Martin …« Eric schüttelte den Kopf. »Okay, wie auch immer. Also, *Martin*, hör mir jetzt mal zu. Dass du mittlerweile wirklich glaubst, ich sei das damals gewesen, ist gar nicht so abwegig. Du hast wahrscheinlich die Schuld, die du auf dich geladen hast, nicht mehr ertragen. Also hat dein Unterbewusstsein dir eingeflüstert, dass nicht du das damals warst, sondern ich. So, wie es ja auch die Polizei geglaubt hat. Aber ich bin es nicht gewesen. Versuch dich zu erinnern. Als du das Messer damals in die Hand genommen hast, ist Elias regelrecht ausgeflippt. Er hat rumgeschrien und gejammert und geheult. Du hast ihn angebrüllt, er soll die Fresse halten, und dann hast du ihn geschlagen. Dann hat er noch mehr geschrien. Denk genau nach und erinnere dich. Und dann hat Elias gesagt, er würde alles eurem Vater erzählen. Da hast du dich plötzlich auf ihn gestürzt und zugestochen. Ich glaube, dass dieser erste Stich gar keine Absicht war. Aber als du dann das Blut gesehen hast und dein Bruder noch lauter geschrien hat, bist du völlig ausgerastet. Wahrscheinlich aus Angst, er würde alles eurem Vater sagen. Das kann ich sogar ein Stück weit verstehen. Du hast das nicht wirklich gewollt. Als dir bewusst wurde, was geschehen ist, bist du völlig zusammengebrochen. Versuch dich zu erinnern und sei ehrlich dir selbst gegenüber.«

Philipp starrte eine Weile vor sich hin, dann schüttelte er den Kopf. »Nein, nein, nein, so war das nicht. *Du* hast Elias umgebracht. Du Mörder.«

Eric atmete durch und schüttelte ebenfalls den Kopf. Er wusste, er hatte nur eine Chance, und deshalb musste er ruhig bleiben.

»Nein, das habe ich nicht, und irgendwo tief in dir weißt du das auch. Lass uns noch mal alles durchgehen.

Du hast das Messer in die Hand genommen, da ist Elias ausgeflippt. Er hat rumgeschrien und geheult …«

Fast zwei Stunden saß Eric vor Philipp und erzählte ihm mit stoischer Ruhe immer und immer wieder, was sich damals in Philipps und Elias' Elternhaus zugetragen hatte, bis Philipp, der sich nun Martin nannte, zum ersten Mal einräumte, dass es vielleicht wirklich so abgelaufen war.

»Aber wie kann das sein? Ich war wirklich die ganze Zeit davon überzeugt, dass du es warst.«

»Genau so, wie es mir mein Psychiater erklärt hat. Dass das ein ganz normaler Verdrängungsmechanismus ist, um nicht mit der Tat leben zu müssen. Aber dich trifft keine wirkliche Schuld. Der erste Stich war ein Unfall, du bist unglücklich auf Elias gefallen, und als du dann gesehen hast, dass er schwer verletzt war, bist du in Panik geraten und ausgeflippt. Aber du warst erst vierzehn. Du warst doch selbst noch ein halbes Kind.«

»Ja, das stimmt.«

»Also, siehst du es jetzt ein, dass nicht ich damals deinen Bruder erstochen habe, sondern du?«

Philipps Schulter schob sich ein Stück nach oben. »Ja, es kann sein, dass ich es war, der Elias erstochen hat, und nicht du. Aber es war ein Unfall, für den ich nichts konnte.«

Eric stieß erleichtert den Atem aus.

»Na also. Ich wusste, wenn ich dir helfe, dich wieder an alle Einzelheiten zu erinnern, wirst du die Wahrheit erkennen. Und die ist, dass du ihn erstochen hast und nicht ich.«

»Ja«, sagte Philipp und ließ den Kopf auf die Brust sinken. Seine Schultern begannen zu zucken, er weinte.

Eric gab ihm eine Minute, dann stand er auf und stellte sich breitbeinig vor Philipp hin.

»So, Philipp Kern«, sagte er in einem derart scharfen Ton, dass Philipp zusammenfuhr und ihn erschrocken anstarrte.

»Das mit deinem Bruder ist lange her, aber jetzt kommen wir zum Mord an meiner Frau. Warum hast du Paula umgebracht?« Erics Stimme war schon vorher laut geworden, aber nun schrie er Philipp an: »Sie hat keinem Menschen etwas zuleide getan, und ich habe alles gemacht, was du wolltest. Warum hast du das getan, du verdammter Scheißkerl?«

Philipp glotzte Eric an. »Spinnst du? Ich habe deine Frau nicht umgebracht. Ich habe sie und den Jungen hinter die Hütte auf den Boden gelegt und bin gegangen.«

»Du lügst!«, schrie Eric. »Du verdammter Dreckskerl. Sie war hilflos und unschuldig, und du hast sie erstickt. Gib es zu. Du hast ihr das ganze Moos in den Mund gesteckt. Immer mehr und mehr, bis sie keine Luft mehr bekommen hat. Und dann hast du Laub genommen und nachgestopft. Du hast sie elendig erstickt, du Schwein.«

»Du bist ja völlig verrückt!«, schrie Philipp zurück. »Ich habe ihr nichts getan.«

»Du hast …« Eric stockte, winkte ab und drehte sich um. Nachdem er ein paarmal tief durchgeatmet hatte, zog er sein Smartphone hervor und beendete die Sprachaufnahme, die er gestartet hatte, als abzusehen gewesen war, dass Philipp einknickte.

Dann rief er die Polizei.

50

Nachdem die Saarlouiser Kripo sich die Sprachaufnahme angehört und sowohl Philipp als auch Eric aufs Präsidium mitgenommen hatte, fanden einige Telefonate zwischen Saarlouis und München statt. Philipp hatte mittlerweile auch vor den Beamten zugegeben, dass er es möglicherweise gewesen war, der Elias damals umgebracht hatte, den Mord an Paula stritt er jedoch weiterhin kategorisch ab.

Da die Saarlouiser Beamten nichts über das damalige Verbrechen finden konnten, vereinbarten sie mit den bayerischen Kollegen, dass Philipp, der laut seines Ausweises nun Martin Kettler hieß und in einem Vorort von Köln wohnte, nach München überstellt wurde, weil er dort Verdächtiger in einem Entführungs- und Mordfall war.

Noch am selben Tag kamen sie gegen Abend in München an. Eric war mit seinem eigenen Wagen bis kurz vor München hinter dem Einsatzfahrzeug hergefahren, in dem Philipp auf dem Rücksitz saß. Die Sprachaufnahme von Philipp hatte Eric schon von Saarlouis aus an Hauptkommissar Lochmeier geschickt.

Nun wartete er zu Hause auf einen Anruf von Lochmeier, nachdem ihm ein Arzt aus der Klinik mitgeteilt hatte, dass Leon noch im Schockzustand war und schlief und dass es besser war, wenn Eric ihn erst am nächsten Tag besuchte.

Der Polizist meldete sich gegen einundzwanzig Uhr.

»Wir haben das erste Verhör von Herrn Kettler abgebrochen. Die Entführung Ihrer Familie gibt er zu, aber er streitet weiterhin ab, Ihre Frau getötet zu haben. Ich denke jedoch, es ist nur eine Frage der Zeit, bis er gesteht.«

»Okay, ich danke Ihnen«, sagte Eric.

»Wie geht es Ihrem Sohn?«

»Der Arzt sagt, Leon steht noch unter Schock und schläft, aber ich werde morgen Mittag zu ihm ins Krankenhaus fahren.«

»Gut. Ich melde mich, sobald es Neuigkeiten gibt.«

Lochmeier legte auf.

Eric warf das Telefon auf den Tisch und sagte: »Danke der Nachfrage, mir geht es auch nicht sonderlich gut.«

Kurz darauf übermannte ihn die Müdigkeit. Immerhin war er seit fast sechsunddreißig Stunden auf den Beinen.

Er wollte gerade ins Bett gehen, als es klingelte. Nach einem Blick auf die Uhr öffnete er die Haustür. Vor ihm stand eine ganze Gruppe von Menschen, einige mit Kameras, andere mit Mikrophonen in den Händen, am Straßenrand parkten Fahrzeuge mit Parabolantennen auf den Dächern.

Ein junger Mann vor ihm redete hektisch auf Eric ein, doch er wandte sich ab und schloss die Tür. Das war das Letzte, was er gerade brauchen konnte. Er ging zum Sicherungskasten und schaltete die Klingel aus.

Minuten später lag er im Bett und schlief ein, kaum dass er sich zugedeckt hatte.

Er wachte erst um kurz nach zehn Uhr auf und hätte wahrscheinlich noch länger geschlafen, wenn sein Telefon nicht geklingelt hätte.

Es war Bastian.

»Hallo, Eric«, meldete sich sein Agent. »Ich hoffe, ich störe dich nicht. Ich wollte dir mein herzliches Beileid aussprechen und hören, ob ich etwas für dich tun kann.«

»Hallo, Bastian. Das ist nett von dir. Es geht, weil es gehen muss. Ich muss jetzt für Leon da sein, er steht noch unter Schock und braucht mich mehr als je zuvor.«

»Das verstehe ich. Wenn es etwas gibt, das ich für dich tun kann, sag mir bitte Bescheid. Ich lasse dich jetzt in Ruhe. Die geschäftlichen Dinge können warten, bis es euch etwas besser geht.«

»Welche geschäftlichen Dinge meinst du?«

»Wie gesagt, das hat Zeit. Nur so viel: Es ist ein verdammt tragischer Anlass, aber du bist über Nacht zu einem der gefragtesten Schauspieler Deutschlands geworden. Über Einzelheiten sprechen wir dann später.«

»Was? Ich verstehe nicht … ich dachte …«

»Möchtest du wirklich jetzt darüber reden?«

»Ja, möchte ich.«

»Also gut. Du hast noch keine Zeitungen gelesen, nicht wahr?«

»Nein.«

»Dann tu das mal. Es geht natürlich um die Entführung und Paulas Tod, aber was die Presse teilweise daraus macht, ist verrückt. Du bist der tragische Held schlechthin. Im Internet ist die Hölle los. Und bei mir läuft das Telefon heiß. Jeder möchte einen Film mit dir machen.«

»Das ist ja total verrückt.«

»Schau dir mal online die Berichte an, dann verstehst du es. Ich hatte dir gesagt, dass in diesem Business die Außenwirkung enorm wichtig ist. Ich denke, demnächst werden Leute für einen Film ins Kino gehen, nur weil du mitspielst.«

»Wahnsinn.«

»Ja. Aber jetzt kümmere dich um deinen Sohn. Alles andere später.«

Eric legte auf und öffnete den Webbrowser. Kurz darauf hatte er den ersten Artikel in einem Boulevardblatt gefunden.

Der tragische Held

Ein Fall wie ein Tatort-Krimi

MÜNCHEN / SIERSBURG – Schauspieler Eric Sanders (Tatort) musste innerhalb kürzester Zeit gleich mehrere harte Schicksalsschläge hinnehmen, die in einem tragischen Höhepunkt mit dem Tod seiner Ehefrau Paula gipfelten.

Was als vermeintlich harmloser Internetstreich begann, wuchs binnen weniger Tage zu einem der absurdesten Entführungsfälle Deutschlands heran. Sanders wurde vermutlich von dem 46-jährigen Martin K. beschuldigt, 1991 einen neunjährigen Jungen ermordet zu haben. Kurios dabei: Es gab keinen derartigen Mordfall.

Angeblich aus dem gleichen Grund entführte der Verdächtige und offenbar geistig verwirrte Tatverdächtige Sanders' Frau und seinen elfjährigen Sohn und drohte, beide umzubringen, wenn Sanders obengenannten Mord nicht gestand.

Nachdem der Schauspieler den nie stattgefundenen Mord im Internet gestanden hatte, um seine Familie zu retten, sollten seine Frau und sein Sohn freigelassen werden. Als Sanders jedoch am vereinbarten Treffpunkt ankam, fand er seine Frau ermordet vor. Sein Sohn erlitt einen Schock und wird zurzeit stationär behandelt.

Statt allerdings in Trauer zu versinken, recherchierte Sanders auf eigene Faust, und es gelang ihm tatsächlich, den dringend Tatverdächtigen im saarländischen Siersburg aufzuspüren. Und Sanders handelte erneut anders, als man es vermuten würde. Er rief nicht bei der Polizei an, sondern machte sich selbst auf den Weg nach Siersburg, wo er den Tatverdächtigen in einem Wochenendhaus stellte und anschließend der Polizei übergab.

Weitere Informationen gab die Polizei aus ermittlungstechnischen Gründen nicht bekannt.

Mehr zu diesem spektakulären Fall lesen Sie hier in Kürze.

Eric schloss die Seite und fand weitere, ähnlich lautende Berichte auf anderen Seiten. Auch auf Facebook und Instagram schien es kaum ein wichtigeres Thema zu geben, und viele von denen, die ihn noch am Vortag beschimpft hatten, schwärmten nun von seinem heldenhaften Mut.

Eric legte das Smartphone zur Seite und starrte eine Weile vor sich hin, dann brach er in schallendes Gelächter aus.

Nachdem er sich wieder beruhigt hatte, stand er auf und ging ins Badezimmer, wo er kurz darauf unter der heißen Dusche ein Lied summte, sich selbst beglückwünschte und sich zugestand, genial zu sein.

Er zog sich an, ging durch die Hintertür in den Garten, setzte sich auf einen Stuhl in die Sonne und schloss die Augen.

Dass er es geschafft hatte, dem Idioten Philipp Kern einzureden, er hätte damals selbst seinen Bruder umgebracht, war schon eine reife Leistung gewesen.

Er sah es vor sich, als sei es gestern gewesen: Wie er dem kleinen Scheißer Elias, der ihn mit seinem Geheule und Geschrei derart zur Weißglut gebracht hatte, dass ihm alle Sicherungen durchgebrannt waren, einfach abgestochen hatte. Und er wusste noch, wie gut er sich dabei gefühlt hatte.

Aber bei Paula hatte er sich selbst übertroffen. Als er sie so auf dem Waldboden liegen sehen hatte und daran dachte, wie sehr er ihrer schon seit langem überdrüssig war und dass sie wahrscheinlich wegen dieses Elias-Mists keine Ruhe geben würde, war seine Überlegung nur folgerichtig gewesen. Philipp hatte gedroht, sie umzubringen. Wer würde auch nur ansatzweise an seiner Täterschaft zweifeln, wenn sie wirklich tot war?

Als er ihr dann das Moos in den Hals stopfte und sie plötzlich angefangen hatte, zu zucken und mit den Beinen zu treten, hatte ihn das keinen Deut geschert, und ihm war zum ersten Mal etwas bewusst geworden: Er war nicht mehr Eric Sanders. Er war wieder Daniel Braun. Mit all seinem Denken und Handeln.

Erneut verzog er das Gesicht zu einem Lachen. Die Welt war in Ordnung, und das Leben war schön. Er hatte dafür gesorgt, dass er für seine wirklich beschissene Kindheit entlohnt wurde.

Nun war er Paula endgültig los, aber ohne damit auch seinen Sohn zu verlieren. Verdächtigt und wahrscheinlich auch irgendwann verknackt für die Tat wurde Philipp.

Und selbst wenn man doch noch herausfand, dass Elias

damals tatsächlich von ihm, Eric, abgestochen worden war, gab es ein Geständnis von Philipp. Und nun schoss auch noch seine Karriere steil nach oben, und er würde bald einer der bekanntesten und erfolgreichsten Schauspieler Deutschlands sein. Und das zu Recht, denn so gut er auch im *Tatort* gewesen war, was er der Polizei und allen anderen in den letzten Tagen an Verzweiflung und Trauer vorgespielt hatte, diese ganze Bandbreite an Emotionen, die er so perfekt dargestellt hatte, war brillant und hätte eigentlich einen Oscar verdient.

Aber er war sicher, Auszeichnungen würde er noch genug bekommen.

Zufrieden mit sich und der Welt, machte er sich eine Stunde später auf den Weg zu seinem Sohn ins Krankenhaus.

51

AM SELBEN VORMITTAG

LEON

Als die Tür des Krankenhauszimmers geöffnet wurde, wischte Leon sich die tränennassen Wangen ab.

Seit er am frühen Morgen aufgewacht war, konnte er nicht aufhören zu weinen. Immer, wenn er sich ein wenig beruhigt hatte, waren wieder diese furchtbaren Bilder da, und mit ihnen die Erkenntnis, dass etwas geschehen war, das er einfach nicht begreifen konnte. Und es auch nicht wollte.

»Guten Morgen, Leon«, sagte die Psychologin, die er schon kannte, und schloss die Tür hinter sich. Dr. Geimer hieß sie, das hatte sie ihm schon gesagt, als er und Mama …

»Ich würde mich gerne mit dir unterhalten, ist das okay?«

»Warum? Ich …« Leon schluchzte. »Ich möchte nicht mehr über meine Mama reden.«

Die Frau hatte sein Bett erreicht und sah ihn mit einem warmen Blick an. »Das verstehe ich sehr gut. Mir geht es auch gar nicht darum, dass du diese schlimme Geschichte noch mal erzählst. Es geht um etwas anderes.«

Leon zog ein zerknülltes Papiertaschentuch unter seiner Bettdecke hervor und schnäuzte hinein. »Um was denn?«

Dr. Geimer zog sich einen Stuhl zum Bett heran und setzte sich. Ihr Blick ruhte eine Weile auf ihm, bevor sie mit warmer Stimme sagte: »Für dich ist das jetzt eine schlimme Zeit, aber du bist nicht allein. Dein Papa ist für dich da, das weißt du, oder?«

Leon versuchte, die augenblicklich heraufschießenden Tränen zurückzuhalten, doch es gelang ihm nicht. Er wischte sie weg und sagte leise: »Ja.«

Die Psychologin nickte. »Gut. Es ist wichtig, dass dir das bewusst ist. Gemeinsam mit deinem Papa wirst du diese schlimme Zeit überstehen.«

Leon spürte, wie sich etwas in ihm zusammenbraute. Es war wie ein Druck, der schnell in ihm anstieg und gegen den er nichts tun konnte. Er wollte nichts sagen, wollte nicht schuld sein, dass …

»Ich habe es gesehen!«, platzte es plötzlich aus ihm heraus. Dann schlug er sich die Hände vors Gesicht und drehte sich zur Seite, während er von einem Weinkrampf geschüttelt wurde. Er hatte es getan. Er hatte es gesagt.

Wieder liefen die Bilder vor ihm ab, die ihn seit diesem Moment im Wald nicht mehr losließen und die sein Grundvertrauen in alles zerstört hatten, was ihm wichtig gewesen war. Alles, was sein Leben gewesen war. Er hatte nichts sagen wollen, aber er war so verzweifelt, dass er einfach keinen anderen Ausweg mehr wusste.

Als er eine Berührung auf seiner Schulter spürte, nahm er die Hände vom Gesicht und wandte sich Dr. Geimer wieder zu.

»Was hast du gesehen, Leon?«, fragte sie sanft. »Kannst du es mir sagen?«

Ein letztes Mal versuchte Leon, es zurückzuhalten. »Nein, ich …«, setzte er an, doch er schaffte es nicht.

»Es war Papa!«, hörte er sich selbst schreien. Und indem er es hinausschrie, spürte er gleichzeitig eine wahnsinnige Erleichterung, aber auch die Schuld, seinen Vater verraten zu haben. Doch nun gab es kein Zurück mehr.

»Ich bin aufgewacht und habe gesehen, wie mein Papa auf meiner Mama gesessen und ihr Sachen in den Mund gestopft hat. Mama hat mit den Beinen gestrampelt, aber sie hatte keine Chance. Sie hatte keine Chance. Papa hat nicht aufgehört. Er hat sie getötet.«

Der Blick der Psychologin lastete wie Blei auf Leon. Als sie ihre Hand auf seine legte, zog er sie weg und vergrub das Gesicht im Kissen. Sein Kopf war mit einem Mal leer, aber das war besser als die Verzweiflung, die ihn noch Minuten zuvor gequält hatte. »Ich hatte solche Angst«, sagte er ins Kissen, und es war ihm egal, ob Dr. Geimer ihn verstehen konnte.

Leon wusste nicht, wie viel Zeit vergangen war. Er war müde, spürte, wie ihm langsam die Augenlider schwer wurden. Bevor er in den Schlaf hinüberglitt, hörte er neben sich die leise Stimme der Psychologin. »Herr Lochmeier? Hier spricht Dr. Geimer. Ich hatte recht mit meiner Vermutung. Ich weiß jetzt, wer Frau Sanders getötet hat. Es war ihr Mann.«

WICHTIGES UPDATE

Der neue »Mörderfinder«-Thriller von Arno Strobel
erscheint im **Frühjahr 2025**.

Wenn Sie über den genauen Erscheinungstermin
informiert werden möchten,
dann senden Sie eine E-Mail mit Ihrem Namen an
info@arno-strobel.de.

Sobald es Neuigkeiten gibt,
werden Sie umgehend benachrichtigt.

In Kürze erscheint der erste gemeinsame Thriller von Arno Strobel und Ingo Bott!

Hier die exklusive Leseprobe zu

GEGENSPIELER
BISCHOFF UND PIRLO ERMITTELN

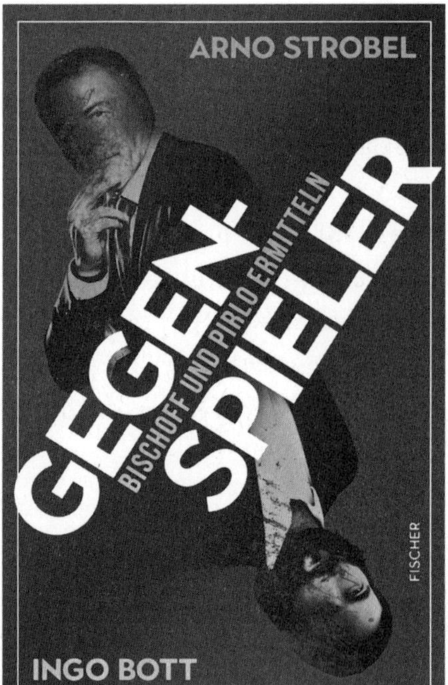

Ab 16. 10. 2024 überall da, wo es Bücher gibt.

I

Als sie auftauchen, kauere ich hinter dem Gestrüpp am Rand eines spärlich beleuchteten Waldparkplatzes. Wie es aussieht, hat sich die Warterei doch noch gelohnt. Ich bekomme, worauf ich gehofft habe. Endlich.
Die beiden alten Männer mit den Walking-Stöcken und den Stirnlampen nähern sich vorsichtig dem silbergrauen Mercedes. Erkennbar aufgeregt versuchen sie schon aus der Entfernung, im schwachen Lichtschein ins Innere des Wagens zu spähen.
Es war der laufende Motor, der ihre Aufmerksamkeit erregt hat. Den Schlauch, der auf dem Auspuff steckt und dessen anderes Ende durch die Beifahrerscheibe ins Innere hängt, können sie nicht sehen, weil diese Seite des Wagens dem Wald zugewandt ist. Trotzdem bewegen sie sich nur langsam, misstrauisch näher. Sie spüren einfach, dass etwas nicht stimmt.
Einer der beiden, ein dürrer Kerl mit fusseligen weißen Haaren, pirscht sich an die Fahrertür heran und wirft einen Blick durch die von innen vernebelte Scheibe. Dann richtet er sich ruckartig auf und stöhnt. Der Selbstmörder ist entdeckt worden.
Sicher, ich hätte mir andere Entdecker meiner Schöpfung gewünscht. Jetzt sind mir aber auch die beiden Alten recht. Schon, weil es um sie gar nicht geht. Sondern um mich. Um meine Tat. Meine Macht. Um das unendlich gute Gefühl, am Leben zu sein. Und das eines anderen zu nehmen.

1

MAX

Mittwoch, 16. 10., 10 Uhr

Max stand vor dem imposanten Gebäude an der Kö, Ecke Benrather Straße, und legte den Kopf in den Nacken. Im obersten der zehn Stockwerke befanden sich die Räumlichkeiten der Kanzlei *Müller & Mahler*, die er in wenigen Minuten zum ersten Mal betreten würde.

Er dachte an den Anruf vom Vortag. An die melodische Stimme der jungen Frau, die ihm mitteilte, Ernst Mahler, der Gründer und namensgebende Seniorpartner der Kanzlei, wolle ihn um zehn Uhr am folgenden Tag sprechen. Was Max aufgefallen war: Sie hatte ihn nicht gebeten zu kommen, sondern ihm *mitgeteilt*, wann er erwartet wurde.

Spontan hatte Max der jungen Frau sagen wollen, wenn Herr Mahler ein Anliegen habe, solle er sich selbst auf den Weg machen und ihn in der Uni besuchen. Er hatte es aber nicht getan, weil ihm der Name natürlich ein Begriff war und es ihn interessierte, was der Chef einer weltweit tätigen Anwaltskanzlei von einem ehemaligen Kriminalbeamten und jetzigen Hochschuldozenten wollen könnte.

Max wusste aus den Medien, dass die Kanzlei gerade wegen einer Steuergeschichte im Feuer stand. Angeblich hatte sie irgendwelchen Finanzhaien dabei geholfen, durch ein geschicktes Austricksen des Finanzamtes Milliardengewinne zu erzielen. Diese Verluste mussten nun von den

Steuerzahlern getragen werden. Ein investigativer Journalist der *POST* hatte dazu umfangreich recherchiert und am Ende einen Enthüllungsartikel verfasst, der das Land in den Grundfesten erschüttert hatte. Manager waren in den Knast gewandert. Die für die Ermittlungen zuständige Oberstaatsanwältin war zurückgetreten.

Max konnte sich allerdings nicht vorstellen, dass Mahler deswegen mit ihm sprechen wollte, denn mit Steuerrecht kannte er sich, wenn überhaupt, nur so weit aus, wie es für seine eigene Steuererklärung nötig war. Mit der großen Politik hatte er erst recht nichts zu tun.

Max' Ex-Partner, dem er postwendend von dem Anruf erzählte, hatte eine klare Meinung dazu. »Diese Anwälte sind stinkreiche Schnösel. Versteh mich nicht falsch, aber wenn die jemanden wie dich brauchen, dann kann es nur um Drecksarbeit gehen, für die sich ihre eigenen Schnüffler in ihren Armani-Anzügen zu fein sind. Lass es einfach!«

Was aber natürlich nicht in Frage kam. Irgendetwas hatten sich die Schnösel schließlich dabei gedacht, Max überhaupt zu kontaktieren, und damit seine Neugier geweckt. Er löste den Blick von den oberen Stockwerken und ging auf den Eingangsbereich zu. Er war gespannt.

Nachdem der junge Mann an der Rezeption im Erdgeschoss Max' Namen im Computer gefunden hatte, tätigte er einen kurzen Anruf und nickte ihm dann zu. »Zehnte Etage, man wird Sie in Empfang nehmen.«

Als Max kurz darauf aus dem Aufzug trat, stachen ihm zwei Dinge sofort ins Auge: die imposante Größe des Eingangsbereichs der Kanzlei sowie die künstliche Schönheit der Empfangsdame, die aussah, als läge über ihr ein permanenter Instagram-Filter. Max schätzte sie auf maximal Mitte zwanzig.

»Guten Morgen, Herr Bischoff!« Sie kam strahlend auf ihn zu und deutete auf eine Designersitzgruppe. »Es wird noch ein wenig dauern. Sie dürfen gerne einen Moment Platz nehmen.«

Ich darf, dachte Max, während er, von ihr eskortiert, auf die Sitzlandschaft aus anthrazitfarbenem Leder zusteuerte. *Wie großzügig*.

»Möchten Sie einen Tee oder lieber Kaffee? Oder vielleicht einen Chai Latte?« Mit verschwörerischem Blick fügte sie hinzu: »Den kann ich Ihnen sehr empfehlen.«

Max setzte sich und hob die Hand. »Nein, danke.«

Nachdem die Empfangsdame ihm einmal mehr ihre strahlend weißen Zähne gezeigt hatte, wandte sie sich ab und begab sich hinter den Tresen, eine beeindruckende Konstruktion aus geschwungenen, hellen Holzstäben und Rauchglaselementen.

Max' Blick wanderte durch den Empfangsbereich. Er war hell und lichtdurchflutet. Die Raumhöhe von mindestens vier Metern ließ alles sehr luftig erscheinen, unterstrich aber auch die protzige Eleganz des Interieurs.

Er musste zehn Minuten warten, dann wurde er von der jungen Dame gebeten, ihr zu folgen.

Sie führte ihn links neben dem Empfangstresen an einigen geschlossenen Mahagoniholztüren mit mattgoldenen Beschlägen und Griffen vorbei bis zur letzten Tür. Diese war aus Glas, ebenso wie die gesamte Wand, die den Raum vom Flur trennte. Ein Schild rechts neben dem Türrahmen wies ihn als *Konferenzzimmer Buenos Aires* aus.

Die junge Frau blieb stehen und deutete hinein. »Bitte schön!«

Der Raum war nicht sehr groß und nicht nur nach innen, sondern auch nach außen vollständig verglast. Er lag an der Ecke des Gebäudes und ragte an beiden Seiten etwa einen Meter weit über die Grenzen der Außenmauern hinaus. Der überstehende Bodenbereich war ebenfalls verglast, so dass man, wenn man dort stand, nach unten auf die Kö schauen konnte.

»So geht es jedem, der zum ersten Mal unsere heiligen Hallen betritt.« Die sonore Stimme gehörte zu einem Mann im dunkelgrauen, dreiteiligen Maßanzug, der den Konferenzraum betreten hatte und auf den gläsernen Teil des Fußbodens deutete. »Verwirrend, nicht wahr?«

Max hatte Ernst Mahler gegoogelt und war mit seinem Erscheinungsbild vertraut. Der kam mit ausgestreckter Hand auf ihn zu. »Guten Morgen. Schön, dass Sie sich die Zeit nehmen konnten.«

Max schüttelte die Hand und nickte. »Ich bin sehr gespannt, was der Grund dafür ist, dass sie mich sprechen wollen.«

Mahlers Miene verfinsterte sich, als er Max aufforderte: »Bitte, nehmen Sie Platz!«

Während Max sich einen Stuhl zurechtrückte und sich setzte, schloss die Empfangsdame von außen die Tür und schwebte an der Glaswand entlang davon.

Mahler stützte die Hände auf der Tischplatte ab. »Herr Bischoff, Sie haben sicher mitbekommen, dass Karl Müller, einer unserer Managing Partner, sich angeblich das Leben genommen hat.«

Max dachte kurz nach und schüttelte den Kopf. »Nein, das sagt mir nichts.«

Mahlers Brauen schoben sich nach oben. »Das überrascht mich. Ich dachte, ein ehemaliger Polizist und nebenberuflicher Privatermittler bekommt es mit, wenn ein Partner der bekanntesten Anwaltskanzlei des Landes sich umgebracht haben soll. Lesen Sie denn keinen Wirtschaftsteil?«

»Tut mir leid, in den Zeitungen, die *ich* lese, stand entweder nichts davon, oder ich habe es übersehen. Wann war das, sagten Sie?«

»Vor drei Tagen. Man hat Karl morgens in seinem Wagen auf dem Wanderparkplatz Rolandsburg gefunden. Der Klassiker. Der Motor lief, auf den Auspuff war ein Schlauch gesteckt und ins Wageninnere geleitet. Kohlenmonoxidvergiftung.«

»Das ist schlimm«, sagte Max. »Aber ich verstehe noch immer nicht, warum Sie mich sprechen wollen.«

Mahler richtete sich auf und stieß einen Zischlaut aus. »Liegt das nicht auf der Hand? Man hat Sie mir als einen Mann mit einem ausgeprägt analytischen Verstand beschrieben. Aber gut … Sie sind hier, weil ich nicht *glaube*, dass Karl Selbstmord begangen hat. Das passt nicht zu ihm. Ich werde Sie engagieren, und Sie werden herausfinden, wie er tatsächlich ums Leben gekommen ist.«

Es war nicht nur das, *was* Mahler sagte, sondern auch die Art, *wie* er mit ihm sprach, die Max ärgerte. Sehr sogar. Außerdem fand er es seltsam, dass der demonstrativ professionell auftretende Mahler erst drei Tage nach dem Todesfall auf die Idee zu kommen schien, einen Ermittler zu beauftragen. Irgendetwas stimmte hier nicht.

»Herr Mahler, wer immer mich Ihnen empfohlen hat, dürfte mich nicht sonderlich gut kennen. Allerdings kann ich mir auch nicht vorstellen, dass wir beide gemeinsame Bekannte haben. Was den Tod Ihres Partners betrifft, so bin ich sicher, dass die Polizei weiß, was sie tut, und aus guten Gründen von einem Suizid ausgeht. Wenn Sie diese Einschätzung nicht teilen, sollten Sie mit den entsprechenden Beamten darüber reden. Und damit kommen wir zum wichtigsten Punkt, den ich Ihnen beantworte, obwohl Sie mich nicht gefragt haben.« Max erhob sich und blieb neben dem Stuhl stehen. »Was Sie eigentlich wissen wollen, ist, ob ich überhaupt *bereit* bin, Ihren Auftrag anzunehmen. Dazu müsste er mich allerdings interessieren, und das ist nach unserem kurzen Gespräch nicht der Fall.«

Mahler war sichtlich überrascht. »Was? Sie lehnen ab, bevor Sie mein Angebot gehört haben?«

Max zuckte mit den Schultern. »Ja.«

Mahler schüttelte den Kopf und hob dann beide Hände. »Moment, also gut, warten Sie. Das ist ja lächerlich. Lassen Sie uns noch mal von vorn anfangen. Bitte, setzen Sie sich wieder.«

Max verspürte keine Lust, sich weiter mit diesem Mann zu unterhalten, der es offenbar gewohnt war, dass alle widerspruchslos nach seiner Pfeife tanzten. Dennoch dachte er kurz über die Möglichkeit nach, dass der Tod von Mahlers Partner vielleicht *tatsächlich* kein Suizid war und somit ein Mörder frei herumlief.

Mahler schien dieses Zögern als Einlenken zu interpretieren und nickte zufrieden. »Ich werde es Ihnen erklären. Ich habe Ihre Zustimmung vorausgesetzt, weil ich davon ausgegangen bin, dass Sie als Teilzeit-Dozent sicher das stattliche Honorar gut brauchen können, das Sie von einer renommierten Kanzlei wie unserer selbstverständlich erwarten dürfen. Außerdem könnten Sie Ihren ehemaligen Kollegen zeigen, dass Sie es immer noch draufhaben. Was bei denen ja offensichtlich nicht der Fall ist. Also …« Mahler kam um den Tisch herum und streckte Max die Hand entgegen. »Fünfzigtausend. Im Voraus. Egal, was Sie herausfinden. Und einen fetten Bonus, wenn Sie Karls Mörder stellen. Das ist für jemanden wie Sie doch eine Menge Geld.«

Max ignorierte Mahlers Hand und sagte: »Sie werden sicher irgendwen finden, der Ihr Geld gern nimmt. *Jemand wie ich* tut das nicht.« Damit wandte er sich ab und verließ den Raum.

Als er an der Empfangsdame vorbeikam, schenkte sie ihm ein Lächeln, das ihre Augen nicht ganz erreichte.

Zwei Minuten später verließ Max das Gebäude, blieb aber nach ein paar Metern stehen und atmete tief durch. Der Ärger über die Art, wie Mahler mit ihm geredet hatte, war verraucht, zurückgeblieben war ein Gefühl der Abneigung. Und die richtete sich, das gestand Max sich ein, wahrscheinlich weniger gegen dessen Person als vielmehr gegen das, wofür er stand. Diese Welt der abgehobenen Anwälte in ihren teuren Maßklamotten, die ihren Mandanten Stundensätze von fünfhundert Euro und mehr in Rechnung stellten und dazu nicht selten auch noch Erfolgshonorare in astronomischen Höhen einstrichen. Leute, die irgendwann die Bodenhaftung verloren hatten und dann mit aus ihrer Sicht *einfachen* Menschen wie ihm umsprangen, als seien sie ihre Leibeigenen. Einerseits war er deswegen versucht,

Mahlers Angebot direkt wieder zu vergessen. Andererseits … was war, wenn dieser anmaßende und herablassende Anwalt tatsächlich recht hatte und es sein konnte, dass ein Mörder ungeschoren davonkam? Ein Dilemma, über das er mit jemandem reden musste – und dafür gab es niemand Besseren als seine Schwester.

Kirsten nahm seinen Anruf direkt an. Sie verabredeten sich auf einen Kaffee bei ihr zu Hause.

Max stieg in die S-Bahn Richtung Unterbilk, wo nicht nur seine, sondern auch Kirstens Wohnung war. Dabei kreisten seine Gedanken um das Gespräch mit Mahler.

Ein als Suizid inszenierter Mord … Max fragte sich, wie lange das Fahrzeug wohl mit laufendem Motor auf dem öffentlichen Parkplatz gestanden hatte, bis es entdeckt worden war. Warum stellte man sich dorthin, wenn man sich auf diese Art das Leben nehmen wollte?

Max wischte den Gedanken beiseite. Das hatte für ihn keine Relevanz. Sollte sich doch die Polizei mit diesen Fragen beschäftigen. Das war schließlich ihre Aufgabe.

Als er zwanzig Minuten später Kirstens Wohnung betrat, hatte sie bereits den Tisch mit Tassen und einer Kaffeekanne gedeckt. Kirsten zog Filterkaffee dem aus dem Vollautomaten vor.

»Schön, dich zu sehen, Bruderherz«, sagte sie, als Max sich zu ihr hinunterbeugte und sie umarmte. Kirsten war querschnittsgelähmt, seit sie im Alter von acht Jahren von einem betrunkenen Autofahrer vom Zebrastreifen gefegt worden war. Nachdem er sich gesetzt hatte, platzierte sie ihren Rollstuhl ihm gegenüber und sah ihn erwartungsvoll an.

Max räusperte sich. »Ich hatte heute Morgen ein interessantes Gespräch, von dem ich dir erzählen möchte.«

Kirsten riss die Augen auf. »Uuh … du ziehst mit Jana zusammen, stimmt's? Ich will alles wissen, erzähl!«

Max musste grinsen. »Das wäre ja ein angenehmes Gespräch gewesen. Nein, was ich hinter mir habe, war anders. Ganz anders.«

Er berichtete ihr von seinem Besuch in der Kanzlei und von Mahlers Angebot. Kirsten unterbrach ihn nicht, verdrehte aber mehrmals die Augen, als Max wiedergab, was Mahler gesagt und in welchem Ton er mit ihm gesprochen hatte.

»Oje. Ich sehe dein Gesicht vor mir. Ich weiß ja, wie du auf solche Leute reagierst. Aber fünfzigtausend Euro sind schon eine Stange Geld.«

»Na und? Diese Selbstverständlichkeit, mit der Mahler über mich verfügt hat … Er glaubt, er kann alles und jeden kaufen. Mich aber eben nicht.«

»Hältst du Mahlers Zweifel an dem Suizid für gerechtfertigt?«

»Das weiß ich nicht. Ich habe ja keinerlei Hintergrundinformationen. Ein wenig seltsam finde ich das Ganze schon, ich meine, wenn ich mich mit Autoabgasen umbringen will, warum stelle ich mich dann …? Ach, das spielt keine Rolle. Ich will nicht von diesem Kerl engagiert werden, basta!«

Kirsten betrachtete ihn eine Weile schweigend, während Max mehrmals an seinem Kaffee nippte.

»Ärgert es dich vielleicht, dass Mahler so ein Idiot ist und du dich nur deswegen nicht mit einer Sache befassen möchtest, die dich eigentlich reizt?«

Max machte eine wegwerfende Geste. »Nein, alles gut.«

Sie zog die Stirn kraus. »Da bin ich mir nicht so sicher.«

»Warum möchtest du, dass ich diese Sache annehme, obwohl ich dir gerade erzählt habe, was für ein Typ dieser Mahler ist?«

»Weil ich dich kenne, Max. Deine Augen haben eben kurz aufgeblitzt, als du davon gesprochen hast. Der Fall reizt dich, das ist eindeutig.«

»Das ändert nichts daran, dass ich diesen Typen nicht mag. «

»Das verstehe ich. Andererseits … Wenn der Mann sich wirklich selbst das Leben genommen hat, hast du fünfzigtausend Euro leicht verdient – und das sogar ausnahmsweise mal, ohne dich in Gefahr zu begeben.«

Max sah seiner Schwester in die Augen. In seinem Inneren tobte ein Kampf. Kirsten hatte recht, der Fall interessierte ihn brennend, trotz Mahlers Verhalten.

»Okay, machen wir einen Deal«, schlug er vor.

»Schieß los.«

»Ich übernehme den Auftrag, wenn du das Geld für deine Untersuchungen verwendest.« Kirsten hatte Max von einer neuen Operationsmethode mit guten Erfolgsaussichten erzählt, die sie in Erwägung zog. Die aber auch recht kostspielig war.«

»Was? Die ganzen fünfzigtausend? Das ist kein Deal, das ist Erpressung!«

Max verzog den Mund zu einem Grinsen. »Sag ja, und ich mach's. Aber nur dann.«

Kirsten schüttelte lächelnd den Kopf. »Du musst immer das letzte Wort haben, oder?«

»Ist das ein Ja?«

»Also gut. Aber was ich für die Operation nicht brauche, nimmst du zurück.«

»Das sehen wir dann.«

Max trank den Rest des Kaffees, griff nach seinem Handy und wählte die Nummer der Kanzlei. Kurz darauf wusste er, dass Kurt Mahler bereit war, ihn noch einmal zu empfangen.

Er verabschiedete sich von seiner Schwester und betrat eine halbe Stunde später mit gemischten Gefühlen erneut das Konferenzzimmer *Buenos Aires*.

Dieses Mal war Mahler nicht allein. Neben ihm saß eine Frau, deren Anblick dafür sorgte, dass Max nicht mehr länger nachdenken musste. Er würde den Fall übernehmen.

Hedderichstr. 114, 60596 Frankfurt am Main

ISBN 978-3-596-71048-5
ca. 416 Seiten, ca. 18,00 € (D)/18,50 € (A)